RHAGOM

Angharad Tomos

Argraffiad cyntaf: Hydref 2004

ⓗ *Angharad Tomos*

Ni chaniateir atgynhyrchu unrhyw ran o'r cyhoeddiad hwn,
na'i gadw mewn cyfundrefn adferadwy,
na'i drosglwyddo mewn unrhyw ddull
na thrwy unrhyw gyfrwng, electronig, electrostatig,
tâp magnetig, mecanyddol, ffotogopïo, recordio
nac fel arall, heb ganiatâd ymlaen llaw gan y cyhoeddwyr,
Gwasg Carreg Gwalch, 12 Iard yr Orsaf, Llanrwst,
Dyffryn Conwy, Cymru, LL26 0EH.

Rhif Llyfr Safonol Rhyngwladol: 0-86381-939-7

Cynllun clawr: Sian Parri

Cyhoeddir o dan gynllun comisiwn Cyngor Llyfrau Cymru.

Argraffwyd a chyhoeddwyd gan Wasg Carreg Gwalch,
12 Iard yr Orsaf, Llanrwst, Dyffryn Conwy, LL26 0EH.
☎ *01492 642031*
🖷 *01492 641502*
✆ *llyfrau@carreg-gwalch.co.uk*
lle ar y we: www.carreg-gwalch.co.uk

Diolch

Carwn ddiolch i'r Academi am grant
a'm cynorthwyodd i sgwennu'r nofel hon.
Carwn ddiolch yn ogystal i'm gŵr,
fy rhieni a Dafydd Morgan Lewis
am eu cymorth gyda'r gwaith a'r cywiro;
i Wasanaeth Archifau Caernarfon
a Phrifysgol Bangor; i Wil a Dilys Griffith;
John Roberts Williams;
ac i Angharad Dafis am y gwaith golygu.

Angharad Tomos

Cyflwynedig

i

Eryl Haf a Manon

ac er cof am

Carys a Gwyn.

PROLOG

Wyddwn i ddim pwy oedd o am flynyddoedd. Mewn ffrâm fach arian ar y silff ben tân y buo fo'n byw ers cyn cof. Gallwn enwi'r rhai oedd yn y fframiau eraill heb drafferth – Nain Dre, Anti Morfudd yn blentyn bach, Mam a Dad, fi, Taid Tŷ Ucha – a hwn. Roedd rhywbeth gwahanol ynglŷn ag o, gallwn synhwyro hynny hyd yn oed yn blentyn, efallai am ei fod mewn iwnifform. Edrychai'n smart yn ei siwt, y botymau'n sgleinio, cap pig â bathodyn ar ei flaen, a dim rhithyn o wên. Yna, yng nghornel y llun, wedi i mi ddysgu darllen, roedd y geiriau *'Yours sincerely, G. Hughes, RWF'*, oedd yn enw rhyfedd. Sgwennu sownd oedd o efo'r llythrennau yn cyrlio yn grand. Pan fyddwn yn mynd yn agos at y llun i'w astudio, mi fyddai Mam ofn i mi gael fy llosgi ac yn gweiddi, 'Cymer ofal – peryg!' ac mi ddois i feddwl am y llun yn hytrach na'r tân fel rhywbeth peryglus. Fyddai neb yn sôn am y llun rhag ofn gwneud Mam yn ddigalon, ond wedi i mi dyfu'n fachgen, cofiaf fentro gofyn i 'nhad pwy oedd y dyn yn y ffrâm fach arian.

'Yncl Gwilym ydi hwnna.'

'Ydi o'n perthyn inni?'

'Ydi, siŵr – brawd dy fam.'

'Pam nad ydan ni byth yn ei weld o?'

'Mae o wedi marw.'

Wrth iddo ddweud hynny, dyma ddeall pam nad oedd neb byth yn sôn amdano, a pham yr oedd golwg mor ddigalon ar yr wyneb yn y ffrâm. Ddeallais i rioed pam y bu farw. Yr oedd golwg felyn arno, ond doedd o ddim yn ddyn sâl. Yn y llun, doedd ganddo ddim coesau, a dim ond hanner braich, ac awgrymodd fy chwaer mai dyna oedd ei salwch, ond doeddwn i ddim yn cytuno. Dim ond efo Rhiannon y byddwn i'n meiddio trafod y llun. Pan fyddai ein teulu ni i gyd efo'i gilydd ac yn sgwrsio neu'n canu, mi fyddwn yn troi yn sydyn i sbecian ar Yncl Gwilym Brawd Mam Wedi Marw, ac yn dychmygu ei fod yn ein gweld drwy'r ffrâm a'i fod yn hapus yn cael rhannu ein cwmni o'i fedd gwydr. Bob wythnos, câi ei sgleinio yn ofalus gan Mam, ac ar yr adegau prin hynny pan fyddai rhywun yn cyfeirio ato, byddai pawb yn mynd yn dawel ac yn ymddwyn yn ddigalon.

Yn y parlwr hwnnw y clywsom am y rhyfel y tro cyntaf. Roedd gennym set radio grand erbyn hynny a phleser pennaf fy nhad wedi iddo ddod adre o'r ysgol oedd eistedd yn ei gadair freichiau a gwrando ar y radio. Wrth y bwrdd yr oeddwn i yn gwneud rhyw waith cartref ar *Causes of the Crimean War*, a fedrwn i ddim canolbwyntio yn iawn oherwydd llais y dyn ar y radio. Ro'n i eisiau gofyn cwestiynau, ond roedd batri'r set radio yn isel, ac roedd fy nhad yn cael trafferth clywed.

'Beth sydd wedi digwydd rŵan Dad?'

'Mae Hitler wedi mynd i mewn i Poland.'

Roedd o wedi meiddio felly.

'Gaiff o ei rwystro?'

'Os na fydd yn tynnu allan, mi fydd rhaid i'r wlad yma ddatgan ein bod yn mynd i ryfel yn ei erbyn.'

'Os byddwn ni'n cwffio yn erbyn Hitler, beth sy'n debygol o ddigwydd?'

'Rhys bach, os aiff hi'n rhyfel, yr unig beth y bydda i'n ddiolchgar amdano yw dy fod di'n rhy ifanc i gael dy alw i'r Fyddin.'

'Fuo dim rhaid i chi fynd i'r rhyfel ddwytha.'

'Naddo, ond cael a chael fu hynny.'

'Fasa dim ots gen i fynd i gwffio,' meddwn innau, yn llanc i gyd, cyn claddu 'mhen yn y llyfr gwaith cartref.

''Nhad, fedrwch chi fy helpu i?'

'Efo be'?'

'Gorfod sgwennu *essay* ar y *Crimean War* ydw i. Deud pam ddaru'r rhyfel ddigwydd.'

'Rwsia oedd yn trio dwyn mwy o dir.'

'Dwi wedi sôn am Nicholas y Cynta – yr *Iron Tsar*. Be' oedd o'n trio'i ennill?'

'Oes gen ti fap?'

Cododd 'Nhad a mynd i nôl yr Atlas. Dyna oedd pregeth gyson fy nhad, 'Atlas, Rhys bach, ddealli di ddim heb atlas.' Mi wyddwn i hynny, fi oedd yn rhy ddiog i'w nôl. Agorodd fy nhad yr atlas ar dudalen Ewrop a dangos y patsyn anferth gwyrdd oedd yn lledu dros dudalen gyfan – Rwsia.

'Roedd y Tsar isio Caer Gystennin. Fan hyn. Wyddost ti pam?'

'Dim yn hollol.'

'Edrych lle mae o – rhwng dau fôr. 'Tasa fo'n ennill Constantinople, mi fasa ganddo rwydd hynt i fynd o'r Môr Du i Fôr y Canoldir. Roedd hynny'n hollbwysig.'

Syllais ar y map ac ar enwau cyfarwydd ac anghyfarwydd. 'Edrychwch, Jeriwsalem a Gwlad Iesu Grist, Syria a Damascus!'

Roedd hi'n rhyfedd meddwl am y rhain fel llefydd go iawn, nid dim ond enwau ar fap y Beibl.

'Peth rhyfeddol ydi atlas.'

'Ddaru'r Tsar lwyddo i ennill Constantinople?'

'Y Twrciaid oedd pia fanno, felly fuo rhaid iddo gwffio amdano. Yn anffodus i'r Tsar, ddaeth Prydain a Ffrainc i'r rhyfel – ar ochr Twrci. Fan hyn oedd y cwffio – yn Sevastopol. Fanno oedd Florence Nightingale. Gollodd Rwsia yn y pen draw. Nid fod hynny wedi rhoi taw ar Rwsia. Geisiodd mab y Tsar ei orau i ennill yr un frwydr eto – a cholli'n rhacs.'

'Eu bai nhw am fod yn farus, ddeuda i.'

'Roedd Twrci yr un mor farus. Dyna hanes y gwledydd 'ma – pob un yn ceisio cael y gorau ar ei gilydd. Yn union fel Hitler rŵan.'

Un barus iawn oedd Hitler, yn gwrando ar neb na dim, a ddaru o ddim gadael Poland. Aeth yn ei flaen i feddiannu

Czechoslovakia a chafodd Prydain lond bol a deud ei bod hi yn ymuno yn y rhyfel. Cafodd pawb lond bol yn y diwedd, ac roedd pawb yn Ewrop yn cwffio yn erbyn ei gilydd. Ymhen blynyddoedd, mi fyddai plant ysgol yn sgwennu traethodau ar *Causes of the Second World War* a falla mai fi fyddai'r un fyddai'n gorfod trio egluro'r llanast.

Ddaru'r rhyfel ddim effeithio cymaint arnom ni yn G'narfon. Mae'n siŵr mai'r *blackout* oedd y peth mwya – gorfod rhoi cyrtans du ar bob ffenest a gwneud yn siŵr nad oedd sbec o olau fyddai'n gadael i Hitler ein gweld. Ddeudodd Syr Edward Grey, *'The lights are going out all over Europe. We shall not see them lit again in our lifetime.'* Ddeudodd o'r gwir, mi ddiffoddodd y golau i gyd yn stryd ni a drwy G'narfon gyfa. Os oedd gynnoch chi gar, doeddech chi ddim hyd yn oed yn cael defnyddio lampau yn y tywyllwch. Roedd hi'n beryg bywyd. Ond mi ddois i adnabod awyr y nos yn llawer gwell 'radeg honno, a threulio oriau yn gwylio'r sêr, ac yn dysgu eu henwau. Roedd rhywbeth hudol iawn ynglŷn â'r nos – ac roedd o'n rhoi cysur i mi. . . Dwi'n cofio'r *gasmasks* cyntaf, a doedd fiw i ni fynd i unman hebddynt, er ein bod yn gwneud yn aml. Mi fyddai milwyr i'w gweld yn gwneud dril ac mi fyddwn innau a Goronwy fy ffrind yn gwneud sbort ar eu pennau.

Ond ymhell o G'narfon, roedd pethau'n llawer mwy difrifol ac mi barodd y rhyfel am chwe blynedd faith. Mi ddaru Hitler goncro un wlad ar ôl y llall a martsio i Ffrainc yn y diwedd ac mi ddigwyddodd Dunkirk a'r *Battle of Britain*. Heblaw am hynny, mi fyddai Hitler wedi martsio i Brydain a falle yr holl ffordd i G'narfon. Churchill oedd arwr mawr y dydd. Mi gawson ni rasions ac ifaciwîs, ond yn gyffredinol, roedd Sir Gaernarfon yn cael ei hystyried yn lle saff ac ymhell o bob man. Ond dim cweit digon pell inni allu dianc o grafangau'r gwasanaeth milwrol. Erbyn diwedd y rhyfel, ro'n i yn y Coleg ac yn gorfod bod yn rhan o'r STC, y Senior Training Corps. Rhyw chwarae soldiwrs oedd hyn a mynd i *training* bob bore Sadwrn efo Major Jones a dysgu defnyddio *Bren Gun*. Ar ddiwedd y cwrs, roedd rhaid treulio pythefnos mewn gwersyll milwrol.

Mi ddaru pryder y blynyddoedd hynny adael eu hôl ar 'Nhad a Mam. Ar gychwyn y rhyfel, mi osododd Mam fap anferth o'r *Daily Mail* ar wal y gegin, a chyda'r blynyddoedd, mi felynodd y map ac roedd o'n edrych yn hen, hen erbyn y diwedd. Doedd dim stop ar y Jyrmans, roeddan nhw wedi meddiannu Groeg ac wedi sgubo drwy Rwsia hyd at Foscow. Lledodd y cwffio tu hwnt i Ewrop efo Japan yn ymosod ar Pearl Harbour a Rommel yn cwffio yn erbyn ein milwyr ni ar dop Affrica efo'i lygad ar yr Aifft a Suez. Mi ddysgais i lawer, ond doedd o ddim ond megis gêm. Doeddwn i ddim yn teimlo bygythiad gwirioneddol. Ond dwi'n credu fod fy rhieni yn ei deimlo, roedden nhw eisoes wedi dioddef un Rhyfel Byd.

Ym 1944, daeth gorchymyn i mi fynd i listio. Crio ddaru Mam, crio heb gywilydd. Wna i byth anghofio ei hudo dirdynnol, a minnau'n teimlo y dylwn fod yn euog, ond nid fy mai i oedd o. Roedd hi wedi colli plentyn rhyw saith mlynedd cyn fy ngeni i, ac wedi bod yn ddiolchgar gydol y rhyfel na fuo fo fyw, neu wedi mynd yn soldiwr y basa fo, medda hi. Ond ddaru hi rioed freuddwydio y byddai'n rhaid i mi listio. Ro'n i ofn iddi golli ei phwyll gan faint ei thrallod, ond eglurodd Dad i mi mai clwyfau'r gorffennol oedd wedi eu hail-agor. 'Cofio am Gwilym mae hi,' fel 'tase hynny'n egluro'r cyfan, a minnau'n dal heb wybod hanes Gwilym.

Dyna sut y deuthum innau yn soldiwr. Mi ges iwnifform, ac ro'n i'n edrych yn llawer hŷn na'm hoed. Dwi'n credu mai wrth fynd i'r Fyddin y tyfais yn ddyn. Roedd yr hyfforddiant yn anodd a'r amodau yn galed, ond ddaru o ddim drwg i mi. Mae'n siŵr 'mod i'n iachach ac yn fwy ffit nag y bûm i rioed. Gan fy mod yn fy elfen yn trafod pethau mecanyddol, mi ges fy rhoi yn y *Royal Signals*. A dweud y gwir, doeddwn i ddim yn gweld ein criw ni yn gadael Prydain. Roedd y Rwsiaid wedi trechu Hitler, Mussolini wedi ei ddisodli, D-Day wedi digwydd ac America a Phrydain wedi curo'r Japaneaid yn Burma. Dyna lle collodd William Pritchard o capel ni ei fywyd – yn jyngls Burma. Erbyn canol 1945, roedd Hitler wedi lladd ei hun, a chafwyd *Victory in Europe Day*. Roedd y rhyfel yn tynnu tua'i therfyn.

Dipyn yn swreal oedd ein dyddiau ni y pryd hwnnw yn un o wersylloedd y Fyddin yn Morpeth yn dal i gael ein hyfforddi, yn cysgu ar fynciau mewn cytiau ac yn martsio ugain milltir y dydd, yn saethu, dysgu dringo ac yn ymarfer *unarmed combat*. I ba ddiben, gofynnem, â'r rhyfel ar ben? Wedyn, cawsom ein gyrru fel rhan o'r Central Mediterranean Forces i Roeg. I mi, oedd rioed wedi bod ymhellach na Gogledd Lloegr, roedd y cyfan yn dipyn o antur. Er nad oedd yr amgylchiadau yn ddelfrydol, roedd yn gyfle i weld y byd. Yn Salonica y treuliais lawer o f'amser yn trwsio setiau radio, a'r unig berygl y bûm ynddo oedd cyfnod yn Macedonia lle'r oedd yna gwffio efo'r Comiwnyddion. Roedd gan Brydain fwy o ofn y Comiwnyddion bron na'r Jyrmans. Wedi dwy flynedd yn yr Armi, cefais ddod adre ar *leave*.

'Tynna'r dillad 'na wnei di, mae'n gas gen i dy weld di ynddyn nhw,' medda Mam, yn syth wedi i mi ddod drwy'r drws, bron. Nid ei hogyn hi oeddwn i mewn iwnifform.

'Dwi wedi cael tynnu fy llun ynddyn nhw,' meddwn innau, yn dangos y ffotograff dynnwyd ohonof yn Salonica. 'Edrychwch, dwi'n rêl ffilm stâr.'

'Nhad gadwodd y llun, ond ddaru nhw erioed ei fframio, oedd yn bechod meddyliais, a hwnnw'n gystal llun.

Treuliais fy nyddiau yn ymweld â hen ffrindiau yn G'narfon ac yn diogi yn gyffredinol nes i Mam weiddi un bore a dweud bod llythyr wedi cyrraedd i mi. Peth annisgwyl oedd cael llythyr wedi ei gyfeirio imi yn G'narfon. Ychydig iawn wyddai fy mod ar *leave* – ar wahân i'r Fyddin.

Llythyr gan y Fyddin oedd o. Un byr yn fy hysbysu mai i Balestina y byddwn yn mynd y tro hwn. Yn Lerpwl, doeddwn i ddim i fod i ddal y llong i Roeg, ond yn hytrach yr un i Port Said, ac yn fy mlaen i Balestina.

'Palestina,' meddwn wrth y bwrdd brecwast.

'Beth am Balestina?' gofynnodd Dad.

'I fanno dwi'n cael fy ngyrru nesaf.'

Wna i byth anghofio'r olwg ar wyneb fy mam. Fferrodd, ac edrych i fyw llygaid Dad.

'Beth sy'n bod?' gofynnais, 'fedar o ddim bod yn waeth na Salonica.'

'Hanes yn ailadrodd ei hun,' meddai Dad, 'fanno oedd dy Yncl Gwilym.'

Yn lle gofyn yn gall amdano, euthum yn ddistaw i gyd, a ddeudodd neb arall ddim byd chwaith. Un ofergoelus fu Mam erioed, a pheth dychrynllyd ydi Mam ofergoelus. Ro'n i eisiau egluro iddi fod byd o wahaniaeth rhwng y sefyllfa rŵan a'r Rhyfel Byd Cyntaf, ond doedd dim diben. Ro'n i'n mynd i hen diriogaeth Yncl Gwilym a doedd wybod pa ellyllon fyddai yno.

'Dwi ddim yn credu y bydd yna gwffio, Hannah,' meddai Dad wrth Mam amser swper. 'Yno i gadw llygad ar yr Arabs a'r Iddewon fydd milwyr Prydain, dim arall. 'Toes 'na ddim argoel fod y broblem honno'n mynd i gael ei setlo ar chwarae bach.'

'Gen i lot o gydymdeimlad efo'r Iddewon,' medda fi, 'fedar neb warafun tir iddyn nhw wedi'r hyn maen nhw wedi ei ddioddef.'

'A Gwlad yr Addewid ydi hi p'run bynnag,' meddai Hannah. 'Mae'n anodd dadlau efo Duw os ddaru o addo'r wlad iddyn nhw.'

'Dylifo i mewn maen nhw, nes bod yr Arabs yn teimlo bod pethau'n mynd dros ben llestri. Mae Bevin yn ei waith yn trio cadw'r ddysgl yn wastad, ac mae America yn gwthio ei thrwyn hithau i'r potes.'

'Wel mi fydda innau'n rhan o'r potes ymhen wythnos,' meddwn, yn dechrau blino ar gwerylon gwledydd eraill. Doeddwn i'n dal ddim yn siŵr ar ba ochr oeddwn i.

Wrth olchi llestri y noson honno, mi ddywedodd Mam yn sydyn,

'Hoffet ti weld ei lythyrau?'

'Llythyrau pwy?'

'Llythyrau 'mrawd – o'r rhyfel.'

'Wyddwn i ddim fod gennych chi rai.'

''Runig bethau sydd gen i.'

Roedd rhaid i mi droedio'n ofalus, rhag codi hiraeth arni.

'Fasa ots gynnoch chi?'

'Ddim o gwbl. Meddwl ro'n i . . . falla basa nhw'n sôn rywfaint am Balestina, ac y caret ti wybod cyn mynd.'

'Diolch, Mam.'

'Roedd hi wedi eu cadw, wedi'r holl flynyddoedd.'

'Mam?'

'Be' ddaru ddigwydd i Yncl Gwilym?'

Ac adroddodd i mi'r hanes.

Aeth i'w llofft wedyn a dod â phecyn trwchus o bapurau i'r parlwr, wedi eu lapio â rhuban glas tywyll.

'Wn i ddim beth sydd yma i gyd,' meddai, 'mae blynyddoedd lawer ers i mi edrych arnynt . . . '

'Mae bocs yn fan hyn,' meddwn ac edrych ar y bocs bach gwyn Haearn – bocs baco ac arno 'Navy de Luxe' mewn llythrennau coch.

Agorodd hithau'r bocs, ac yng nghanol y wadin yr oedd medal aur efo rhuban lliw'r enfys ynghlwm wrthi.

'Hwda,' meddai, 'ei Victory Medal oedd honna.'

Llun angel oedd arni, angel efo pluen fawr yn ei llaw ac adenydd anferth. Trois y fedal i ddarllen yr hyn oedd wedi ei grafu ar yr ochr arall, 'The Great War for Civilisation, 1914-1918.'

'Crand 'te?' meddwn, er mwyn deud rhywbeth, 'Be' ddaru o i ennill hon?'

'Dim byd. Roedd pob soldiwr yn cael un – fatha swfenîr o'r rhyfel 'debyg gen i.'

'Bechod, mi fyddwn i wedi lecio bod yn nai i arwr.'

'Mi wyt ti. Nid honna oedd yr unig fedal a gafodd. Mae 'na un arall dan y wadin.' Roedd honno'n un llai.

'Am beth gafodd o hon?'

'Am achub bywyd hogan fach fu bron â boddi'n y Cei.'

Edrychais ar y ddwy a meddwl am eu harwyddocâd. Rhyfedd. Un fedal am achub bywyd ac un arall am . . .

Treuliais y dyddiau oedd yn weddill gen i yn darllen llythyrau Gwilym Hughes, RWF. Ac nid llythyrau yn unig oedd yna, ond lluniau a chardiau post, tystysgrifau geni a marw a hen waled. Fe'u darllenais i gyd a dod i adnabod dyn nad oeddwn wedi ei amgyffred o gwbl o'r blaen. Daeth y dyn melyn mewn iwnifform yn y ffrâm ar y silff ben tân yn rhywun o gnawd ac esgyrn, ac wrth fyseddu'r cyfan, daeth stori anhygoel yn fyw . . .

PENNOD 1

Noson aeafol ym Nhachwedd 1904 oedd hi, a'r gwynt main yn stelcian o amgylch Tre'r Gof a Stryd Edward Llwyd. Ond tu mewn i Gapel Ebeneser, swatiai'r gynulleidfa at ei gilydd i geisio dal rhywfaint o awelon yr Ysbryd Glân.

Roedd gwaelod y capel dan ei sang ac Evan Roberts y Diwygiwr wedi dod i'r Dre.

'Evan Roberts!' roedd y gair wedi mynd o gwmpas fel tân gwyllt. 'Evan Roberts, dyn y profiadau mawr!' Tyrrodd pobl Caernarfon i'w glywed, rhai fel unrhyw gynulleidfa, yn llawn cywreinrwydd i weld beth fyddai'n digwydd ac yn edrych ymlaen at sioe dda, eraill yn gwbl grediniol fod yr Ysbryd Glân yn dilyn Evan Roberts, ac y byddai eneidiau'n edifarhau. Mawr a thaer fu'r gweddïo cyn ei ddod.

Yn un o'r seddi ar ochr chwith y capel, eisteddai William Hughes y Banc, ei wraig Elizabeth, a'u pedwar plentyn. Gwilym oedd yr ail blentyn, bachgen dengmlwydd, ac roedd o wedi edrych ymlaen gymaint â neb at gael dod i'r oedfa. Plentyn bywiog ydoedd gyda phâr o lygaid treiddgar, ac yn aml fe ddywedai ei fam na wyddai beth a guddiai rhagddi.

Angylion oedd yn llenwi meddwl Gwilym y noson honno. I'r galeri yn Ebeneser y byddai pobl yn mynd ar ôl marw, a phan na fyddai neb meidrol o gwmpas, byddai ysbrydion y meirw yn cymysgu efo'r angylion a byddent yn hedfan rownd y capel. Gwilym yn unig a wyddai hyn gan mai iddo ef y rhoddwyd y ddawn o glywed angylion. Weithiau, ar ganol y weddi, byddai'n clywed siffrwd eu hadenydd, a byddai bron â marw eisiau agor ei lygaid i gael sbec.

Noson pregeth Evan Roberts, roedd yr angylion wedi

16

cynhyrfu'n lân. Roedd pawb wedi gwirioni, ac yn edrych ymlaen. Bu'r plant wrthi'n trafod am ddyddiau sut un fyddai Evan Roberts o ran pryd a gwedd.

'Dyn fel Joseff efo côt bob lliw a choron ar ei ben,' meddai ei chwaer fenga.

'Joffes!' gwaeddodd Ifan bach.

'Paid â bod yn wirion, Morfudd,' meddai Hannah, yr hynaf. 'Dwi'n deud mai dyn efo wyneb crwn 'run fath â Harri Pritchard Bwtsiar fydd o – dyn hapus am 'i fod o wedi gweld Iesu Grist.'

Roedd Ifan yn rhy ifanc i ddeall, ond gallai ymdeimlo â'r edrych ymlaen. Ni allai Gwilym ond gweld Evan Roberts fel dyn tal gyda het ffwr ar ei ben yn marchogaeth ceffyl gwyn a phobl yn lluchio dail palmwydd ato. Dyna siom a gafodd y plant pan gerddodd y Diwygiwr i mewn gan edrych fel pob dyn arall yn ei gôt ddu a'i goler wen. Ond y funud y dringodd y grisiau i'r pulpud a dechrau siarad, roedd o'n ddyn gwahanol a dechreuodd y bobl mewn oed borthi a gweddïo ac roedd y lle yn drydanol. Efallai mai Evan Roberts ddechreuodd sôn am yr angylion yn y galeri.

'Maen nhw yno rŵan, yn edrych i lawr arnon ni, ac yn tosturio wrth ein cyflwr ni. Maen nhw'n ein gweld am yr hyn ydym ni – bechaduriaid gwael y llawr. A beth yw ein cri ni? Maddeuant! Gras! Diferyn bach o ras gan y Brenin Mawr! Frodyr, mae'r dydd yn agosáu! Mae Dydd y Cyfrif Mawr gerllaw! Ydych chi'n barod amdano? Codwn, frodyr, codwn! Awn fel llu Moses gynt, allan o dir diffaith Pechod ac ymlaen i Dir yr Addewid! Ddowch chi efo fi?'

Roedd Gwilym yn barod i sefyll, ond er mawr syndod iddo, ac er mor daer y gwaeddai Evan Roberts, arhosodd pawb yn ei sedd heb symud. Dal i grefu wnaeth y Diwygiwr.

'Awn ymlaen! Rhagom filwyr Iesu!'

Edrychai Gwilym ymlaen at weld pawb yn codi fel un gŵr, yn cerdded drwy ddrysau'r capel, lawr y grisiau, a gorymdeithio'n urddasol i lawr Tre'r Gof i'r Maes ac at y Cei i ddangos eu bod o ddifrif eisiau eu hachub. Efallai y byddai'r Diwygiwr yn eu bedyddio yn Afon Seiont yn syth cyn iddynt newid eu meddwl fel Ioan Fedyddiwr gynt.

'Mae o'n disgwyl amdanom!' gwaeddodd, ac aeth y lle yn wenfflam. 'Mae o eisiau inni ddod ato, ac mae'r Ysbryd yn crefu amdanom. Fel mae'r 'Postol ei hun yn ei ddweud, "Y mae'r Ysbryd ei hun yn erfyn trosom ni ag ochneidiau anhraethadwy". Feiddiwch chi wrthod ei alwad?' Erbyn hynny, roedd pobl yn gweiddi ar draws ei gilydd, eraill yn gweddïo yn uchel, roeddent yn gafael am ei gilydd ac ambell un yn crio. Cododd Gwynfor Roberts ar ei draed i ledio emyn, ac roedd sŵn y canu y noson honno yn fythgofiadwy. Canodd pawb nerth eu pennau ac wrth i Gwilym godi ei ben i edrych i'r galeri, gwelodd adenydd angel yn diflannu yn sydyn. Daeth Evan Roberts i lawr o'r pulpud ac i fyny llwybr y capel a rhoddodd Gwilym ei law allan a chyffwrdd ei gôt. Dywedodd ei fam iddo gael ei fendithio am iddo wneud hynny, a byddai'n adrodd y stori am flynyddoedd wedyn.

Ond er i Gwilym allu cyffwrdd yng ngwisg y Diwygiwr, ni fu'r flwyddyn newydd yn un lwcus. Yn dawel bach, roedd Gwilym yn credu mai eu bai hwy ydoedd am beidio â chodi a dilyn Evan Roberts o'r capel. Petaent wedi ufuddhau, efallai y byddai pethau wedi bod yn wahanol. Ond ar y llaw arall, efallai na fyddai wedi gwneud gronyn o wahaniaeth. Dyna oedd y drwg efo pethau o'r fath, ni allai neb fod yn bendant. Fel arall y gwelai ei fam bethau. Am fod ei mab hynaf wedi cyffwrdd côt y Diwygiwr, cafodd ei achub o'r haint a laddodd ei frawd bach. Yr oedd fel yr Israeliaid yn rhoi marc ar y drws a'r drwg yn mynd heibio iddynt.

Ond ddaru o ddim mynd heibio, ond sleifio mewn drwy'r drws yn slei bach a dwyn Ifan oddi arnynt, a 'welwyd mohono wedi hynny. Roedd Gwilym a Hannah yn aros yn nhŷ Taid a Nain ar y pryd, a Morfudd efo Anti Meg. Diptheria oedd ar Ifan, ac nid oedd fiw i blant eraill gymysgu ag o. Tair oed oedd o'n marw. Dywedodd y gweinidog wrth Mrs Hughes fod Iesu

Grist yn hoff iawn o Ifan i'w gymryd mor ifanc, ond yr unig gasgliad y daeth Gwilym iddo oedd mae'n rhaid nad oedd Iesu Grist mor ffond o'r gweddill ohonynt. Am wythnosau, roedd o'n falch mai Ifan a gymerwyd, ac nid neb arall, ond yna dechreuodd deimlo euogrwydd dychrynllyd. Dyfalai a oedd Ifan yn hapus yn y nefoedd, oedd o wedi gwneud ffrindiau yno, a phwy oedd yn cadw llygad arno. Gwawriodd ar Gwilym pe na bai Ifan wedi marw, y byddai wedi peidio â bod yn fabi ac yn y man, wedi tyfu'n hogyn a fyddai'n frawd iddo. Ond am iddo farw, babi fyddai Ifan am byth, yn amddifad yn y nefoedd ac angylion yn gofalu amdano.

Yn y cynhebrwng, dechreuodd Gwilym feddwl am yr angylion yn y galeri, a sylweddolodd yn sydyn fod Ifan bach yn eu mysg. Dim pobl ddieithr oedd y meirw bellach, roedd o'n adnabod un ohonynt! Gymaint oedd ei syndod, fel y bu bron iddo ddianc o'i sedd a mynd i fyny i chwilio amdano. Ond roedd ganddo ofn gwneud sŵn a tharfu ar y cynhebrwng. Falle na fyddai ots gan Ifan, gan mai ei gynhebrwng o ydoedd.

Marwolaeth Ifan oedd dechrau'r broses o dyfu'n ddyn i Gwilym. Ond ddaru'r tri phlentyn dderbyn y brofedigaeth yn llawer gwell na'r fam . . . Y pryd hwnnw y sylweddolodd Gwilym fod tyfu yn broses gymhleth, a hynaf yn y byd yr oedd rhywun yn byw, mwya cymhleth oedd pethau. Roedd gan Gwilym frith gof o'r teulu cyn i Ifan gael ei eni, a hwythau'n dri o blant. Wedi iddo farw, aethant yn ôl i fod yn dri. Dim ond galw heibio ddaru Ifan ac aros gyda hwy am ychydig gan wneud ei fam yn ddychrynllyd o hapus. Efallai i Ifan fod yn barotach i fynd, doedd wybod, ac nad oedd wedi gwreiddio ei hun yn y ddaear mor ddwfn â'r plant eraill. P'un ai oedd a wnelo hyn rywbeth ag Evan Roberts, doedd dim modd gwybod. Ond cafodd Gwilym ugain mlynedd yn hwy nag Ifan druan ar y ddaear.

Digwyddiad mawr ei blentyndod, ar wahân i golli ei frawd bach a gweld Evan Roberts, oedd dathlu Coronêshon y Brenin. Cafodd bob plentyn ysgol ddiwrnod o wyliau a baneri papur i'w chwifio. Er bod castell anferth yng Nghaernarfon, roedd y Brenin yn byw ymhell bell i ffwrdd yn Llundain. Roedd popeth yn digwydd ymhell i ffwrdd o G'narfon. Rhyfeloedd, heintiau, tirgryniadau, newyn, a brenhinoedd – anaml y deuent cyn belled â Chaernarfon. Un o hoff gwestiynau Morfudd i'w mam oedd pryd fyddai'r Brenin yn dod i'r Dre, a'r ateb yn ddiffael oedd 'Mi ddaw, gewch chi weld, mi ddaw.' Petai'r Brenin yn dod, oedd cwestiwn Morfudd wedyn, a fyddai'n dod i'w tŷ hwy i gael te – a chymryd y byddai ei mam yn ei wadd? Yr ateb a gâi bob tro oedd 'Go brin, Morfudd bach, go brin.' Gwyddai Gwilym a Hannah nad oedd gobaith caneri y deuai'r Brenin yn agos i Gaernarfon, heb sôn am ddod i'w tŷ hwy, ond dal i obeithio wnâi Morfudd. Byddai wrth ei bodd yn gwisgo dillad crand ac yn eistedd am oriau yn y parlwr ffrynt 'rhag ofn'. Morfudd oedd yn iawn yn y diwedd. Wedi iddi aros am bedair blynedd ar ddeg, mi gytunodd y Brenin i ddod i Gaernarfon, a daeth â'r teulu i gyd efo fo. Welodd y Dre ddim dathliadau tebyg. Roedd y lle dan ei sang, ac aethant i gyd i'r castell ac mi wnaed mab y brenin, Edward VIII yn ddiweddarach, yn Dywysog Cymru. Fel yr eglurodd Mam yn garedig wrth Morfudd, 'Mi faswn i wedi eu gwadd 'tasen nhw ddim yn deulu mor fawr.' Erbyn hynny, roedd Morfudd yn ferch ifanc ac yn dechrau ffansïo ei hun fel tywysoges.

Cafodd Gwilym fagwraeth hapus, ac er nad oedd yn fawr o ran taldra, roedd yn fachgen iach ac yn boblogaidd ymysg yr hogiau. Un o'i ffrindiau pennaf yn yr ysgol oedd Alwyn Angal, hogyn tafarn *Yr Angel*, a chyda'i gilydd, crwydrasant bob stryd yng Nghaernarfon. Chwarae soldiwrs neu gowbois fyddent gan amlaf, ac yr oedd digonedd o fannau yn y dre i ail-fyw brwydrau'r gorffennol – Waterloo Port, Vinegar Hill, Balaclava Road, Wellington Terrace, a Turkey Shore. Wedi iddynt dyfu'n llanciau, dal i grwydro'r un strydoedd a wnaent, yn cyfarfod ffrindiau ac yn chwilio am ddiddanwch. Yn blant, arferent hoffi gwylio trol a mul Dafydd a Betsan yn dod o Dre'r Gof heibio'r Capel Saesneg, ac ymhen blynyddoedd byddent yn hiraethu amdanynt wrth gofio am hanes llosgi'r ddau druan wedi i lamp ffrwydro yn eu cartref.

Canolbwynt pob digwyddiad mawr oedd y Maes lle byddai'r dyn dall a'r oracl Twm Crïwr yn cyhoeddi'r hyn oedd ar ddigwydd ac yn darogan pethau mawr i ddod, megis ffeiriau a gwyliau, cyngherddau a nosweithiau mawr pan fyddai pobl yn heidio i Gaernarfon. Un o'r pethau gorau oedd cael gorymdaith ar y Maes. Wedi cael diddanwch yno, byddent yn crwydro i lawr i Gei Llechi i weld y prysurdeb diddiwedd yng nghysgod y Castell wrth i lechi gael eu llwytho a nwyddau gael eu dadlwytho oddi ar longau tal a gosgeiddig. Roedd hi'n ddifyr gwrando ar y morwr o Lydaw yn gwerthu nionod yn Gymraeg.

Ar y strydoedd roedd siopau dirifedi a rhyfeddodau gwahanol i'w gweld ym mhob un. Stryd Llyn oedd un o'r prif strydoedd, lle'r oedd Meri Jôs yn gwerthu papur newydd a lle'r oedd plant yn heidio i wario ceiniog ar bren melys yn Siop Jones y Drygist. Yn Siop y Ddynes Dew, caech botel o bop a thalp o deisen bwdin am ddwy geiniog. Siop Parri'r Gwydd, Siop Jane Hughes, Siop Tolmon, a Siop y Crydd lle gallech weld y crydd yn gwneud clocsiau a chlywed ei forthwyl yn curo drwy ffenest agored y seler. Lawr at y Bont Bridd yr aent wedyn, i Stryd y Porth Mawr nes yr oeddent o fewn waliau'r Dre. Roeddent yn adnabod rhywun ym mhob stryd, Stryd y Farchnad, Stryd y Jêl, Stryd y Castell, Stryd Pedwar a Chwech. Lawr drwy Borth yr Aur ar hyd y Promenâd i Ben Deitsh a lawr at y Cei. Dyna'r llwybr arferol, a'r Maes yn echel i'r cyfan.

Ryw ddiwrnod, ac yntau'n llanc deunaw oed, cerddai Gwilym ar ei ben ei hun ar y Cei. Roedd yn b'nawn dymunol a'r gwylanod yn hedfan mewn cylchoedd yng nghysgod y Castell.

Ar y Fenai, yr oedd amryw o longau a rhai yn dal i lwytho ar y Cei. Yr oedd llawer yn mynd am dro, ac roedd mwy nag un wedi dod i gael golwg ar y llong newydd a gyrhaeddodd y diwrnod cynt. Yn sydyn, clywodd Gwilym sgrech a gwelodd bobl yn rhedeg at ochr y dŵr ger Tŵr yr Eryr. Prysurodd yntau yno, a gwelodd wraig wedi colli arni ei hun yn llwyr.

'Helpwch! helpwch! 'Mabi gwyn i . . . Mae wedi syrthio, Help!'

Roedd rhywrai yn ceisio datod y bwi ger y Cei, ond pan welodd Gwilym wyneb truenus y plentyn yn y dŵr, sylweddolodd nad oedd eiliad i'w golli. Tynnodd ei esgidiau a'i siaced a neidio i'r afon.

Gwasgodd y dŵr amdano, a theimlodd ei ysgyfaint yn cael eu clymu'n dyn. Nofiodd at y ferch gan obeithio y byddai mewn pryd. Roedd ei llygaid ynghau, ond roedd ei dannedd yn clecian, ac roedd yn griddfan.

'Dyna ti, rwyt ti'n saff rŵan, 'mechan i,' meddai Gwilym gan afael amdani a theimlo ei gwallt gwlyb yn erbyn ei foch. Teimlodd ei braich eiddil yn gafael amdano, a gwirionodd ei bod yn dal yn fyw. Clywodd fonllef o gymeradwyaeth o'r Cei uwchlaw. Y dasg yn awr oedd ceisio nofio'n ôl gyda phwysau'r ferch ar ei gefn. Doedd hi ei hun yn pwyso fawr, ond roedd ei gwisg wlyb yn ei thynnu i lawr.

'Dwi mor oer,' meddai, a cheisiodd Gwilym nofio at y mur. Gwelodd gwch yn dynesu ato, ac o fewn dim, roeddent wedi cael eu codi gan y ddau yn y cwch.

'Mi fuost yn sydyn gythreulig,' meddai'r llongwr, 'yn ffodus i'r beth fach.'

Cawsant eu cludo nôl i'r Cei ac roedd twr mawr o bobl yn aros amdanynt, yn cynnwys mwy nag un heddwas.

'Lle mae'r dyn ifanc?' holodd un ohonynt.

'Dyma fo!' gwaeddodd eraill, wedi cynhyrfu'n lân. 'Mab Hughes y Banc ydi o!'

'Go dda, was, go dda!' meddai eraill gan guro Gwilym ar ei gefn. Ni allai Gwilym wneud dim ond sefyll yno, â'r dŵr yn diferu o'i ddillad.

'Hitiwch befo amdana i – gwnewch yn siŵr fod y fechan yn iawn,' meddai, gan besychu, ac wedi dychryn gyda'r fath sylw. Roedd cerbyd wedi dod heibio i gymryd y ferch at y meddyg.

Mam y ferch oedd un o'r rhai cyntaf i ddod at Gwilym.

'Wn i ddim sut i ddiolch i chi, na wn i wir. Heblaw amdanoch chi . . . ' meddai a dechrau crio.

'Hitiwch befo,' meddai Gwilym.

'Dydych chi ddim gwaeth?'

'Dipyn yn damp, ond dyna'r cwbl. Beth ydi enw'r plentyn?'

'Charlotte. Ddowch chi i'n tŷ ni rŵan i chi gael sychu a chael tamaid?'

'Mynd yn syth adre ydi'r peth callaf, wir i chi, diolch yn fawr Mrs . . . ?'

'Harrington,' atebodd. 'Mab Mr Hughes y Banc ydych chi meddan nhw.'

'Ia, Gwilym. Gwilym Hughes.'

'Mi af â hi at y meddyg rŵan i wneud yn siŵr nad ydi hi ddim gwaeth. Diolch o waelod calon i chi.'

Achub bywyd Charlotte Harrington oedd yr antur fawr gyntaf a ddaeth i ran Gwilym. Am ei ddewrder, fe'i hanrhegwyd â bathodyn arian gan *The Liverpool Shipwreck and Humane Society*. Honno oedd ei fedal gyntaf.

Pan ddaeth gohebydd *Yr Herald* i gael sgwrs ag o ynglŷn â'r digwyddiad, soniodd fod swydd wag ar gael gyda'r papur, ac wedi ymgeisio, bu Gwilym yn ddigon ffodus i'w chael. Tipyn o siom oedd hyn i'w dad gan ei fod wedi gobeithio cael lle i Gwilym fel clerc yn y banc. Ond ni allai Gwilym feddwl am dynged waeth na threulio ei oes yn gwneud cyfrifon pobl eraill. Roedd o eisiau tipyn o gyffro yn ei fywyd, ac roedd swydd gyda phapur newydd yn addo hynny.

PENNOD 2

Dringodd Gwilym risiau Swyddfa'r *Herald* yn sionc a chael ei dywys at ddesg yn ymyl llanc tal, penfelyn.

'Ti ydi Gwilym y Banc, felly? Croeso i'r *Herald*.'

'Fasa well gen i gael fy medyddio ag enw arall.'

'Gwil Gohebydd? John ydw i. Gobeithio y byddi di'n hapus yma. John Hen Walia maen nhw'n fy ngalw i, a does neb yn trafferthu efo'r John.'

'Un o Hen Waliau wyt ti, felly?'

''Nhad. Bob Hen Walia ydi o, felly fi ydi'r ail genhedlaeth – er mai ym Methesda y magwyd fi.'

'Rydw i wedi cael tipyn o waith cyfieithu yn barod.'

'Joban ddigon diflas ydi honna. Mi ofynnaf gei di ddod i'r Llys efo mi fory os leci di.'

Ac o'r bore cyntaf hwnnw, daeth Gwilym a Hen Walia yn bennaf ffrindiau.

Roedd Haf 1913 yn gyfnod digon cynhyrfus a rhuthrodd Hen Walia i'r Swyddfa un bore.

'Gwil – côt – brysia!'

'Dwi ar ganol sgwennu hwn – bos isio fo mewn erbyn hanner dydd.'

'Gei di gyfle i wneud hwnnw ar ôl dod yn ôl. Tyrd – os dalian ni fws deg, fyddwn ni yno mewn dim.'

Wedi brasgamu am ei gôt, rhuthrodd Gwilym i lawr y grisiau ar ôl ei gyfaill. Cael a chael fu hi i ddal y bws i Lanrug.

'Wyt ti'n mynd i ddweud be' sydd wedi digwydd?'

'Wn i ddim yn iawn. Twrw wedi bod dros nos.'

'Pwy sy'n deud?'

'Sam Sosban.'

'Fedri di ddim rhoi coel arno fo.'

Taniodd Hen Walia sigarét, ac eistedd yn ôl.

'Wyddost ti byth efo Sam. Weithiau mae o'n rwdlan yn ddifrifol, dro arall, mae o'n taro'r hoelen ar ei phen. Dwi wedi cael rhai o fy storis gorau gan yr hen Sosban.'

'A beth oedd ei stori'r bore 'ma?'

'Fod rhywun wedi trio rhoi Capel Mawr ar dân.'

Cyrhaeddasant Llanrug ac yr oedd awgrym Sam Sosban yn gywir. Roedd criw o bobl o flaen y capel, ac er nad oedd yr adeilad fawr gwaeth, yr oedd y drws wedi ei rannol losgi. Y Syffrajéts oedd wedi bod wrthi eto. Roeddent wedi ceisio rhoi un o ysgolion Caernarfon ar dân yn gynharach yn y mis, ond yr oedd yr ymosodiad hwn yn un mwy difrifol. Roedd powdr wedi cael ei ddefnyddio mewn bag a ffiws wedi ei gysylltu iddo. Dechreuodd Hen Walia holi pobl tra sgrifennai Gwilym nodiadau.

'Maen nhw wedi mynd rhy bell tro hwn!' meddai dyn bach efo mwstash gwyn. 'Os ydyn nhw'n dechrau llosgi capeli, does dim byd yn sanctaidd ganddynt.'

'Ga i'ch dyfynnu chi?'

'Cewch – fel ysgrifennydd Capel Mawr. 'Taswn i'n cael gafael arnyn nhw, mi fyddwn yn eu blingo yn fyw. Peidiwch â chyhoeddi hynny, da chi.'

'Ydych chi'n teimlo y dylen nhw gael eu dwyn gerbron eu gwell?' gofynnodd Hen Walia.

'Mae'n rhaid eu dal nhw gyntaf! Mae eisiau i Lloyd George fod yn fwy llawdrwm arnynt.'

'Ond 'dach chi'm yn meddwl bod gan y merched ddadl ddilys?'

'Does dim eisiau rhoi pleidlais iddynt. Os ydyn nhw'n ddigon gwirion i ymddwyn fel hyn, fedrwn ni ddim ymddiried y cyfrifoldeb o ddewis arweinydd gwlad iddynt!'

'Diolch yn fawr.'

Wrth gerdded i ddal y bws yn ôl, mynnodd Gwilym fod

rhaid i Hen Walia gadw'r ddysgl yn wastad a chael gafael ar rywun fyddai'n cyflwyno safbwynt y Syffrajéts. Roedd Hannah ei chwaer yn ffyrnig o'u plaid. Ers i Mrs Pankhurst gael ei charcharu am dair blynedd yn y Gwanwyn, roedd pethau wedi poethi, ond pan laddwyd protestwraig o dan garnau ceffyl y Brenin, roeddent wedi mynd yn wallgof.

'Doedd 'na neb yn Llanrug yn mynd i bledio eu hachos bore 'ma nag oedd?' atebodd Hen Walia. 'Fedra i ddim creu amddiffyniad iddynt os nad oes neb yn barod i'w leisio.'

'Mi ofynnwn i rai o genod Dre.'

'Pwy ti'n awgrymu – Leisa Jên Fudr?'

'Mi gaet ti farn ganddi o leia.'

'Dwi'n cofio coblyn o sgŵp ges i rhyw flwyddyn yn ôl. Dewin Dwyfor ei hun yn dod i agor Neuadd Llanystumdwy. Fel roedd o'n agor ei geg ar y llwyfan, dyma un o'r merchaid 'ma yn torri ar ei draws o, ac un arall wedyn – sôn am ffrwgwd.'

'Fuo'r dorf yn gas efo nhw?'

'Cas?' medda Hen Walia, 'roeddan nhw'n eu waldio'n ddidrugaredd. Hetia'n chwyrlïo, pobl yn eu curo efo ffyn ac ymbaréls, ac ambell un yn eu dyrnu.'

'Be' ddaru Lloyd George?'

'Eistedd i lawr â'r cadeirydd yn gweiddi, "Gosteg! Gosteg!" Roedd hi fel ffair.' Chwarddodd. 'Mae Lloyd George mewn sefyllfa wan efo'r Syffrajéts – wedi cytuno mewn egwyddor, tra bo'r Senedd yn trafod hawl merched sy'n berchnogion tai i fotio.'

'Fasa fo'n fan cychwyn on' basa?'

'Cychwyn ar y droed rong, Gwilym. Toris fydda'n cael eu fôts nhw, 'te? Dydi Lloyd George ddim eisiau fôts merched, oni bai eu bod yn fotio iddo fo, siŵr. Rêl cadno.'

Ymddangos heb safbwynt y Merched wnaeth y stori, ond gan gynnwys rhybudd clir Lloyd George ar iddynt fod ar eu gwyliadwriaeth, neu mi fyddai pethau'n ddrwg.

Roedd rhyw gynnwrf yn y swyddfa yn gyson, a mynd a dod oedd wrth fodd Gwilym a'i gyfaill. Swyddfa'r *Herald* oedd y lle i gael y newyddion diweddaraf, a theimlodd Gwilym ei bod yn addysg cael gweithio yno. Ar y pryd, yr oedd streic yr argraffwyr yn ei hanterth a'r streicwyr yn ymdrechu i gadw'r *Dinesydd* i fynd. Nid anghofiai Gwilym y diwrnod y cyrhaeddodd y swyddfa a chlywed am drychineb Senghenydd. Pa mor ddrwg bynnag oedd amodau yn y chwareli, doedden nhw erioed wedi dioddef trychineb ar y raddfa honno.

Gwawriodd blwyddyn newydd, a chafodd Gwilym fwy o gyfrifoldeb. Treuliai lai a llai o amser yn y swyddfa a byddai wrth ei fodd yn crwydro'r wlad yn hel gwahanol hanesion. Hoffai Gwilym gwmni pobl ac roedd ganddo ddawn gynhenid i sgwrsio â hwy. Daeth i adnabod pentrefi Arfon fel cledr ei law, ac roedd popeth o fewn ei faes – darlithoedd ac eisteddfodau, tafarndai ac ysgarmesoedd, hynt a helynt crefydd, mân hanesion hwnt ac yma, prisiau'r farchnad, prisiau ffermydd, priodasau ac angladdau.

Daeth adref ryw ddiwrnod i weld Hannah a Morfudd, ei chwiorydd, yn tynnu addurniadau'r Nadolig. Roedd Hannah ar yr ysgol, a Morfudd yn rhoi trefn ar y cadwyni papur.

'Dydach chi ddim yn eu tynnu i lawr yn barod?' holodd Gwilym.

'Meddwl y bydden ni'n arbed Tada, dydw i ddim yn lecio ei weld ar ysgol dyddiau hyn,' meddai Hannah. Hannah oedd yr hynaf ohonynt, dair blynedd yn hŷn na Gwilym. Roedd wedi tyfu'n wraig osgeiddig, ac roedd ei gwallt gwinau wedi ei dynnu yn blethen ar ei gwar.

'Tyrd i mi wneud hynny yn dy le di,' meddai Gwilym yn tynnu ei gôt, 'er bod yn gas gen i gael gwared ar addurniadau Nadolig.'

'Rydw i reit 'tebol o wneud hyn, Gwilym Hughes! Os wyt ti eisiau gwneud rhywbeth, tynna'r addurniadau oddi ar y goeden. Mae'n gas gen i'r joban honno.'

'Sori, Madam Syffrajét!'

'Mae'n rhaid i ti lapio pob un mewn papur llwyd,' eglurodd Morfudd, 'a'u rhoi yn y bocs coch.'

'Dwi'n lecio tynnu'r addurniadau,' meddai Morfudd, 'mae o fel dechrau ar lechen lân unwaith eto.'

'Ac mae Morfudd wedi gwneud addunedau,' meddai Hannah, 'ond dydi hi ddim yn deud beth ydyn nhw. Beth amdanat ti, Gwilym?'

'Fydda i byth yn eu gwneud. Edrych ar yr angel yma! Dwi'n cofio hon ers pan dwi'n blentyn!'

'Ro'n i'n smalio mai fi oedd honno yn hogan bach, ac mi wylltiais yn gandryll pan fynnodd Morfudd mai hi oedd hi.'

'Roedd yna ddwy, 'toedd?' meddai Gwilym, 'ond mi falodd Ifan un ohonynt a chael cerydd dychrynllyd.'

'Mae'n hen bryd inni gael addurniadau newydd,' meddai Morfudd, 'mae'r rhain yn hen fel pechod.'

'Dwi'n lecio ein bod ni'n dal i'w defnyddio flwyddyn ar ôl blwyddyn,' meddai Gwilym. 'Mae'n gas gen i eu rhoi i gadw, ac rwy'n ofni meddwl beth fydd wedi digwydd erbyn i ni eu gweld nhw eto.'

'Hwyrach mai pethau braf fydd yn digwydd.'

'Hwyrach. Ond mae'n rhaid i bethau trist ddigwydd hefyd, a gwaredu rhag y rheiny ydw i.'

'Wn i ddim amdanoch chi'ch dau, ond dwi'n mynd i gael 1914 cynhyrfus iawn, a finnau'n dathlu 'mhen-blwydd yn ddeunaw!' meddai Morfudd.

'A chawn ni ddim anghofio hynny!'

Lapiodd Gwilym bob addurn yn ofalus yn y papur llwyd gan eu rhoi yn y bocs, ond ni allai lai na theimlo ei fod yn eu claddu.

Dathlodd Morfudd ei deunaw, a theimlodd Elizabeth Huws yn hen yn sydyn â'i phlentyn fenga wedi cyrraedd yr oedran hwnnw. Tair ar ddeg fyddai Ifan bach petai wedi cael byw. Cafodd Morfudd lond gwlad o anrhegion, a chawsant ddiwrnod braf yn dathlu a thrip i Ddinas Dinlle. Rhyfedd oedd meddwl am Morfudd hithau fel gwraig ifanc bellach. Doedd hi ddim cyn dlysed â Hannah, ond roedd hi'n ferch fywiog oedd yn denu pobl ati. O ran cymeriad, falle ei bod yn debycach i Gwilym. Hannah oedd yr un ddwys.

'Eich meddwl yn bell, Leusa,' meddai ei gŵr.

'Dychryn sut mae'r plant 'ma'n tyfu ydw i.'

'Pobl ifanc ydi'r tri rŵan, a Morfudd yn ddeunaw oed.'

'Chi a minnau'n heneiddio yn barchus,' a chwarddodd Elizabeth.

Gorweddodd Elizabeth ar y gwair ac edrych ar y tri.

'Dydyn nhw ddim rhy hen i fynd i'r dŵr, chwaith,' meddai William.

'Rydw i'n falch eu bod yn ffasiwn ffrindiau efo'i gilydd. Mae hynny'n cyfrif llawer.'

Roedd hi'n hwyr y prynhawn ar y teulu yn casglu eu pethau ynghyd.

'Rydw i am gadw'r gragen hon i gofio am heddiw,' meddai Morfudd.

'Mae gen ti beth wmbredd o gregyn a fedri di ddim cofio p'run ydi p'run,' meddai ei chwaer.

'Mi gofiaf hon,' meddai Morfudd, 'a chofio'r diwrnod hapus rydan ni wedi ei gael.'

'Hwda, dyma un arall at dy gasgliad,' meddai Gwilym, 'Pen-blwydd Hapus,' a rhoddodd gragen firain wen yn ei llaw.

Bu'r diwrnod hwnnw yn fwy arwyddocaol nag y disgwyliasai neb. Pen-blwydd Morfudd yn ddeunaw oedd y diwrnod olaf iddynt ei gael fel teulu cyn i'r pryderon ymgasglu fel cymylau uwch eu pennau. Cyn bo hir, yr oedd pawb yn sôn am ryfel.

Yn Ewrop, yn y cyfamser . . .

Nid digwydd mae rhyfeloedd, cânt eu cynllunio'n ofalus.

Tra oedd yn rhaid cynllunio rhyfeloedd gynt yng ngwres y frwydr, daeth cyfle erbyn y bedwaredd ganrif ar bymtheg i gynllunio rhyfel mewn cyfnod o heddwch. Wedi i rwydwaith o reilffyrdd gael eu gosod ar draws Ewrop, roedd modd cynllunio symudiadau milwrol yn ôl amserlenni trenau. Yn ystod yr un ganrif, sefydlwyd colegau lle hyfforddid swyddogion, a datblygodd nifer o'r rhain drwy Ewrop – colegau lle daeth rhyfela yn astudiaeth gain y gellid neilltuo blynyddoedd i'w pherffeithio.

Cynnyrch coleg o'r fath oedd Schlieffen, Pennaeth Staff Cyffredinol yr Almaen, a apwyntiwyd ym 1891. Ers yn fachgen ifanc, yn chwarae gyda'i soldiwrs tun, roedd wedi ffoli yn llwyr ar strategaeth rhyfel. Erbyn 1911, roedd yn hen ŵr wedi ymddeol i'w stydi ond yn dal i bori dros ei gampwaith sef Memorandwm Mawr 1905. Roedd yn gynllun perffaith. Petai'r Almaen dan fygythiad, byddai ei byddin yn symud drwy Wlad Belg yn gyntaf, heibio gogledd Brwsel, ac yna ar draws gwastadeddau Fflandrys i gyrraedd ffin Ffrainc. Byddai hynny yn cymryd dau ddiwrnod ar hugain. Roedd wedi gwneud dadansoddiadau gofalus, gallai milwyr wedi eu hyfforddi fartsio ugain cilomedr mewn diwrnod. Ymhen mis, byddai byddin yr Almaen yn dilyn afonydd y Somme a'r Meuse, ac yna'n troi i'r dde tua'r Deheubarth, concro Paris o'r cyfeiriad gorllewinol ac yna'n gwthio byddin Ffrainc tuag at ail fyddin yr Almaen a ddeuai o Alsace Lorraine. Wedi eu gwasgu rhwng dwy fyddin Almaenig, byddai'r Ffrancwyr yn cael eu gorchfygu'n llwyr, ac ymhen 42 diwrnod, byddai'r fuddugoliaeth Almaenig wedi ei sicrhau, a byddai milwyr yr Almaen yn dal y trenau adref. Dyna oedd brwydr fer gan gadw'r costau yn isel.

Mewiodd y gath ac fe'i mwythwyd gan Schlieffen. Ochneidiodd. Y ffasiwn yn Ewrop bellach oedd datrys pob

anghydfod gyda thrafodaethau, pwyllgorau a darnau o bapur
. . . Roedd hanner arweinwyr gwledydd Ewrop yn perthyn y
naill i'r llall, a'r cyfan yn blant neu'n wyrion i Fictoria. Roedd
honno yn nain i ddeiliaid yr orsedd ym Mhrydain a'r Almaen,
teulu ei merch-yng-nghyfraith oedd yn Nenmarc a'i gwaed hi
oedd yng ngwythiennau Ymerodres Rwsia a brenhinoedd
Groeg. Ond roedd rhyw wlad yn sicr o dorri un o'r cytundebau
yn y pen draw. Roedd Rwsia yn niwtral tuag at yr Almaen oni
bai fod yr Almaen yn ymosod ar Ffrainc. Roedd yr Almaen yn
niwtral tuag at Rwsia oni bai fod Rwsia yn ymosod ar Awstria
– Hwngari. Y cynllun hwn oedd wedi meddiannu bywyd
Schlieffen.

Dadleuai rhai y dylid cynyddu nifer y milwyr troed, ond
golygai hynny gamddeall y cynllun. Waeth pa mor gyflym y
gallai milwyr gerdded, hyn a hyn ohonynt y gallai ffyrdd
Ffrainc eu dal. Ar ffordd dda, gallai colofn o filwyr gerdded
naw ar hugain cilomedr, deuddeg ar hugain ar y mwyaf. Wrth
gwrs, ar ffyrdd gwaelach, byddai'r cyflymder yn arafu. Roedd
modd gorlwytho ffyrdd gyda milwyr, felly rhaid oedd cadw'r
niferoedd i lawr.

Ymlaciodd yn ei gadair a gadael i'w feddwl grwydro. Petai
rhywun wedi gofyn iddo beth oedd ei uchelgais fawr, byddai
yn cyfaddef mai ailadrodd buddugoliaethau ei arwr van
Moltke oedd hynny – yn erbyn Awstria ym 1866 a Ffrainc ym
1870. Doedd yr un o'r ddwy ryfel wedi para yn hwy na saith
wythnos. Roeddent yn batrwm o ryfeloedd. Yr hyn oedd yn
newydd yn awr oedd y rheilffyrdd. Er mwyn sicrhau
effeithiolrwydd y rhain, byddai'n rhaid meddiannu dinasoedd
mawr Gwlad Belg a gogledd-orllewin Ffrainc. Unwaith y
byddent wedi cyrraedd y ffin, mater o symud ar droed oedd hi
wedyn. Ysai am gael clywed symudiad y trên a sŵn cynhyrfus
traed y milwyr.

Roedd hi'n dda nad oedd gan Schlieffen bêl risial achos
petai wedi edrych ynddi byddai'n sylweddoli y byddai ef ei
hun yn farw ymhen blwyddyn.

Roedd o'n ddyddiad anffodus i etifedd gorsedd Habsburg ymweld â Bosnia. Ar y dyddiad hwnnw bum can mlynedd ynghynt, roedd Twrci wedi concro Serbia. Doedd neb arall yn cofio, ond roedd y Serbiaid yn cofio yn iawn. Bellach, roedden nhw wedi cael gwared o orthrwm Twrci, ond doedd bod yn rhan o ymerodraeth Awstria Hwngari fawr gwell. Prin fod etifedd yr Ymerodraeth yn ymwybodol o'r cefndir hwn wrth gyd-deithio gyda'i wraig yn eu cerbyd crand ar hyd strydoedd y brifddinas.

Ar ei ffordd i lety'r llywodraethwr, dychrynwyd pawb pan luchiwyd bom tuag at y car brenhinol, ond ddaru hi ddim ffrwydro, er i un swyddog o'r Fyddin gael ei anafu. Ochneidiodd y dorf ei rhyddhad ac ailafael yn y gwaith o chwifio hancesi a churo dwylo. Efallai mai'r ymosodiad blaenorol oedd wedi styrbio'r gyrrwr, ond fe gymerodd y troad anghywir ac wrth geisio mynd wysg ei gefn i'r brif ffordd, daeth y cerbyd i stop. Gwelodd rebel Serbaidd ei gyfle, tanio'i wn a tharo'r etifedd a'i wraig. Bu farw'r wraig yn syth ac ymhen deng munud, roedd yr Arch-Ddug Franz Ferdinand, etifedd Ymerodraeth Awstria Hwngari, yntau'n gelain. Gollyngodd Gavrilo Princip y gwn a dechrau rhedeg, a rhuthrodd y dorf ar ei ôl. Roedden nhw am ei waed, ond un peth oedd ym meddwl Gavrilo – roedd wedi taro ergyd dros annibyniaeth Serbia.

Wedi'r drychineb hon, roedd Awstria mewn tipyn o bicil. Roedd hi'n gyndyn o ddial ar Serbia'n syth bin. Roedd Ewrop yn frith o gytundebau flynyddoedd oed rhwng y naill wlad a'r llall; yn eu plith y Cytundeb Triphlyg rhwng yr Almaen, Awstria-Hwngari a'r Eidal. Ar sail y cytundeb hwn, cysylltodd Awstria â'r Almaen ac aeth mis cyfan heibio cyn i unrhyw beth ddigwydd.

Rhoddodd Pennaeth y Fyddin Almaenig orchymyn i'r milwyr ymgasglu a bod yn barod. O fewn oriau, roedd

Ymerawdr Awstria wedi arwyddo gorchymyn i'w Fyddin ef ymbaratoi. Mater i Rwsia ydoedd yn awr, a chyda chalon drom, cytunodd y Tsar i ddweud bod byddin Rwsia yn ymarfogi. Erbyn diwedd nos Iau, 30 Gorffennaf, 1914, roedd posteri ar strydoedd St Petersberg a gweddill dinasoedd Rwsia yn galw milwyr i'r pencadlysoedd.

Roedd Ewrop yn dal ei gwynt ac ofn rhyfel yn llenwi pawb. Yr oedd fel crochan yn ffrwtian yn ffyrnig cyn berwi.

Daeth pedair awr ar hugain Gwlad Belg i ben. Daeth Wltimatwm Rwsia i ben. Drannoeth, yr oedd Prydain wedi anfon ei hwltimatwm hi i'r Almaen. Pe na bai'r Almaen yn tynnu ei lluoedd o Wlad Belg, byddai Prydain, ynghyd â Ffrainc a Rwsia yn datgan rhyfel yn eu herbyn. Aros yn eu hunfan wnaeth milwyr yr Almaen. Am hanner nos, ar y pedwerydd o Awst, cyhoeddodd Prydain a'i chynghreiriaid ryfel yn erbyn yr Almaen. Gadawodd llysgennad yr Almaen Paris a gadawodd llysgennad Ffrainc Berlin. Gwrthododd Gwlad Belg ganiatáu milwyr Almaenig ar ei thir ac apelio am gymorth y Brenin Siôr yn Lloegr. Yn yr Almaen, tynnwyd cynllun Schlieffen o'r drôr.

* * *

Yn nhref Tamines, roedd y trigolion yn deffro. Agorwyd y siopau, rhoddwyd y ffrwythau a'r llysiau ar y meinciau ar y stryd, rhoddwyd papurau newydd yn eu lle. O'r becws, yr oedd arogl bara yn temtio'r rhai oedd ar eu ffordd i'r gwaith, ac roedd y plantos ar eu gwyliau yn ymgynnull ar y sgwâr. Canodd cloch beic wrth i'r gyrrwr geisio osgoi ci. Gwaeddodd Madame Merser wrth weld ei chymydog yn croesi'r ffordd. Ar ei ffordd i'r swyddfa bost, cofiodd Amelie ei bod wedi gadael ei rhestr siopa ar y bwrdd, a theimlodd yn flin. Dyma sut y bu trigolion Tamines yn byw ers cyn cof.

Y diwrnod hwnnw, digwyddodd rhywbeth gwahanol. Rhywbeth na ddigwyddodd erioed o'r blaen. Daeth fflyd o geir swyddogol yr olwg yn llawn milwyr drwy'r stryd fawr. Stopiodd y ceir ar y sgwâr er mawr syndod i bobl y dref. Daeth y milwyr allan a gafael mewn dynion a'u llusgo at y sgwâr. O fewn dim o dro, yr oedd pawb yn cael eu corlannu. Aeth rhai milwyr i siop y groser a gafael yn yr hen Monsieur Etienne. Gwaeddodd ambell un, ond roedd y mwyafrif yn rhy ofnus i yngan gair. Dychrynodd y bobl a rhedeg i'w tai, ond daeth y milwyr atynt a rhwygo dynion oddi ar eu gwragedd a'u plant. Yn y becws, roedd Madame Merser yn sbecian drwy'r bleindiau. Roedd yn adnabod pawb bron iawn ar y sgwâr. Clywodd fwled yn cael ei saethu, ac un arall, ac un arall. Rhedodd pawb i bob cyfeiriad, ond roedd yn bwrw bwledi a syrthiodd y dynion fel brwyn ar lawr. O fewn munudau, roedd y cyfan ar ben. Cerddodd y milwyr ymysg y cyrff a thrywanu unrhyw arwydd o fywyd â'u bidogau. Y diwrnod hwnnw, saethwyd tri chant wythdeg pedwar o drigolion Tamines.

Yr oedd y lladdfa a fyddai'n aberthu deng miliwn o fywydau wedi cychwyn.

PENNOD 3

Gorffennodd Gwilym ei ginio yng Nghaffi Mamies ar y Maes a thanio sigarét. Daeth y weinyddes â phaned o de iddo, a thalodd ei fil.

Darllenodd y stori yn y papur am anturiaethwr o'r enw Shackleton yn cychwyn ar antur fawr i Begwn y De. Dyna oedd menter wirioneddol, ac yntau heb syniad beth oedd o'i flaen. Diolchodd Gwilym na fyddai'r fath beryg yn dod i'w fywyd. Fel yr oedd yn ymgolli yn ei smôc, rhuthrodd Hen Walia i mewn, a golwg dyn wedi drysu arno.

'Mae o wedi digwydd!'

'Stedda lawr, hogyn, beth sydd?'

'Mae Prydain wedi datgan rhyfel – telegram wedi cyrraedd y Swyddfa rŵan! Mae Bos wrthi'n ail sgwennu ei olygyddol.'

'Unrhyw fanylion pellach?'

'Admiral Jellicoe yng nghofal y Llynges, sôn mai Kitchener fydd y Gweinidog Rhyfel . . . '

'Dyna sydyn mae popeth yn digwydd, a'r cyfan wedi bod yn y gwynt tan rŵan. Ond roedd o'n bownd o ddigwydd rywsut, 'toedd?'

'Oedd o?' holodd Hen Walia, 'ro'n i wastad yn meddwl fod gobaith falle fasa'r Almaen yn cael traed oer.'

'Os ydi dynion eisiau rhyfel, mi wnawn nhw'n sicr eu bod yn llwyddo,' meddai Gwilym. 'Hen ddiawlad ydi'r Jyrmans.'

'Tyrd, awn ni'n ôl i weld beth sydd wedi digwydd.'

'Rwbath yn bod?' gofynnodd Meri Crim Cêcs o'r tu ôl i'r cowntar.

'Rhyfel wedi ei chyhoeddi, Mrs Owen.'

'Rargol hedd! Ydan ni mewn peryg?'

'Mi ddaw ein tro ni, Mrs Owen,' atebodd Hen Walia.

'Mi af i ddweud wrth drws nesa,' meddai yn llawn cynnwrf.

'Dyna'r tro cyntaf i mi ei gweld yn rhedeg,' meddai Gwilym gan wenu.

Aeth y stori o amgylch y dref fel tân gwyllt. Fel yr oedd ei brawd yn ail-gysodi pethau yn y papur, roedd Hannah yn prysuro i'r dre i gwrdd â'i ffrind, Gwladys. Yr oedd uwchben ei digon. Yr oedd wedi gorffen golchi'r dillad y bore hwnnw, ac roedd mis o wyliau yn ymestyn yn ddiog o'i blaen. Yr oedd yn benderfynol o fanteisio ar bob awr o bob dydd, ac o flasu'r diwrnodau i'r eithaf. Yr oedd Gwladys eisoes wedi cyrraedd y caffi ac wedi cadw sedd iddi, ond roedd golwg bryderus ar ei hwyneb.

'Gwladys, ydych chi'n iawn?' gofynnodd yn betrusgar.

'Rhyfel,' meddai ei ffrind, 'Maen nhw wedi cyhoeddi rhyfel.'

Eisteddodd Hannah a theimlo rhyw ryddhad. Wedi cymaint o sibrydion ers wythnosau, roedd rhywbeth pendant wedi digwydd. O leiaf, gwyddai pawb lle'r oeddent yn sefyll yn awr. Roedd hi'n rhyfel rhyngddyn nhw a'r Almaen.

'Fydd pethau'n ddrwg rŵan, Gwladys.'

'Wyt ti'n meddwl y gwnaiff o 'ffeithio arnon ni yma, – mor bell i ffwrdd?'

'Does wybod, ond fydd pethau ddim 'run fath . . . '

Yr un oedd sgwrs pawb yn y Caffi. Pwy bynnag ddeuai i mewn, yr un stori a gaed. Yr oedd pawb yn barotach i siarad â'i gilydd, nawr fod rhyw argyfwng yn eu clymu ynghyd.

'Sut ydach chi, Miss Hughes?' gofynnodd y llanc wrth ei hochr. Trodd Hannah i weld Dewi, brawd Hen Walia yn sefyll wrth ei hymyl. Roedd ei chwaer fenga yn ei dosbarth yn yr ysgol.

'Dwi'n iawn diolch – wedi styrbio peth efo'r newydd, fel pawb arall.'

''Dan ni'n dau am ymuno â'r Fyddin,' meddai Dewi, â'i wyneb yn llawn balchder.

'Bobol bach, 'dach chi'n rhy ifanc!'

Rhoddodd Dewi winc, 'Gawn ni weld 'te? Mae pawb yn ymgasglu ar y Maes heno i glywed y diweddaraf. Da bo chi.'

'Mae sôn am Ryfel fel cyffur i'r oedran yna,' meddai Gwladys.

'Mae gen i ofn ei fod o,' meddai Hannah gan edrych ar yr ysgwyddau ifanc yn swancio'n hyderus wrth adael y caffi. 'Chwarae plant ydi'r cyfan iddyn nhw.'

Y funud y cyrhaeddodd Hannah adref, gwyddai y byddai'n rhaid iddi dorri'r newydd i'w mam. Agorodd ddrws y parlwr, ac am ennyd, rhewodd llun o'i mam yn pwytho wrth y ffenest yn ei hymwybod. Silowét ydoedd, a chudynnau o'i gwallt yn mynnu dod yn rhydd o'r grib. Canolbwyntiai yn llwyr ar ei thasg, heb godi ei phen i edrych ar ei merch. Roedd Hannah yn gyndyn i darfu ar lonyddwch y darlun. Ond yna roedd ei Mam wedi dyfalu.

'Be' sy'n bod, Hannah?'

'Maen nhw wedi cyhoeddi rhyfel, Mam . . . Gwladys oedd yn deud . . . '

Ni chynhyrfodd ei mam; yn hytrach, eisteddodd yn ôl a rhoi ochenaid ddofn yn llawn anobaith. Cofiai y newydd yn torri am Ryfel y Boer. Doedd dim diwedd ar awydd dynion i ymladd.

'Mae Dewi Hen Walia yn dweud ei fod am ymuno. 'Tydi o ddim yn ddeunaw eto.' Caeodd ei Mam ei llygaid yn flinedig, yna edrychodd drwy'r ffenest. Daeth ysfa dros Hannah, rhyw ysfa i'w gwarchod, fel petai'n gyfrifol am ei mam.

'Mae'n siŵr fod Tada'n gwybod.'

'Mae pawb yn dre yn siarad am y peth.'

'Be' ddaw ohonon ni Hannah fach?'

Ar ôl swper, eisteddodd William Hughes gyda'i bibell i ddarllen *Yr Herald Cymraeg*.

'Hm, y Golygydd yn lleisio ei farn reit bendant, Gwilym . . .

"Nid oes a wnelo ni ddim â'r cweryl rhwng Awstria a Serbia . . . " '

'Clywch, clywch!'

' " . . . Rhy chwannog yw'r Sais i ymyrryd ym musnes pobl eraill ac y mae'n hen bryd iddo ddysgu meindio'i fusnes ei hun. Y mae ganddo ddigon i'w wneud gartref . . . " '

'Yn hollol,' meddai Elizabeth Hughes.

Fflamio wnaeth Gwilym fod *Yr Herald* wedi mynd i'w wely cyn gallu cyhoeddi'r newyddion mawr am y rhyfel yn torri.

'Hen un difeddwl ydi'r Kaiser. Ddaru o ddim ystyried gohirio goresgyn Gwlad Belg er mwyn cynnwys y newyddion yn *Yr Herald*,' meddai ei dad.

'Mae o wedi gweithio pethau'n ddigon cyfleus i'r *Caernarvon and Denbigh*,' atebodd Gwilym yn sych.

'Gaiff *Yr Herald* hen ddigon o gyfle i sôn am y rhyfel, dwi'n siŵr.'

Roedd yn rhaid i Gwilym a Hannah gael mynd i'r Maes fel pawb arall gyda'r nos rhag ofn fod rhagor o newyddion. Roedd Morfudd eisiau mynd efo nhw, ond rhoddodd ei thad ei droed i lawr. Am ugain munud i saith y noson honno, safodd bachgen ifanc mewn gwisg filwrol ar y Maes a chanu corn. O'i gwmpas yr oedd tyrfa helaeth, a'r plantos yn ymwthio i'r blaen i gael gweld y milwr. Sylwodd Gwilym ar eu llygaid llawn cynnwrf a rhyfeddod. Doedd gan amryw ddim esgidiau am eu traed. Arhosai'r gwragedd yn dawel, megis corws mewn trasiedi Roegaidd, yn gwybod llawer, ond yn cadw'r cyfrinachau iddynt eu hunain. Sylwodd Hannah ar wyneb Mrs Roberts, *Yr Angel*. Edrychai yn flinedig ac yn llawer hŷn na'i hoed. Trodd pawb eu pennau gyda'i gilydd pan glywsant sŵn yn mynd i fyny Stryd Llyn. Yr oedd criw o filwyr y *Territorials* yn llusgo gynnau ar olwynion tuag at y barics. Yr oedd negeswyr am eu gorau yn sgrialu o fan i fan, a beiciau a cherbydau yn prysuro.

Doedd fawr o awydd cysgu ar y rhai ifanc y noson honno, a cherddodd Gwilym i'w waith y bore wedyn, yn bur swrth. Yr oedd y milwyr yn ymgasglu yn y stesion i fynd i Sir Fôn. Dros

nos, yr oeddent wedi penderfynu ymuno â'r Fyddin ac wedi
gadael eu swyddi mewn ffatrïoedd a swyddfeydd i ganfod
cynnwrf yn rhywle ymhell o Gaernarfon. Dewi Hen Walia oedd
un o'r rhai cyntaf iddo eu hadnabod.

'Dwi wedi listio, ddaru nhw dderbyn 'mod i'n ddeunaw,'
meddai, yn llawn balchder.

'Bydd di'n ofalus rŵan,' meddai Gwilym, 'Mi fydd dy fam
yn poeni ei henaid amdanat.'

'Duwadd, fydda i'n iawn,' meddai Dewi, 'dyma 'nghyfle i
weld y byd,' ac i ffwrdd â fo.

Yn ei swyddfa uwchlaw'r Maes, ceisiodd Gwilym gau sŵn y
dorf o'i glustiau a chanolbwyntio ar ei waith. Roedd o eisiau
meddwl am rywbeth heblaw'r rhyfel. Ers bron i bedair awr ar
hugain, doedd neb wedi sôn am ddim arall, yn y swyddfa nac
ar yr aelwyd adref. Ar y ddesg o'i flaen yr oedd araith Lloyd
George angen ei golygu:

'Dyletswydd pob mab a merch a adewir ar ôl ydyw ymarfer,
gyda chymorth Rhagluniaeth Duw bob gwroldeb ac
arafwch; dyna yn unig all ein cysgodi rhag canlyniadau
gwaethaf rhyfel. Mewn sobrwydd a hunan-barch,
meddiannwn ein heneidiau fel y byddom ffyddlon i Dduw
a'n gwlad . . . '

'Paned?' gofynnodd Hen Walia.

'Rywbath i roi seibiant i mi o Lloyd George. Ar beth wyt ti'n
gweithio?'

'Choeli di byth – prisia siwgr a marjarîn.'

'Be' sy'n bod efo'r rheiny?'

'Codi maen nhw. Ddylia neb dalu mwy na grôt am siwgr a
deg ceiniog am farjarîn. Da ydi bod yn *"war correspondent"* 'te?'

Roedd Hen Walia yn ymdrechu yn rhy galed i gadw wyneb
siriol. O'r diwedd, dywedodd Gwilym, 'Welais i dy frawd bore
'ma – yn mynd at y Stesion. Ddeudodd o ei fod wedi listio.'

'Ffŵl bach. Ddeudodd o wrth bawb a welodd, siŵr o fod.

Diawch o le wedi bod yn tŷ ni, ond be' wnei di?'

'Tydi ó ddim digon hen nac ydi?'

'Dyna ddeudodd pawb wrtho, ond mi ddaru'r Swyddfa ei gymryd o. Gafodd 'Nhad a Mam gythraul o sioc pan ddaeth o'n ôl a deud ei fod yn cychwyn bore heddiw.'

'Chaiff o mo'i yrru i'r Fyddin yn syth gaiff o?'

'Mae 'na chydig wythnosau o hyfforddi, ac wedyn Belgium amdani.'

'Gobeithio i'r Tad y bydd o'n iawn.'

Drwy'r p'nawn, yr unig beth ar feddwl Gwilym oedd wyneb glandeg Dewi, a'r gobaith yn ei lygaid glas. Yn sydyn, gwawriodd arno. Roedd o – Gwilym Hughes – yn un o'r meibion 'a adewir ar ôl' i ymarfer gwroldeb ac arafwch chwadal Lloyd George. Mewn rhyfel, dwy ochr oedd yna, a rhaid oedd bod ar y naill neu'r llall. Doedd yna ddim tir canol. Roedd rhywun naill ai yn rhan o'r frwydr, neu yn 'un a adewir ar ôl'. Dechreuodd y syniad gnoi tu mewn iddo fel dannodd. Roedd Dewi wedi dewis mynd.

O fewn wythnos, yr oedd llawer wedi digwydd. Yr oedd bechgyn drwy Brydain gyfan yn ymuno â'r Fyddin. Yng Nghaernarfon, aeth wyth o ddinasyddion Almaenig a phâr Almaenig, oedd yn digwydd bod ar eu gwyliau yn yr ardal, i Swyddfa'r Heddlu i gofrestru. Mewn rhai trefi, cynhaliwyd cyfarfodydd i drafod yr hyn ddylid ei wneud i helpu gwragedd a phlant y rhai oedd wedi ymuno â'r Fyddin, a chwtogwyd oriau Chwarel y Penrhyn a chwareli Dyffryn Nantlle. Poenai eraill y dylai tafarndai gau yn gynt gyda'r nos, a phasiwyd cynnig yn y capeli o blaid heddwch yn Ewrop. Dechreuodd Hannah a Morfudd a'i mam weu sanau. Yn Liege, lladdwyd 25,000 o filwyr Almaenaidd.

Erbyn diwedd Awst, yr oedd Gwilym yn cywiro hysbyseb i'r *Herald* ar gyfer rhai oedd 'eisiau gwasanaethu eu gwlad yn ystod y rhyfel'. Roedd recriwtio am filwyr wedi cychwyn yn Sir Gaernarfon ac roedd pawb oedd yn berchen car i fod i helpu. Ym mhob un o'r prif drefi, yr oedd Swyddfa Recriwtio wedi agor, gan gynnwys Caernarfon. Roedd sôn fod bechgyn yn gyndyn i ymuno. Yr oedd llawer o weision ffermydd wedi dangos diddordeb, ond fawr o chwarelwyr. Yna, sylwodd ar ddyfyniad o'r *Times*: 'Yn Eisiau: Peisiau i bob llanc abl o gorffolaeth nad ydynt eisoes wedi ymuno â'r Fyddin'. Yn sydyn, deallodd yr ergyd a theimlodd anesmwythyd yn gafael ynddo o'r newydd.

Gyda'r nos yn eu cartref yn Eirianfa, eisteddai Gwilym yn y gegin yn cael paned o de. Roedd Nela y forwyn yn glanhau esgidiau ac yn darllen ambell bwt o'r papur newydd wrth y bwrdd.

'Yli cyngor handi yn fan hyn, "Os bydd sospan neu biser yn gollwng, gwnewch lwmp o does a rhoddwch ar y twll y tu fewn i'r llestr, ac fe wna'r tro hyd nes y daw y tincer", – chlywais i ddim hynna o'r blaen . . . Gwilym . . . oes rhywbeth yn bod?'

Deffrôdd Gwilym o'i freuddwyd.

'Dim, Nela, dim . . . '

'Roeddat ti mhell i ffwrdd yn rwla.'

'Wedi cael diwrnod calad yn y gwaith ydw i, ac yn falch o fod adra.'

'Wyt ti'n gorweithio, dywed? Mae golwg ddigon llwydaidd arnat ti'n ddiweddar. Isio i ti gael mwy o awyr iach sydd, yn lle dy fod ti'n ganol mwg baco y dynion 'na.'

Sylwodd arno'n cymryd darn arall o gacen.

'Dim yn bod ar dy archwaeth chdi chwaith.'

'Nela, be' 'dach chi'n feddwl fasa Tada yn 'ddeud 'taswn i'n sôn am ymuno â'r Fyddin?'

Peidiodd y brwsh llnau sgidia.

'Maen nhw'n mynd o un i un o'r Dre 'ma.'

'Dwi'n gwybod, a dydi o ddim yn iawn fod rhai yn mynd ac eraill yn aros adra.'

'Adra mae dy le di.'

'Adra ydi lle pawb.'

'Mi fasa dy fam yn torri 'chalon . . . '

'A 'nhad?'

'Fasa well ganddo fynd ei hun na dy weld di'n mynd.'

'Mae o'n rhy hen. 'Mond dynion dan 35 maen nhw isio.'

'Wyt ti wedi siarad efo fo o gwbl?'

'Naddo,'run gair.'

Petai'n onest efo'i hun, fe fyddai'n cyfaddef fod arno ormod o ofn. Byddai siarad â'i dad yn dod â'r peth yn nes ato. Cyn belled ag yr oedd yn syniad yn ei ben, roedd fel anifail yn gaeaf-gysgu, ond unwaith y byddai'n dechrau ei drafod, byddai'n rhaid wynebu cwestiynau caled. Ond wedi ysgogiad Nela, gwyddai nad oedd ganddo ddewis.

Achubodd ei dad y blaen arno. Yn y parlwr rai dyddiau wedyn, roedd ei ben yn y papur pan ddywedodd, 'Mae deuddeg o hogia C'narfon wedi listio. Wyt ti'n eu nabod nhw?'

'Bob un bron – roeddan nhw'n 'rysgol.'

'Be' ddaw ohonyn nhw, wn i ddim.'

'Mae'n rhaid i rywun fynd.'

Cododd William Hughes ei ben. '*Oes* rheidrwydd mewn gwirionedd?'

'Beth sy'n gwneud hogia G'narfon yn wahanol i rai gweddill y wlad?'

'Does dim rhaid i neb o'r wlad yma fynd. Does a wnelo ni ddim oll â'r rhyfel . . . '

'Ond mae'r Almaen wedi cyhoeddi rhyfel yn erbyn Ffrainc. Mae pobl Gwlad Belg yn cael eu lladd yn ddidrugaredd . . . '

'Ac mae lladd hogia C'narfon yn mynd i wneud popeth yn iawn?'

'Rhyfel ydi, Tada. Pwy bynnag sydd â'r mwyaf o filwyr fydd yn ennill.'

'Felly os collwn ni gan mil o filwyr, a nhwtha naw deg naw mil, mi fyddwn ni wedi ennill?'

'Ddaw hi ddim i hynna.'

'Saith deg mil, hanner can mil – be' 'di'r ots?'

Ysgwydodd William Hughes ei ben.

'Ddim yn ei weld o'n deg ydw i Tada, fod John Pritch a Nefydd a George a Now a Dewi Hen Walia i gyd yn mynd a ninnau yn aros ar ôl. Os ydi rhai yn mynd, mi ddylian ni i gyd wynebu'r gelyn . . . '

'Wyddost ti ddim hyd yn oed pwy ydi'r gelyn. Wyt ti'n mynd i saethu at bwy bynnag ddeudan nhw wrthot ti am saethu?'

'Wn i ddim os fedra i saethu hyd yn oed!'

'Wel meddwl am hynna, cyn gwneud dim byd byrbwyll.'

Bu distawrwydd rhwng y ddau am dipyn. Cyn noswylio, safodd William Hughes wrth y drws a troi at ei fab, 'Gwilym . . . '

'Ia . . . '

'Dwi'n gwybod dy fod ti mewn sefyllfa anodd yn gweld hogia eraill yn mynd . . . '

Ni ddywedodd Gwilym air. Doedd gan ei dad mo'r syniad lleiaf y gwewyr roedd o'n ei ddioddef.

'Jest cofia am dy fam, Gwilym. 'Tase rhywbeth yn digwydd i ti, mi fydde'n ddigon amdani.'

Dyna'r math o fygythiad fedr rhieni ei osod wrth dalcen eu plant, meddyliodd Gwilym. Roedd o'n wystl rŵan, a phe cymerai gam, byddai yna oblygiadau dychrynllyd. Byddai waeth i'w dad fod wedi clymu maen melin am ei wddf.

* * *

Ni fyddai Elizabeth Hughes byth yn anghofio'r diwrnod pan glywodd y newyddion. Roedd yn y Dre yn siopa a newydd brynu cig oen gan Harri Bwtsiar.

Rhoddodd y cigydd ei newid iddi, a deud yn sobr, 'Pawb wedi dychryn efo'r newyddion, 'tydyn?'

'Pa newyddion?' gofynnodd Elizabeth yn ddiniwed.

'Hogyn Bob – Bob Hen Walia.'

'John?'

'Naci – Dewi – yr un sy'n y Fyddin.'

'Ydi o wedi ei frifo?' gofynnodd Elizabeth yn bryderus.

'Wedi ei ladd, y teulu wedi cael telegram bore 'ma.'

'Wedi ei ladd?'

'Ia, creadur bach. Fynta ddim yn ddeunaw eto. Ond roedd o'n benderfynol o gael mynd. Hogyn dewr oedd o.'

Daeth gwraig arall i mewn a holi beth oedd yn bod.

'Dewi, mab Bob Hen Walia – wedi ei ladd yn y rhyfel. Ei rieni wedi cael telegram bore 'ma,' meddai'r cigydd eto, fel petai'n adrodd salm.

Roedd o wedi ei ddweud eto, meddyliodd Elizabeth. Doedd hi ddim wedi camglywed. Roedd Dewi wedi marw.

'Newydd fynd i'r Fyddin oedd o, 'te?'

'Dibrofiad oedd o 'debyg. Chafodd o ddim mis o drening, mae'n rhaid. Miloedd wedi marw yn ôl y sôn.'

Roedd baich Elizabeth yn drymach nag arfer wrth iddi gerdded adref y p'nawn hwnnw. Peidiodd y rhyfel â bod yn rhywbeth pell i ffwrdd. Roedd yn hunllef enbyd oedd wedi lladd plentyn o Gaernarfon. Sut yn y byd oedd Bob ac Annie am wynebu bywyd yn awr? Beth fyddai yn ei ddweud wrthynt? Beth ddeuai o Megan fach?

Beth fyddai'r effaith ar John? Llifodd y cwestiynau i'w meddwl, ond roedd un peth yn gwbl sicr. 'Châi Gwilym fyth fynd i'r Fyddin yn awr. Byddai hi ei hun yn marw gyntaf cyn gadael i fab arall gael ei golli.

Pan gyrhaeddodd ddrws y tŷ, gwelodd Hannah a Morfudd yn sefyll ar y rhiniog, ac wrth eu gweld, dechreuodd grio yn afreolus.

'Mi glywsoch?' gofynnodd i'w merched.

'Daeth Idris draw, roedd o newydd glywed yn Dre . . . '

'Ydi Gwilym yn gwybod?'

'Gaiff staff Yr Herald glywed cyn neb arall, 'debyg,' meddai Hannah.

''Mabi annwyl i,' meddai Elizabeth a gosod ei neges ar y bwrdd.

'Fedra i ddim peidio â meddwl am Megan fach,' meddai Hannah. 'Dwi'n teimlo fel mynd i'w gweld yn syth.'

'Cadw draw ydi'r peth gorau am heddiw,' atebodd ei mam, 'fyddan nhw'n gwneud trefniadau'r angladd.'

Edrychodd y ddwy chwaer ar ei gilydd.

'Fydd 'na ddim angladd,' meddai Morfudd.

'Be' wyt ti'n feddwl?' gofynnodd ei mam.

'Idris ddeudodd.'

'Fydd rhaid iddyn nhw ddod â'i gorff o adra.'

Eisteddodd Hannah i lawr a cheisio egluro gorau gallai.

'Yn ôl be' glywodd Idris, am fod 'na gannoedd os nad miloedd wedi marw, wyddan nhw ddim pwy ydi pwy. Felly, yn ôl ddallton ni,' aeth Hannah yn ei blaen, 'maen nhw'n claddu pawb yn y fan a'r lle – pawb efo'i gilydd . . .'

'Ac un cynhebrwng mawr fydd o – i gannoedd ar gannoedd o soldiwrs,' ychwanegodd Morfudd. 'Roedd o'n iau na mi.'

'Ydi Bob ac Annie yn gwybod hyn?' meddai ei mam yn syn.

'Siŵr gen i.'

'Falle mai mynd i'w gweld yn syth fyddai orau 'ta,' meddai Elizabeth.' Fe awn ni heno.'

'Dydw i ddim isio dod,' meddai Morfudd.

'Popeth yn iawn, Morfudd fach.'

Tra oedd ei fam a'i chwaer yn cydymdeimlo efo'r teulu, trefnodd Gwilym i gyfarfod Hen Walia yn y *Prince of Wales*. Yr oedd Hen Walia eisiau mynd allan o'r tŷ, ac eisiau cuddio yng nghanol pobl. Camgymeriad oedd hynny, achos daeth pawb ato i gydymdeimlo ag o.

'Tyrd allan o fan hyn cyn i mi fynd yn wallgo,' meddai Hen Walia.

'Awn ni am dro lawr Santes Helen,' meddai Gwilym.

'Bai fi yn mynd i dafarn, a Dewi wedi marw,' meddai Hen Walia. 'Trio dianc oeddwn i, diawl hurt.'

Cerddodd y ddau am amser maith, heb ddeud 'run gair. Doedd dim i'w glywed ond brain Santes Helen ac ambell dylluan yn y gwyll.

'Mae'n glên bod yn fan hyn, yn ddistaw braf,' meddai Hen Walia. 'Mhell o sŵn pobl. Dwi'm isio gweld neb.'

'Trio bod o help maen nhw.'

'Toes 'na ddim help i'w gael nagoes?' atebodd ei ffrind. 'Mae o wedi mynd, a dim ond derbyn hynny fedrwn ni. Hen hogyn gwirion. 'Tase fo 'mond wedi gwrando.'

'Wydda fo ddim.'

'Be' oedd o'n feddwl oedd o'n neud? Doedd dim rhaid iddo fynd. Dyna sydd wedi 'nghythruddo i. Ydi o'n gwybod faint o ofid mae o'n ei achosi?'

Sobrodd yn sydyn.

'Gwranda arna i, yn siarad fel 'tase fo'n dal yn fyw. Wrth gwrs na ŵyr o be' mae o wedi ei achosi. Mae o wedi marw. Dydi o ddim yn gallu meddwl mwy, ddim yn gwybod, ddim yn gallu teimlo!'

Rhoddodd ei gefn yn erbyn y wal a dechrau beichio crio.

'Dewi!'

Yr unig gymorth allai Gwilym ei roi y noson honno oedd gafael ym mraich ei ffrind a'i dywys adref. Ni welodd Hen Walia eto am wythnos.

Yn Swyddfa'r *Herald*, roedd Gwilym yn edrych dros broflenni yr wythnos honno. Y prif storïau oedd bod y Steddfod wedi ei gohirio tan y flwyddyn ganlynol, Lloyd George ac Asquith yn galw am bobl i gofrestru yn y Fyddin, a Chwarel y Cilgwyn wedi ei chau oherwydd y rhyfel. Yn sydyn, fe'i gwelodd – llun Dewi ar ganol y ddalen gyda'r pennawd, 'Llanc o Gaernarfon yn marw ym Mons'. Wrth ei weld felly yn oeraidd mewn print, dychrynodd Gwilym. Dyna'r drychineb fawr wedi ei chrynhoi yn daclus mewn ychydig baragraffau. Dim ond un ymhlith miloedd oedd Dewi bellach, un bywyd bach yn eu canol.

Dychwelodd Hen Walia i'r Swyddfa drannoeth. Yr oedd ei agwedd wedi c'ledu, ac er ei fod yn gwneud ymdrech i ymddwyn fel pe na bai dim wedi digwydd, roedd hynny'n anodd gan fod bron pawb a alwai yn dod ato i gydymdeimlo. Câi Gwilym drafferth i gael sgwrs go iawn ag o. Roedd fel petai'n ymgodymu'n feddyliol ag ef ei hun. Un diwrnod, datgelodd y cyfan. Trodd at Gwilym, 'Gwil . . . dwi ddim am i ti wylltio efo fi rŵan.'

'Wna i ddim siŵr iawn.'

'Wyddost ti ddim be' dwi am ddeud.'

'Wnei di mo 'nigio i, beth bynnag ydi o,' meddai Gwilym yn glên.

'Dwi wedi penderfynu listio.'

'Tase fo wedi dweud fod ganddo chwe mis i fyw, ni fyddai Gwilym wedi ei ddychryn gymaint.

'Ar ôl pob dim sydd wedi digwydd?'

'Oherwydd pob dim sydd wedi digwydd,' meddai Hen Walia. 'Mi es i gyfarfod cyhoeddus neithiwr a chlywed Canon Jones, Glanogwen yn siarad. Roedd o'n gwneud synnwyr rywsut. Rydw i eisiau mynd.'

Nid oedd Gwilym am glywed hyn. Gwyddai fod pwysau dychrynllyd ar ddynion o'i oedran o i ymuno. Yn ddyddiol, roedd yn ceisio rhestru'r rhesymau pam na ddylai fynd, ond yn nyfnder ei galon, roedd o'n deall cymhellion ei gyfaill yn iawn.

'Braf arnat ti – wedi penderfynu.'

'Y peth anoddaf oedd dweud wrth fy rhieni.'

'Sut oeddan nhw?'

'Fel gallet ti ddychmygu. Nid wedi gwylltio, dim ond yn dawel. Fasa well gen i 'tasen nhw wedi dadlau, wedi gwneud unrhyw beth. Ond ers i Dewi fynd, dydyn nhw ddim fel 'tasen nhw'n teimlo bellach. Maen nhw'n llonydd ac yn dawel, wedi eu claddu yn eu gofid.'

'Mae hynny'n erchyll.'

'Dydi adre ddim yr un lle ddim mwy. Weithiau dwi'n amau mai dyna pam dwi eisiau mynd i'r Fyddin – i gael dianc oddi wrth bob dim sydd adra. Mae'r awyrgylch yn annioddefol.'

'Sut mae Megan fach?'

'Rhyfeddol, o blentyn wyth oed. Wedi tawelu fel y gweddill. Ond wn i ddim ydi hi'n deall pob dim sy'n digwydd. Gwilym, ddoi di efo fi amser cinio i'r *Drill Hall*?'

'Os ti isio.'

'Fasa well gen i beidio mynd fy hun – rhag ofn i mi gael traed oer hanner ffordd.'

'Iawn, hogyn. Mi ddof i.'

Pe na bai Gwilym wedi gwneud y daith honno, efallai y byddai ei fywyd yn gwbl wahanol. Pe na bai wedi digwydd bod wrth law i achub Charlotte Harington, efallai na fyddai wedi cael cynnig swydd yn swyddfa'r *Herald*, ac ni fyddai Hen Walia ac yntau erioed wedi cyfarfod. Ond peth felly ydi bywyd. Bob dydd, dilynir llwybr, a does 'na ddim troi'n ôl unwaith y mae wedi ei droedio. Wrth gerdded Stryd Llyn, ddeudodd yr un o'r ddau ffrind fawr wrth y llall. Doedd yna fawr i'w ddweud ar siwrne mor dyngedfennol.

Yn y *Drill Hall* yr oedd rhes o ddynion yn sefyll. Roedd yn rhaid iddynt ddadwisgo, cael eu mesur a'u pwyso cyn cael archwiliad gan y meddyg. Ni wyddai Gwilym lle i sefyll, heblaw wrth ochr ei gyfaill. Yna clywodd ei hun yn dweud, 'Ddof i hefo ti.'

'Diolch.'

Ar y pryd, doedd dim oedd yn bwysicach na rhoi cefnogaeth i Hen Walia. Roedd y creadur yn dal i ddioddef o sioc, ac ni fyddai'n deg ei adael i fynd drwy'r cyfan ei hun. Fe gâi Gwilym ei archwilio, ond ni fyddai'n arwyddo, dim eto. Byddai'n rhaid iddo gael sgwrs arall â'i dad.

Fe'i mesurwyd, fe'i pwyswyd a dywedodd y meddyg ei fod yn '*A1*'. Roedd ei olwg a'i glyw yn berffaith. Roedd o'n bictiwr o fachgen iach. Arwyddodd Hen Walia y ffurflen, a throdd y swyddog at Gwilym.

'*Sign here*,' meddai.

'*I can't sign.*'

'*Just put a cross then.*'

'*No . . . I must think what I'm doing . . . I came with my friend . . . I don't know just yet.*'

'*You bloody well will, once you've signed. Come on, you're A1. Don't let your pal down.*'

Dyna'r unig beth oedd yn rhaid ei ddweud wrth y rhai nerfus. Dim ond cip ar lygaid ei ffrind gafodd Gwilym, ond bu'n ddigon. Er mwyn ei hunan-barch, roedd yn rhaid iddo arwyddo. Llofnododd y papur. Roedd wedi gwneud cais i ymuno â'r Fyddin.

Gwell fyddai torri'r newyddion i'w chwaer yn gyntaf. Byddai Hannah yn deall. Wedyn, byddai ganddo rywun i'w gynnal mewn dadl. Ffarweliodd â Hen Walia a theimlo'i galon yn suddo i'w sgidiau.

'Wn i ddim beth ydan ni wedi ei wneud,' cyfaddefodd Gwilym.

'Rydan ni wedi gwneud y peth iawn,' meddai Hen Walia. 'Mae 'na faich wedi codi oddi ar f'ysgwyddau.'

'Braf arnot ti,' meddai Gwilym am yr eildro, ac adre â fo, yn teimlo fel petai wedi gwneud rhywbeth drwg dychrynllyd.

Roedd Hannah a Nela yn y gegin yn paratoi cinio pan gyrhaeddodd adref.

'Gen i rywbeth i'w ddweud wrthoch chi – dwi wedi . . . Mi esh i efo Hen Walia i'r *Drill Hall* bore 'ma. Rydw i wedi ymuno. Dwi wedi 'muno efo'r Fyddin.'

'Gwilym!'

Gollyngodd Hannah yr holbren.

'Roeddet ti wedi addo i Tada!'

'Addewais i ddim byd. Dwi wedi dweud drwy'r amser 'mod i'n meddwl am y peth . . . '

Edrychodd Hannah a Nela ar ei gilydd a gwelodd Gwilym yr ofn dychrynllyd yn wynebau'r ddwy.

Daeth Hannah ato, a'i gofleidio.

'Gwilym!' Wrth i'w chwaer ei wasgu, teimlodd Gwilym ei hangerdd a'i gofid a'i hiraeth. Eisteddodd wrth y bwrdd efo'r ddwy a gwnaeth Nela baned.

'Darllen y gerdd yna, Hannah,' meddai Nela.

A thros baned, darllenodd Hannah gerdd a ymddangosodd yn y papur, gwaith Beriah Gwynfe Evans:

'Beth golli di fachgen, beth golli di
Pan fo'r merched yn chwifio llaw,
Gan weiddi "Hwrê!" i'r bechgyn o'r lle
Drechasant y gelyn draw?
A geisi di weiddi "Hwrê" gyda hwy
Ti wridi gan gywilydd dy hun
Pan weli y ferch roes gynt i ti serch
Yn d'adael am rywun sy'n ddyn.'

'Nid dyna pam rw i wedi ymuno, Hannah. Nid balchder ydi o.'

'Mae honno'n gerdd gïaidd iawn,' meddai Nela. ''Nenwedig i hogia na fedr fynd i gwffio. Mae mab Jini New Street wedi cael ei wrthod am nad ydi' olwg o ddigon da.'

'Ro'n i'n *A1* . . . Mynd efo Hen Walia ddaru mi. Dyna 'runig beth sydd wedi bod ar ei feddwl o ers clywed am farw Dewi.'

'Ond pam y ddau ohonoch?'

'Cadw cwmni iddo oedd y syniad. Hannah – ro'n i'n meddwl y byddet ti, o bawb, yn deall.'

'Fi fydd yr un adra. Wyt ti wedi meddwl mor anodd fydd hynna?'

'Fedra i ddim bod adra.'

'O leia mae gen ti ddewis.'

* * *

Roedd munud y gwahanu wedi dod, a safodd Gwilym yn y parlwr. Edrychodd ar y llyfrau ar y silff â phob un yn ei le. Crwydrodd ei lygaid dros y soffa, cadair esmwyth ei fam a gweill Hannah wedi eu gwasgu dan y glustog. Daeth ei fam i mewn.

'Rhyfedd yw gadael pob dim ar ôl, Mam.'

'Wyddon ni ddim i le rwyt ti'n mynd.'

'Dwi wedi rhoi'r cyfeiriad i chi . . . ' ac yna gwelodd yn ei llygaid ei bod y tu hwnt i unrhyw resymu.

'Fydda i'n iawn, Mam. Da chi, rhowch y gorau i boeni. Fydda i'n gallu sgwennu atoch chi, dod adre ar *leave* a fydd y cwbl drosodd ymhen dim. Mam?'

Doedd dim i'w wneud ond rhoi ei freichiau amdani a'i gwasgu.

'Does gen i mo'r help 'mod i'n poeni, Gwil bach,' sibrydodd yn ei dagrau. 'Braint mam ydi poeni. Ddallti di ddim nes bydd gen ti blant dy hun.'

'Dwi'n gwybod Mam. A'r loes fwya i mi ydi'r boen rydw i yn ei hachosi i chi.'

Daeth Hen Walia i'w nôl i fynd lawr i'r orsaf, ac erbyn hynny, roedd ei fam wedi dod ati ei hun. Roedd Gwilym wedi siarsio pawb rhag dod i lawr i'r orsaf i ffarwelio. Ni fyddai hynny ond yn gwneud y gwahanu yn waeth.

Pan gyrhaeddasant yr orsaf, yr oedd y lle yn llawn bwrlwm, ac wedi iddo wahanu â'i fam, teimlodd Gwilym faich pryder yn disgyn oddi ar ei ysgwyddau. Yr oedd yr orsaf yn llawn cyffro gwahanu, ac ysai Gwilym am gael gadael. Dyna pryd y clywodd ei llais.

'Gwilym!'

Rhwng y dorf ddisgwylgar, gwelodd wyneb ei chwaer. Yr oedd mewn gwewyr, a thybiodd mai'r dorf oedd yn ei gwasgu. Yna sylwodd ei bod yn sefyll yn ei hunfan, ac yn edrych arno fel petai wedi gweld drychiolaeth. Rhuthrodd ati a gafael ynddi. Torrodd hithau i lawr yn llwyr.

'Dyna pam nad oeddwn am i neb ddod,' meddai Gwilym yn rhwystredig. 'Mi wyddwn mai fel hyn y byddai pethau.'

'Dwi'n gwybod, dwi'n gwybod,' meddai, yn ceisio atal ei dagrau. 'Mae'n ddrwg gen i Gwilym, ro'n i'n meddwl 'mod i'n gryfach . . . '

Gwasgodd Gwilym hi ato a theimlo ei gwallt ysgafn yn cosi ei drwyn. Hannah druan yn ymddiheuro am fethu dal. Hannah – bob amser yn gwthio ei hun i'r eithaf.

'Mi fydd pob dim yn iawn, gei di weld,' meddai wrthi yn dyner. Aeth cynnwrf drwy'r dorf wrth iddynt weld y trên yn dod i mewn.

'Fydd pethau byth yr un fath wedi hyn, Gwilym.'

Sylweddolodd Gwilym ei bod yn dweud y gwir. Beth bynnag fyddai'n digwydd wedi'r rhyfel, yr oedd Hannah yn iawn. Ni fyddai dim yr un fath.

Un o'r pethau anoddaf y bu'n rhaid i Gwilym ei wneud oedd datod ei hun o'r goflaid honno a ffarwelio â'i chwaer.

PENNOD 4

Wrth ei desg yn yr ysgol, ni allai Hannah ganolbwyntio. Pa bynnag gyffro oedd yn perthyn i ryfel, ni châi merched fod yn rhan ohono, meddyliodd. Braint dynion oedd cael eu cludo ymaith, tynged merched oedd aros ar ôl yn disgwyl amdanynt.

Roedd hi'n drybeilig o oer yn y dosbarth a cherddai yn ôl ac ymlaen rhwng y desgiau i geisio cadw'n gynnes. Doedd y plant ddim gwell na gwaeth nag arfer, ond doedd calon Hannah ddim yn y wers. Erbyn y prynhawn, roedd y plant wedi synhwyro hyn, ac yn cymryd mantais. Sylwodd Hannah mor frau oedd ei thymer pan roddodd gerydd llawer rhy llym i Twm Huws.

'Mae gwaith fel hyn yn anfaddeuol,' gwaeddodd ar y truan wyth oed. 'Mae'ch sgrifen fel traed brain a 'tydio'n gwneud dim synnwyr.'

Edrychodd Twm arni'n ofidus efo'i lygaid pŵl. Doedd ei waith erioed wedi gwneud fawr o synnwyr, ac roedd yn drwsgwl gyda'i bensil. Roedd y dosbarth wedi ymdawelu, a llygaid pob plentyn ar eu hathrawes . . . Gwelodd Hannah lygaid trist Megan yn edrych arni, a theimlodd gywilydd ohoni ei hun.

'Rhowch y gorau i'r sgwennu 'na blant. Rydan ni wedi gweithio digon am heddiw. Mi ddarllenaf stori.'

Gwenodd y plant ar ei gilydd a rhoi eu gwaith ysgol heibio – pawb ond Twm. Daliai i sefyll yn benisel wrth ddesg Hannah, yn ofni symud.

'A titha, Twm,' meddai'n gymodlon . . . 'Hitia befo. Falle bydd petha'n well fory. "Un tro, ers talwm iawn, roedd geneth fach yn byw mewn coedwig," darllenodd Hannah, gan fwytho defnydd esmwyth ei sgert. Closiodd Megan ati. Ers iddi golli ei brawd, roedd yn mynnu bod yn agos i Hannah drwy'r amser fel petai ganddi ofn ei cholli. Roedd llygaid y plant i gyd ar Hannah, yn rhoi ei holl sylw iddi ac yn awchu am gael eu cludo ymaith i fyd y dychymyg. Nid oedd smic i'w glywed. Amser stori oedd ei hoff amser o'r dydd. Gallai ddal y plant yng nghledr ei llaw. Ar adegau fel hyn, doedd dim pleser gwell i'w gael.

Agorodd y drws; safai Dafydd Edwards, athro'r stafell drws nesaf yno.

'Wedi anghofio'r gloch heddiw, Miss Hughes?' meddai â gwên ar ei wyneb.

'Wedi anghofio'n llwyr, Mr Edwards,' atebodd, wrth ddod yn ôl i'r ddaear.

Ychydig ddyddiau yn ddiweddarach, wedi i Hannah ddod adre o'r ysgol a chael ei the, aeth i'r ardd lle'r oedd ei thad yn chwynnu. Roedd cerdyn post wedi cyrraedd oddi wrth Gwilym o Landudno y diwrnod hwnnw. Nid cerdyn i ysgrifennu neges bersonol ydoedd, ond roedd y blychau pwrpasol wedi eu llenwi, ac roedd Gwilym wedi nodi bod popeth yn iawn, ac nad oedd mewn angen.

'Mae Mam dipyn hapusach wedi cael y cerdyn . . . '

'Ydi – er nad ydi Gwilym yn cael cyfle i ddeud dim . . . '

Syllodd Hannah ar ei thad yn codi'r chwyn, yn ysgwyd y pridd o'r gwreiddiau a'u taflu ar y pentwr wrth ei ymyl.

'Fydd hi'n chwith ar yr ardd 'ma heb Gwilym – roedd o wrth ei fodd yn eich helpu.'

'Mi ddof i ben . . . '

'Ydych chi'n dal yn flin efo fo, Tada?'

'Ddim yn flin efo fo. Doedd o ddim i wybod yn well. Na, yn flin efo'r drefn sy'n hudo hogia ifanc i ffwrdd ydw i.'

'Roedd o'n cael ei dynnu bob ffordd.'

'Ugain oed ydi'r creadur – a dydi o rioed wedi bod i ffwrdd o'r blaen.'

'Dim ond yn Llandudno mae o rŵan.'

NOTHING is to be written on this side except the date and signature of the sender. Sentences not required may be erased. If anything else is added the post card will be destroyed.

I am quite well.

I have been admitted into hospital

sick and am going on well.

wounded and hope to be discharged soon

I am being sent down to the base.

I have received your { *telegram* „ *dated* 3·07

{ *parcel* „ 3rd

Letter following first opportunity.

I have received no letter from you

{ *lately.*

{ *for a long time.*

Signature only: } Eva

Date 13·11·16

[Postage must be prepaid on any letter or post card addressed to the sender of this card.]

(93871) Wt. W3497-293 4,500m. 5/16 J. J. K. & Co., Ltd.

Stopiodd ei thad chwynnu ac edrych ar ei ferch.

''Mond yn Llandudno? Fasa waeth iddo fod yn Llundain neu du hwnt. Mae o mewn lle na chei di na minnau fynd ar ei gyfyl o. Bob tro mae o wedi bod mewn trwbwl, rydw i wedi gallu gwneud rhywbeth i'w helpu. Tro 'ma, fedra i wneud dim, fedra i ddim hyd yn oed gael ei weld o – a dim ond yn Llandudno mae o.'

'Dwi'n cael cysur mawr nad ydi o yn Ffrainc. Ac falle na wnawn nhw drafferthu i ddod i'w nôl nhw. Os bydd petha drosodd erbyn Dolig, fyddan nhw ddim wedi dod o hyd i Landudno, heb sôn am gludo soldiwrs oddi yno.'

'Hannah. Mae'n bwysig i chi ddysgu un peth rŵan. Fydd petha ddim drosodd erbyn Dolig.'

'Dyna mae'r papurau i gyd yn ei ddeud . . . '

'Wel chlywais i rioed am ryfel yn para pedwar mis. Mae hon yn llanast o ryfel o'r cychwyn, ac mae'n anodd gweld sut y daw petha i ben.'

Aeth William Hughes yn ôl at ei dasg ac ymosod yn fwy chwyrn ar y tyfiant oedd yn meddiannu ei ardd. Roedd pobl ifanc yn gallu bod mor ddall ambell waith.

* * *

Yn Llandudno, cafodd Gwilym ei wisg filwrol ac ni allai beidio â theimlo'n falch ynddi. Doedd o fawr o daldra, a'r funud y gwisgodd yr iwnifform, gwelodd ei hun fel dyn. Yr oedd y crys brown yn henaidd, a'r botymau ar y siaced yn edrych yn swyddogol iawn. Ond y cap oedd yn goron ar y cyfan. Yr oedd ganddo enw newydd hefyd, Private G. Hughes, 83027601, 13th Battalion, Royal Welsh Fusiliers. Roeddent wedi ymuno fel criw o Gaernarfon, ac yn rhan o'r North Wales Pals.

Ar y cychwyn, roedd newydd-deb popeth yn ddigon i'w gadw yn brysur. Rhaid oedd dod i arfer â'r bync yn y barics, y drefn o folchi mewn dŵr oer yn y bore, bwyd y cantîn a'r ymarferion tragwyddol. Ond buan y daeth undonedd y drefn i grafu ar nerfau'r milwyr. Glanhau ei esgidiau yr oedd Gwilym pan ddaeth Hen Walia ato, gan dynnu ar ei sigarét, yn amlwg yn methu ag aros yn llonydd.

'Fedra i ddim dioddef hyn lawer rhagor, Gwilym . . . '

'Dwi'n deall sut ti'n teimlo. Rydw innau fel deryn mewn cawell.'

'Dydw i ddim wedi arfer cicio fy sodlau. Diawch, y rheswm dros ymuno oedd gallu gwneud rhywbeth. Ac edrych arnon ni – fis yn ddiweddarach, a dyma ni, yn gwneud dim!'

'Fuo fy esgidiau i rioed mor lân.'

'Fedra i llnau fy sgidia adra.'

'Tyrd 'laen, Hen Walia. Dydi o ddim fath â ti i ddigalonni.'

'Fedra i ddim ymlacio. Rydw i ar bigau'r drain. Dwi jest isio cael gwneud fy rhan a'i gael o drosodd.'

'Bydd rhaid i rwbath ddigwydd yn 'o fuan. Dychmyga'n plant ni'n gofyn inni be' ddaru ni yn y rhyfel . . . "Llnau sgidia'n Llandudno"!'

Daeth hynny a gwên i wyneb ei gyfaill.

Ond ddigwyddodd dim, a dyfnhau wnaeth trafferthion Hen Walia. Byddai mewn trwbwl yn fynych gyda'r swyddogion a fwy nag unwaith, bu'n rhaid i Gwilym gyflawni ei ddyletswyddau yn ei le. O'r diwedd, cawsant glywed eu bod yn cael eu symud i Gaer-wynt. Rhoddodd Gwilym ochenaid o ryddhad. Y peth cyntaf a wnaeth oedd anfon gair adre i roi gwybod iddynt am y newydd da.

'Winchester yn bell, 'tydi?'

'Digon pell o Landudno,' oedd unig ymateb Hen Walia.

* * *

Adre yng Nghaernarfon, ymunodd mwy yn y rhengoedd, ac o'r diwedd, cychwynnodd y chwarelwyr listio. Ychydig o newid a ddaeth yn sgil y rhyfel, ar y cychwyn o leiaf. Unwaith y tawodd y cynnwrf cyntaf, llithrodd trigolion y dref yn ôl i'r hen ffordd o fyw. Roedd prisiau'n codi a rhai pethau'n prinhau, ond yr un oedd patrwm bywyd. Daeth y newyddion fod mab ficer Amlwch wedi ei ladd. Ar y cychwyn, roeddent yn rhestru'r rhai oedd wedi ymuno yn y papur yn y *Roll of Honour*, ond wrth i'r niferoedd droi yn gannoedd, rhoddwyd y gorau i'r arferiad. Ddaru pethau ddim gorffen tua'r Nadolig, ac erbyn hynny roedd Twrci wedi ymuno yn y ffradach. Datganodd Prydain Fawr ryfel yn erbyn Twrci. Dim syndod chwaith yn ôl un hen wag, fuo Dolig rioed yn adeg dda i dwrci.

'Randros, clywch Lloyd George yn ei dweud hi,' meddai William Hughes un noson, *"If we fail at this juncture in the history of this Great Empire, at this juncture in the history of human progress in Europe. If we fail through timidity, through ignorance, through indolence, it will take generations before Welshmen will be able to live down the evil repute of faint heartedness at such an hour."'*

'Digon hawdd iddo fo siarad. 'Tydi o ddim allan yn cwffio,' meddai ei wraig yn swta.

'Rhaid i ti gyfadda fod ganddo ddawn siarad, beth bynnag, Leusa . . . '

'Dawn swyno hogiau i'w marwolaeth sydd ganddo fo, a dydi hynny'n ddim i fod yn falch ohono . . . '

'Mae'r eglwyswrs yn ei gefnogi i'r carn,' meddai William Hughes. 'Yn datgan ei bod hi'n rhyfel sanctaidd a chrefyddol.'

'Does dim prinder o gapelwyr rhyfelgar chwaith,' meddai Hannah.

''Randros, clywch hwn yn sôn am Glyndŵr,' meddai ei thad wedyn,

"Bydded dy gledd yn fyw o fewn ei waun
A dewrder Cymro yn fflamio ar ei fin
A Duw y Brython a fyddo gyda thi."

Sut bod hon wedi troi yn rhyfel Gymreig mwya sydyn?'

'Lloyd George,' oedd ateb sydyn ei wraig. Lloyd George gâi'r bai am bopeth ganddi y dyddiau hynny.

'Mae Thomas Rees yn gwneud ei orau i wrthwynebu'r rhyfel,' aeth William Hughes yn ei flaen. 'Mae o wedi gorfod ymddiswyddo o'r *Bangor Golf Club* am ei safiad. *"Not a desirable person,"* meddai'r Clwb.'

Dyna oedd y drefn bellach unwaith yr wythnos. Byddai William Hughes yn setlo yn ei gadair o flaen y tân ac yn dyfynnu popeth o ddiddordeb iddo o'r papur. Roedd fel cael Twm Crïwr ar yr aelwyd meddyliodd Hannah gyda gwên.

Synnwyd teulu Eirianfa pan gyhoeddodd Morfudd ei bod am gymryd swydd yn Siop Goch. Cyndyn fu Morfudd i wneud unrhyw waith os nad oedd raid iddi, ond pan glywodd fod un o fechgyn Reuben wedi mynd i'r Fyddin, atebodd yr hysbyseb yn gofyn am help. Roedd y gwaith wrth fodd Morfudd. Bellach, roedd yn rhan o holl hwrlibwrli'r dref. Câi siarad â phawb, rhannu newyddion a chadw llygad ar bopeth a ddigwyddai. Dros amser te, dyna'r cyfan a gâi'r teulu – holl straeon diweddaraf y dref, ac achubai'r blaen ar *Yr Herald*.

* * *

Yn yr ystafell ddosbarth, roedd Hannah yn rhoi gwaith y tymor cynt i gadw ac yn sefyll ar ben cadair i dynnu bocs arall oddi ar ben y cwpwrdd.

'Popeth yn iawn, Hannah?'

Dafydd Edwards oedd yno yn edrych arni yn tuchan. Cafodd afael yn y bocs a'i estyn i Dafydd.

'Mae rhywun am fod yn brysur, dwi'n gweld . . . '

'Dwi'n dechrau chwilio am waith tymor nesaf. Mae beth wmbredd o ddeunydd yn fan hyn . . . '

'Fyddech chi'n fodlon ei rannu â mi?'

Doedd Hannah ddim yn teimlo fel ei rannu o gwbl. Roedd deunyddiau yn ddigon prin fel yr oedd pethau, ac ers cychwyn y rhyfel yr oedd rhaid cadw gafael ar bob darn o bapur neu ddeunydd.

'Dim ond tynnu coes oeddwn i,' meddai Dafydd yn sydyn, gan sylweddoli ei bod wedi cymryd ei sylw o ddifri.

'Dydw i ddim eisiau ymddangos yn grintachlyd . . . '

'Randros, 'tydach chi ddim, welais i neb sy'n llai felly.'

'Mi fedra i roi menthyg y cerddi 'ma i chi.'

Gwenodd Dafydd wrth weld Hannah yn ceisio gwneud iawn.

'Ydach chi'n fodlon eu rhannu â mi?'

'Ydw, ar bob cyfrif. Mi cewch chi nhw cyn gynted ag ydw i wedi gorffen dysgu enwau'r adar.'

'Be'? Mae'n rhaid dysgu enwau'r adar cyn cael golwg ar y cerddi?'

'Fel yna rydw i wedi dewis gwneud pethau. Maen nhw'n deall pa adar sy'n cael eu trafod yn y cerddi wedyn.'

'Fasach chi'n fodlon rhannu rhywbeth arall efo mi?'

Synnodd Hannah at ei hyfdra. 'Paned yn *Lakes* o bosib?'

Cochodd Hannah at fôn ei chlustiau, ac ni wyddai sut i ymateb. Er ei bod yn gweithio efo Dafydd ers dros flwyddyn, doedd hi ddim wedi ymwneud fawr ag ef y tu allan i weithgareddau'r ysgol.

'Neu ydach chi eisiau amser i feddwl drosto . . . ?'

'Na, popeth yn iawn. Ia, mi ddof am baned efo chi. Mi fyddai'n braf iawn.'

'Mi fydd yn gyfle da i chi ddysgu enwau adar i mi,' meddai'n smala, ac i ffwrdd ag o.

Wfftio ei hun am fod mor drwsgl wnaeth Hannah. Pam na chafodd ei bendithio â ffordd osgeiddig ei chwaer? Gydag un edrychiad neu wên ddisglair, gallai Morfudd fod yn berffaith gartrefol yng nghwmni dynion. Nid felly Hannah. Ni châi drafferth i fod yn gyfeillgar, ond yr oedd unrhyw awgrym o rywbeth dyfnach yn gors ddofn iawn iddi. Byddai ei thafod yn mynd yn glymau chwithig . . . Beth ddaeth drosti i dderbyn gwahoddiad Dafydd? Doedd wiw iddi ymddangos yn gyhoeddus mewn caffi efo fo. Mi fyddai pawb yn clebran!

Wrth iddi wagio cynnwys bocs y Gwanwyn a'i ddidoli, meddyliodd Hannah am Dafydd Edwards. Cwta flwyddyn oedd wedi mynd heibio ers iddo ddod i'r Ysgol Ganol o Ysgol Rhostryfan. Bachgen o Eifionydd ydoedd, ac wedi dysgu yn

Rhostryfan am flwyddyn cyn cael swydd mewn ysgol yn y dref. Un tawel dychrynllyd oedd o ar y cychwyn yng nghanol cymaint o athrawon benywaidd, ac nid oedd wedi closio at Mr Pritchard y prifathro. Ond gydag amser, daeth yn fwy cyfforddus yn eu mysg, ac roedd yn ddiwyd iawn wrth ei waith. Hoffai'r plant ef, ac ni fyddai byth ar frys. Câi ei bryfocio yn arw am hyn gan athrawon y dref ar y cychwyn, a 'bachgen bach o'r wlad' y'i gelwid. Byddai'n cyrraedd yr ysgol pan oedd hi'n ben set, a'r un oedd y patrwm bob bore, glaw neu hindda. 'Bachgen bach o wlad bell i ffwrdd' oedd ei lasenw erbyn yr ail dymor. Efallai mai oherwydd yr holl dynnu coes y tosturiodd Hannah wrtho. Ofnai i'r pryfocio fynd yn rhy bell, gan darfu ar enaid teimladwy. Ond derbyniodd Dafydd y pryfocio heb rwgnach, a heb newid ei natur. Un hwyr ac araf oedd o, dyna'r anian a gafodd. Roedd o wedi dod i'r byd wrth ei bwysau, ac ni welai'r byd hwnnw fel lle i frysio drwyddo. Yr oedd llawer gormod i'w weld ac i sylwi arno. Rhan o swyn y dyn oedd ei frwdfrydedd plentynnaidd ynglŷn â phopeth.

Er gwaethaf tafodau pobl, cadwodd Hannah oed â Dafydd Edwards yn y caffi. Roedd y ddau wedi cytuno na fyddai'n ddoeth cerdded o'r ysgol gyda'i gilydd, ond yn hytrach gwrdd yn y caffi, ac roedd cyd-gynllwynio fel hyn yn sbort. Uwchben tebotiad o de a chacennau, llifodd y sgwrs yn rhwydd.

'Mae rhywbeth gwaraidd iawn mewn paned o de,' meddai Dafydd.

'Yn enwedig yn fan hyn. 'Run te ag adre ydi o 'debyg, ond bod mwy o steil i'w gael yma.'

'Ydach chi'n un arw am steil?'

Gwenodd Hannah, 'Rydwi'n lecio i bethau gael eu gwneud yn iawn.'

'Mae hynny'n amlwg o'ch gwaith ysgol chi.'

'Mae'n siŵr fod dysgu plant yn eich gwneud yn berson trefnus.'

'Mi wna i geisio dyfalbarhau, 'ta . . . '

'Rydych chi'n fy nharo i fel person digon trefnus . . . '

'Ydw i, wir, Miss Hughes? Beth arall sydd wedi eich taro ynglŷn â 'nghymeriad?'

'Bod eich cloc chi ar amser gwahanol i bawb arall . . . '

'Mi gyrhaeddais i fan hyn o'ch blaen chi . . . '

'Digon gwir . . . '

'Ond roedd mwy o gymhelliad i ddod yma nag i'r ysgol.'

'Pam 'dach chi'n hwyr i'r ysgol?' gofynnodd Hannah y cwestiwn y bu'n dyfalu gyhyd yn ei gylch.

'Nid fi sy'n hwyr, ond Nedw . . . '

'Nedw?'

'Nedw sydd yng ngofal y wagan. Fydd o byth yn cyrraedd nac yn gadael yr un amser. Mae ganddo gant a mil o ddyletswyddau ar wahân i yrru.

Ffisig i hwn a hwn, parsal i nacw, neges i rywun arall. Mae o'n rhywun gwerthfawr iawn i'w gael mewn pentref.'

'Ond mi fentra i fod gan ei feistr farn wahanol.'

'Wn i ddim,' meddai Dafydd, 'mae pawb yn derbyn Nedw am pwy ydi o. Fedar o ddim peidio â gwneud cymwynasau – digon tebyg i chitha.'

Gwridodd Hannah. Doedd hi ddim yn gyfarwydd â derbyn canmoliaeth o'r fath. Ond roedd ei derbyn gan Dafydd yn deimlad braf.

PENNOD 5

Un bore, amser y dril, pan oedd Gwilym a Hen Walia yn martsio, daeth y sarjant ymlaen a gweiddi:

'Hughes 83027601! Attention!'

Trodd Hen Walia ac edrych ar ei gyfaill yn bryderus.

'Gwna rywbeth, Gwil!'

Ni allai Gwilym symud gewyn. Roedd wedi ei rewi i'r ddaear. Doedd o erioed wedi cael ei alw o'r blaen.

'HUGHES!'

Cafodd nerth o rywle i roi cam ymlaen, cyn cael y gorchymyn y byddai pawb yn gwaredu rhagddo.

'Report to Lieutenant Vince.'

Suddodd calon Gwilym. Ni allai ddychmygu beth wnaeth o'i le. Gwibiodd ei feddwl yn ôl dros y pedair awr ar hugain ddiwethaf i geisio paratoi ei hun ar gyfer y cerydd, ond yn ofer.

'Sir!'

Trawodd Gwilym ei sodlau yn erbyn ei gilydd yn swyddfa'r swyddog a rhoi salíwt.

'Sit down Hughes.'

Eisteddodd Gwilym, yn ofni beth oedd y swyddog ar fin ei wneud iddo. Mae'n rhaid fod rhywbeth go ddifrifol wedi digwydd i'r swyddog ei orchymyn i eistedd.

'A telegram has arrived for you, Hughes,' meddai, *'I'm afraid it's bad news.'*

Cymerodd Gwilym y papur gwyn o'i law a'i ddarllen.

'Caernarvon. 6.45. Mother passed away. Come home. Tada.'

Ailddarllenodd Gwilym y geiriau, ac yna eu darllen eto. Pa fath o gosb oedd hon? Darllenodd bob gair drachefn. Mam pwy oedd wedi marw? Ai neges iddo fo ydoedd? Pam bod Tada yn dweud hyn wrtho? Ceisiodd wneud rhyw fath o synnwyr o'r geiriau. Yna, fe wawriodd arno. Doedd o ddim yn stafell y swyddog am ei fod wedi gwneud rhywbeth o'i le. Doedd o ddim am gael ei gosbi. Roedd yr ofn hwnnw wedi mynd heibio. Roedd ofn llawer mwy dychrynllyd wedi dod iddo. Gallai deimlo ei gorff yn colli ei wres. Rhewodd ei stumog a throchwyd ei galon mewn oerfel. Yna, cyrhaeddodd ei frest a'i fygu.

'You'll be given instant leave, Hughes. Pack your bags now and we'll issue a rail warrant for you.'

Dychrynodd Gwilym wrth glywed sŵn rhyfedd yn dod o'i geg, rhyw riddfan poenus, ingol.

'It's my mother, sir!'

Teimlodd law Lieutenant Vince ar ei ysgwydd.

'I know. I'm sorry that you've had bad news, Hughes. Had she been ill long?'

Doedd ei fam ddim yn wael, ddim yn wael o gwbl. Doedd dim yn gwneud synnwyr. Roedd yna gamgymeriad difrifol neu ddamwain erchyll wedi digwydd. Llwyddodd i godi ar ei draed a rhoi'r salíwt olaf cyn gadael y stafell.

Fel gŵr mewn breuddwyd, casglodd Gwilym ei bethau ynghyd a daeth Hen Walia i'w gynorthwyo. Byddai wedi rhoi'r byd am gael ei gwmni ar y ffordd adref, ond ni chaniateid hynny. Teimlai Hen Walia yntau ei fod yn bradychu ei ffrind. Cofiodd gymaint o gefn fu Gwilym iddo ychydig fisoedd ynghynt wedi iddo golli Dewi. Ar ei ben ei hun y cerddodd Gwilym i'r orsaf a dal y trên. Dan unrhyw amgylchiadau eraill, byddai uwchben ei ddigon. Ond am y tro cyntaf, roedd ganddo ofn mynd adref.

Damwain syml ond angeuol a gafodd Elizabeth Hughes. Cafodd ddraenen yn ei bys, a chafodd wenwyn yn ei gwaed. O fewn wythnos, roedd wedi marw, a hithau ond yn hanner cant a thair. Roedd Hannah yn disgwyl amdano yn y stesion. Ni ddywedodd yr un ohonynt air wrth ei gilydd, dim ond claddu eu galar yn y naill a'r llall.

'Deud wrtha i nad ydi o'n wir, Hannah.'

'Mae o wedi digwydd mor sydyn. Wythnos yn ôl roedd popeth yn normal – rŵan, mae'r cwbl wedi mynd.'

'Am y tro cyntaf, Hannah, mae gen i ofn mynd adref.'

'Tyrd, gafael amdanaf.'

Cyrhaeddodd Gwilym adref i dŷ oedd ben i waered. Doedd dim fel y bu, dim ond cregyn o bobl mewn ystumiau rhyfedd. Fu dim ffwdan na dathlu pan gyrhaeddodd, dim ond derbyn ei fod wedi dychwelyd i'r gorlan a bod y teulu wedi eu crynhoi gyda'i gilydd i wynebu'r storm. Ceisio cadw o olwg pobl oedd Morfudd a Nela gan foddi eu gofidiau yn dawel a chael cysur yng nghwmni ei gilydd. Yn ei dad yr oedd y newid mwyaf. Yr oedd fel petai mewn perlewyg yn eistedd yn ei gadair heb syniad pa awr o'r dydd oedd hi. Hannah oedd yn dal pen trymaf y baich.

'Wn i ddim beth i'w wneud â Tada, Gwilym. Wyt ti wedi trio cael sgwrs efo fo?'

'Wnaiff o ddim siarad.'

'Rwy'n poeni y bydd o'n torri i lawr yn llwyr.'

'Ydi'r meddyg wedi ei weld?'

'Rydw i wedi cael gair ag o. Mae o'n dweud ei fod yn adwaith cyffredin i golled sydyn. Falle daw'r cynhebrwng ag o at ei goed.'

Daeth diwrnod y cynhebrwng gan chwythu eu hemosiynau i bob cyfeiriad. Roedd Gwilym yn iawn nes iddo sylweddoli mai cael ei chladdu ym medd Ifan bach fyddai ei fam. 'Radeg honno y cafodd ei daro gan yr hiraeth mwya dychrynllyd – nid yn unig am ei fam ac Ifan, ond am fyd a bywyd na fyddai byth yn dod yn ôl. Roedd ei dad wedi ei rybuddio na fyddai ei fam byth yn dal y straen o gael mab yn y Fyddin. Roedd yntau wedi gwrthod gwrando ac wedi gwneud yr hyn y credai oedd yn iawn. Ni allai beidio â synhwyro fod ei dad rywsut yn gweld bai arno fo am farwolaeth ei wraig. Sawl gwaith, dywedodd Hannah a Morfudd wrtho am beidio ag arteithio ei hun yn y fath fodd, ond Gwilym oedd yn gorfod wynebu ei dad mud yn ddyddiol gan grefu maddeuant a methu â'i gael.

Wedi'r cynhebrwng, ni fu cyfle i ymdawelu nes i'r ymwelydd olaf fynd adref a'u gadael fel teulu ar eu pen eu hunain.

'Peth erchyll ydi cynhebrwng.'

'Peth erchyll ydi o i fod, Hannah.'

'Ro'n i eisiau cuddio, ac ro'n i'n canfod llygaid pawb arnom,' meddai Morfudd.

'Dwi'n dal i fethu credu ei fod wedi digwydd.'

'Falle ei fod yn waeth i ti, Gwilym. Roedden ni i gyd yma, yng nghanol y cyfan.'

'Ches i ddim deud dim wrthi cyn iddi fynd.'

'Chafodd yr un ohonom ni. Ddaru ni ddim breuddwydio y basa hi'n marw.'

'Wn i ddim be' faswn i wedi ei ddweud wrthi hi p'run bynnag.'

'Am Tada yr ydw i'n poeni fwya. Mae'r holl gynddaredd 'na y tu mewn iddo, a dydio yn rhannu dim. Gwilym, wnei di drio cael gair efo fo cyn mynd?'

'Wrth gwrs.'

'Pryd wyt ti'n mynd yn ôl?' gofynnodd Morfudd.

'Drennydd.'

'Dydw i ddim yn lecio meddwl amdanat tithau yn dychwelyd i'r gwersyll 'na ar dy ben dy hun.'

'Dydi 'mots gen i bellach.'

Trodd Hannah ac edrych ar ei brawd mewn dychryn, 'Beth wyt ti'n ei feddwl?'

'Mae'r peth gwaetha allai ddigwydd wedi digwydd, Hannah. Rydw i mewn rhyw gyflwr od. Dydi affliw o ots o gwbl gen i bellach beth ddigwyddith, rŵan bod Mam wedi mynd.'

Y diwrnod cyn iddo fynd yn ôl i Gaer-wynt, curodd Gwilym ar ddrws y stydi a mentro i mewn. Yr oedd ei dad yn yr un ystum, yn eistedd y tu ôl i'w ddesg gan edrych allan.

'Tada . . . dwi'n mynd yn ôl fory.'

'Dwi'n gwybod.'

'Dydw i ddim isio mynd heb gael sgwrs efo chi gyntaf.'

'Fedra i ddim bod o unrhyw gysur i ti rŵan, Gwilym, mae arna i ofn.'

Eisteddodd y ddau gyda'i gilydd am amser maith, heb wybod sut i gyfathrebu.

'Sut ydach chi'n teimlo, Tada?'

'Methu teimlo ydwi. Fel petai rhywbeth o'm mewn i wedi torri.'

'Does dim galw arnoch i wneud dim yn syth.'

'Mae gen i deulu i'w cynnal, chi blant wedi colli'ch mam, a dydw i'n dda i ddim i neb.'

'Chi gafodd y golled drymaf.'

'Poeni na fedra i gario mlaen hebddi ydi fy ofn mwyaf.'

'Mi ddowch,' meddai Gwilym, yn wan.

'Mi ddof, gwn, ond ofn 'mod i wedi colli blas ar fywyd ydw i. Mi fedra i fodoli – mynd drwy'r mosiwns, ond mae'n anodd meddwl am gael pleser mewn dim byd mwyach.'

'Rwy'n poeni eich bod yn gweld bai arna i.'

'Ti?' edrychodd ei dad am y tro cyntaf arno.

'Am fynd i'r Fyddin . . . '

'Feddyliais i ddim am y peth. Beth sydd a wnelo hynny â cholli Elizabeth?'

'Gwneud i chi bryderu.'

'Gwenwyn gafodd hi, Gwilym. Wnelo hynny ddim â ti na 'run ohonon ni. Dyna sydd mor ddychrynllyd. 'Tase hi'n sâl, mewn gwendid . . . faswn i wedi trio ei gwella . . . wedi cael amser i feddwl . . . '

'Mynd ddaru hi – a hynny mor sydyn.'

Sylweddolodd Gwilym fod ei dad mewn pwll llawer dyfnach nag a dybiodd. Roedd yn gysur nad ef oedd o dan ei lach, ond gwyddai hefyd y byddai'n well pe gallai fwrw ei lid ar rywun neu rywbeth. Ond suddo'n is ac yn is a wnâi William Hughes heb hyd yn oed welltyn o obaith i gydio ynddo. Y noson honno, cynigiodd i'w dad ddod i'r capel gyda hwy, ond gwrthod y cynnig a wnaeth. 'Rhy fuan' oedd geiriau ei dad, ond meddyliodd Gwilym mai hon oedd awr ei angen. Arhosodd Morfudd gydag o, ac aeth Hannah yn gwmni i'w brawd.

Roedd cysur mewn bod yn ôl yn yr Ebeneser cyfarwydd. Nid Ebeneser y cynhebrwng canol p'nawn a chanol wythnos oedd hwn, ond yr Ebeneser fel y cofiai ef erioed. Y noddfa hwyrol, a'r wynebau cyfarwydd a phawb yn ysgwyd llaw ag o. Roedd yn gysur gwybod fod y drefn adref yn ddigyfnewid, a bod yna angor i ddod adre iddo. Ar ddiwedd y gwasanaeth, cyhoeddodd Gwynfor Roberts y blaenor fod ganddynt orchwyl i'w gyflawni cyn troi am adre.

'Rydan ni'n deall fod nifer o hogiau Ebeneser wedi ymuno â'r Fyddin yn ddiweddar, ac maen nhw yn ein gadael am Landudno wythnos nesa. Mi fydd yn chwith ar eich ôl chi, hogiau, ond rydan ni am i chi gofio amdanom – bob dydd, ond ar yr amser yma ar y Sul yn arbennig. Cofiwch – lle bynnag y byddwch chi – fe fyddwn ni yma yn Ebeneser yn gweddïo amdanoch bob Sul yn ystod y gwasanaeth hwyrol. Efallai y byddwch chi yn Ffrainc mewn rhai wythnosau. Wel, 'tydi gras y Brenin Mawr ddim yn gyfyngedig i waliau'r hen adeilad yma. Cwbl sydd raid i chi ei wneud ydi galw ar ei enw Fo, ac mi fydd y drysau yn agored i chi. Mae'n dda gweld Gwilym hefyd, er mor enbyd ydi'r amgylchiadau sydd wedi ei orfodi i ddod adre. Rydw i am alw arnoch chi i ddod ymlaen rŵan, ac mae Pwyllgor y capel wedi penderfynu rhoi rhodd o Feibl yr un i chi, fel arwydd o'n gofal a'n pryder amdanoch. Ddowch chi ymlaen i'w derbyn yn awr?

'Richard Griffiths
Thomas Roberts

Eban Jones Williams
Thomas Williams.'

Cododd y pedwar a mynd ymlaen i'r Sedd Fawr gan roi gair o ddiolch i Mr Roberts cyn mynd yn ôl i'w seddi. Roedd Gwilym yn adnabod pob un. Felly dyna ragor o hogiau'r Dre ar eu ffordd. Wydden nhw beth oedd o'u blaenau? A oeddent hwy'n llawn teimladau cymysg fel y bu yntau? Yn sydyn, daeth awydd drosto i sefyll ar ei draed a rhybuddio'r pedwar i droi yn ôl. Tra oeddan nhw o fewn muriau Ebeneser, efallai eu bod yn ddiogel, ond y funud y byddent yn camu allan, roedd dyfodol enbyd o'u blaenau. Biti na fyddai modd eu perswadio . . . Ond ni symudodd Gwilym o'i sedd, a chyda hynny, yr oedd yr oedfa ar ben.

* * *

Wedi i Gwilym ddychwelyd i'r Fyddin, gobaith Hannah oedd y byddai pethau yn dechrau dod yn ôl i ryw fath o normalrwydd. Ond yr oedd popeth wedi ei ddatgymalu a'r teulu bach fel llong yn hwylio'r moroedd heb neb wrth y llyw. Dal i'w ynysu ei hun wnaeth William Hughes, yn methu'n glir â dygymod gyda bywyd bob dydd. Diflasu ar yr undonedd wnaeth Morfudd gan gadw draw o'r tŷ gymaint ag y gallai a chael cysur yng nghwmni ffrindiau. Gwyddai Hannah mai hi, fel yr hynaf, ddylai gymryd baich cyfrifoldeb y teulu, ond teimlai yn wan a diymgeledd. Doedd neb o fewn y teulu eisiau gwrando ar ei chwyn, neb eisiau gofalu amdani. Yr unig un nad oedd wedi newid oedd Nela. Parhaodd yn ddi-gŵyn a di-rwgnach gan wneud ei gorau i gadw'n siriol ac yn brysur. Un noson, yr oedd Hannah a Morfudd yn y gegin a Nela wrthi'n smwddio.

'Mae'n hen bryd i chi fynd adref, Nela. Mae hi wedi chwech.'

'Bron â gorffen, Hannah.'

'Mi fedr rheina aros tan fory, siawns.'

'Randros, 'tydw i ddim eisiau gorfod eu hwynebu bore fory. Mae fory yn ddiwrnod llnau.'

'Sut oedd pethau yn y siop heddiw, Morfudd?' gofynnodd Nela.

'Roeddan nhw ddigon prysur – mae'n well gen i hi felly, mae o'n rhwystro fy meddwl rhag crwydro.'

'Welaist ti'r llythyr gyrhaeddodd gan Gwilym?'

'Do – 'tydi pethau fawr gwell arno yn Winchester nag oeddan nhw yn Llandudno.'

'Dal i fytheirio mae Tada – dal i gwyno fod Gwilym yn gwastraffu ei amser. Sut oeddech chi'n ei weld o heddiw, Nela?' holodd Hannah, gan edrych ar ei hwyneb fel petai'n chwilio am ryw gyfrinach.

'Mae baich y byd ar ei ysgwyddau fo.'

'Ei weld o wedi heneiddio ydw i – dros nos bron iawn,' meddai Morfudd.

'Fasa'n dda gen i 'tase fo'n mynd at y meddyg eto, ond mae o wedi blino arna i'n rhefru.'

''Tase fo ond yn rhannu efo ni'n dwy, mi fyddai hynny'n help garw iddo,' meddai Hannah.

'Ni fasa'r rhai olaf iddo rannu unrhyw beth â hwy. Mae o eisiau ein gwarchod ni rhag rhagor o groesau. 'Tase fo ond yn sylweddoli fod ei bryder o yn llawer mwy o straen arnom ni.'

'Mae ei ffydd o wedi cael ysgytwad hefyd, cofiwch chi, genod. 'Tydi o ddim yr un dyn.'

'Wn i ddim sut mae unrhyw un yn gwneud synnwyr o ddamwain mor hurt,' cyfaddefodd Hannah. 'Mae hynny'n faich i mi bob diwrnod. Doedd o ddim i fod . . . '

'Dwi'n dal i deimlo ei phresenoldeb o gwmpas,' meddai Nela. 'Mae hi yma, dim ond na allwn ni ei chlywed hi . . . '

'Fedra i mo'i theimlo o gwbl,' meddai Morfudd. 'Cwbl sydd yna ydi gwacter mawr ar ei hôl hi. Wn i ddim sut y cadwn i fynd hebddi.'

Cododd Morfudd a gadael yr ystafell. Gwyddai Hannah fod ei chwaer fach yn gwaedu tu mewn, waeth pa mor annibynnol oedd hi'n ceisio bod.

Yn ei chyfnod o alaru, bu Dafydd Edwards yn graig o gadernid i Hannah, a datblygodd eu carwriaeth yn gyflym. Diflannodd swildod Hannah, ac roedd yn fwy na balch i rannu baich ei gofidiau. Teimlai yn ddiogel yn ei gwmni, ac mewn byd ansicr oedd yn newid fesul awr, roedd Dafydd ymysg yr ychydig bethau y gallai ddibynnu'n llwyr arnynt.

Nid oedd fawr o dro cyn i'r athrawon eraill synhwyro fod rhamant yn y gwynt. Yr oedd carwriaeth felly yr union beth i ysgafnhau'r awyrgylch yn ystafell yr athrawon. Un bore, cyrhaeddodd Dafydd yr ysgol i sylwi ar Hannah yn edrych yn ddicllon drwy'r ffenest.

'Beth sy'n bod, Hannah?'

'Morfudd oedd yn dweud wrtha i ddoe fod Alwyn Angal a Bertie Bwgan wedi listio – ffrindia oedd 'run dosbarth â Gwilym,' meddai gan barhau i edrych allan. 'Allet ti ddim cael dau mwy diniwed. Mae'r rhestr yn cynyddu bob dydd.'

'Fel hyn y bydd hi rŵan, Hannah. Fydd 'na ddim diwedd ar y llifeiriant.'

Trodd Hannah ac edrych ar ei chariad gyda'i llygaid tywyll yn llawn pryder.

'Beth ddaw ohonon ni, Dafydd? 'Tydi hi'n oes ddychrynllyd i fyw ynddi? Beth ddaw ohonot ti?'

'Dydw i ddim tamaid o eisiau mynd, 'sti. 'Tydw i wedi dweud droeon wrthot ti . . . '

'Mae cymaint wedi dweud hynny, ond dal i gael eu hudo maen nhw.'

'Fydd yn rhaid i ti gymryd fy ngair i Hannah fach. Does gen i 'run sicrwydd arall i'w gynnig i ti.'

''Taset tithau yn mynd hefyd, allwn i ddim goddef pethau. Beth petaen nhw'n dechrau gorfodi dynion?'

'Paid â mynd o flaen gofid, da ti. Diawch, fedran nhw ddim gwagio ysgolion a'u gadael heb athrawon . . . '

'Mi fedran nhw adael y merched ar ôl. Dydan ni ddim gwell na phypedau.'

71

Ar hynny, canodd cloch yr ysgol a bu'n rhaid i Dafydd a Hannah fynd at eu gwersi.

PENNOD 6

Byddai gan Goed Helen le cofiadwy ym meddwl Hannah byth oddi ar y diwrnod hwnnw. Yn aml iawn, âi Dafydd a hithau yno i gyd-gerdded, gan groesi Pont yr Aber a theimlo eu bod yn croesi'r afon i'w byd bach hwy eu hunain. Ar brynhawniau felly, gallai Hannah anghofio blinder yr ysgol, gofynion cartref a phroblemau'r byd. Wrth wylio'r prysurdeb ar Afon Seiont a'r llongau yn dadlwytho ar Gei Llechi, caent ymgolli yn eu byd hudol.

'Pan dwi'n edrych ar y llongau yma, dwi'n ysu am gael neidio ar fwrdd un ohonynt a dianc,' meddai Hannah yn freuddwydiol.

Gwyliodd Dafydd hi a chael pleser o'i harddwch. Roedd yr awel yn chwythu ei gwallt gwinau, a gallai weld ei bron yn codi a gostwng o dan ei gwisg ysgafn. Ysai am ei chusanu. Ond roedd Hannah ymhell i ffwrdd.

'Dianc – oddi wrtha i?' gofynnodd yn chwareus wrth fwytho ei chefn.

'Naci siŵr, jest dianc o'r lle cyfyng yma, oddi wrth yr ysgol ac adre a'r holl waith . . . A 'taset ti isio dod efo mi . . . '

'Dibynnu lle fasat ti'n mynd.'

'Fel 'na mae ei deall hi, ie?' trodd Hannah ato a gwenu'n chwareus.

'I be' faswn i eisiau dy ddilyn di 'taset ti'n dal llong i'r India? Pam faswn i eisiau troi 'nghefn ar G'narfon a mynd i ganol dieithrwch lle felly?'

'Be' sy'n bod ar yr India?'

'Wn i mo'r peth cyntaf am y lle – na thithe chwaith. Mae hi'n boeth ac yn brysur yno, a thlodi dychrynllyd ym mhob man . . . '

'Falle nad llong i'r India fasa hi . . . falle mai i Dde America fasa hi'n mynd . . . '

'Fanno'n reit wahanol i G'narfon hefyd – ac yn lle peryg.'

'Holl bwynt dianc ydi mynd i rywle hollol wahanol, Mr Edwards! I be' faswn i'n teithio hanner ffordd o amgylch y byd i le fyddai'n union 'run fath â G'narfon?'

'Rwy'n ddigon bodlon ar G'narfon.'

Trodd Hannah ato.

'Ond dwyt ti ddim eisiau byw fel hyn am byth! Siawns nad wyt ti'n edrych ymlaen at ryw antur yn dy fywyd.'

'Ydw, mi rydw i,' meddai Dafydd gan ddifrifoli mwya sydyn. 'Be' fyddai'n antur go iawn i mi fyddai rhannu 'mywyd efo ti.'

Ochneidiodd Hannah.

'Nid am hynny rydan ni'n sôn.'

'Naci? 'Tydan ni byth yn sôn am hynny. Dwyt ti ddim yn lecio'r syniad o 'mhriodi i?'

Swatiodd Hannah ato a nythu dan ei fraich.

'Wrth gwrs 'mod i, ond dydw i ddim eisiau tyfu fyny rhy sydyn.'

'Tair ar hugain wyt ti Hannah.'

'Yn hollol,' meddai, gan droi i edrych arno. 'Os prioda i rŵan, dyna selio fy ffawd i – am byth. Cha i byth wedyn freuddwydio am fywyd arall – bydd y cyfan wedi ei ragordeinio.'

'Wn i ddim be' wyt ti eisiau mewn bywyd.'

'Yr hyn rydw i wirioneddol eisiau ydi dal llong efo ti – a theithio. Mynd i Sbaen, i'r Eidal, i'r Dwyrain, i'r Aifft . . . Gweld pethau, cyfarfod pobl wahanol, gweld be' sy'n digwydd yng ngweddill y byd . . . '

'Ond mae'n gyfnod o ryfel, Hannah fach.'

'Dyna sy'n peri'r rhwystredigaeth fwyaf, Dafydd. Mae'r ddau ohonom yn rhydd – mi allai unrhyw beth fod yn bosibl, ond mae 'na Ryfel Byd . . . Mae pobl fel 'nhad a Mr Roberts a Mr Hughes wedi cael eu hieuenctid hwy, ond pam bod yn rhaid i ryfel ddigwydd rŵan – a ninnau ym mlodau ein dyddiau?'

'Wn i ddim. Ond fel arall dwi'n ei gweld hi. Mi allai fod yn gymaint gwaeth arna i. Mi allwn fod yn sgidiau Gwilym.'

'Weithiau, dwi'n eiddigeddus o Gwilym.'

'Wyt ti? Wyt ti mewn gwirionedd?'

'Ydw – yn enwedig o ddarllen ei lythyrau fo. Fo ddewisodd fynd wedi'r cwbl, a dwi'n synhwyro o'i lythyrau nad ydi o'n difaru.'

'Difaru neu beidio, mae o'n gaeth lle mae o rŵan.'

'Mae'n rhyfel ym mhob man, Dafydd. Does dim modd ei hosgoi. Ond o leia mae Gwilym yn gallu bod yn ei chanol hi, lle mae o'n gallu gwneud gwahaniaeth. Mae o'n cael bod yn rhan o'r profiad mawr yma, yn lle bod yn gaeth i G'narfon.'

'Tydi Gwilym ddim yn cael profi'r agosatrwydd sydd rhyngom ni yn awr.'

Ymdawelodd Hannah. Roedd ei meddwl ar chwâl.

'Wnei di addo meddwl amdanom ni'n dau 'ta, Hannah – rywbryd?'

'Does 'na ddim byd i feddwl amdano, Dafydd. Ti'n gwybod mai efo ti yr ydw i eisiau bod . . . '

'Felly oes 'na unrhyw beth yn ein rhwystro rhag dyweddïo?'

'Dim – ar wahân i fy ofn i.'

'Oes unrhyw beth y medra i ei wneud i leddfu'r ofn hwnnw?'

Aros yn dawel wnaeth Hannah.

'Wst ti sut dw i'n gweld petha, Hannah? Rwyt ti'n enaid rhydd, a dyna pam dw i wedi gwirioni 'mhen efo ti. Dydw i ddim eisiau dy gaethiwo. Ac mi rwyt ti'n gweld bywyd priodasol fel rhaff am dy wddw, fel dedfryd oes fydd yn dy rwystro rhag gwneud popeth rwyt ti am ei wneud.'

'Wyt ti yn fy meio i? Mae priodas yn caethiwo'r wraig yn llawer mwy na dyn. Byddai'n rhaid i mi roi'r gorau i 'ngwaith yn yr ysgol yn syth. Byddai'n rhaid i mi gadw tŷ. Fydden ni'n methu fforddio morwyn, felly y cwbl fyddwn i fyddai rhywun yn coginio a glanhau ac yn croesawu ymwelwyr.'

'Rwyt ti'n gwneud gwaith tŷ rŵan, ac yn coginio a chroesawu ymwelwyr. Mae gen ti bryder am dy dad a'th chwaer, ac mi rwyt ti'n llawn cyfrifoldeb tuag at bawb ond ti dy hun. Dwyt ti ddim yn lecio'r syniad o ti a fi yn rhannu tŷ, ac yn creu ein haelwyd fach ein hunain?'

Gwyliodd Hannah y cychod bach yn mynd a dod.

'Dafydd, os prioda i o gwbl, mi brioda i ti. Soniwn ni am briodi pan fydd y rhyfel 'ma ar ben.'

'Soniwn ni am briodi pan fydd yr Wyddfa'n gaws.'

Gwyddai Hannah ei fod wedi ei frifo.

'Oes cymaint o frys â hynny, Dafydd?'

'Dwi'n ysu am gael byw a bod yn dy ymyl, dy gael di yn fy mreichiau, dy garu di, cysgu yn yr un gwely a deffro i weld dy wyneb di . . . Ydi hynny'n gofyn gormod . . . ? Mae'r byd 'ma yn un llanast dychrynllyd, a chydnabod yn cael eu lladd yn ddyddiol. Mae sôn y bydd mynd i ryfel yn orfodol – wyddon ni ddim be' sydd o'n blaenau ni. Fy ofn mwya i ydi y bydd rhywbeth yn digwydd – i un ohonom, nes chwalu'r unig freuddwyd wirioneddol sydd gen i, sef cael byw efo ti.'

Ni allai Hannah oddef ei weld yn mynd drwy'r fath wewyr.

'Dafydd Edwards, mi prioda i ti cyn i'r rhyfel orffen 'ta – ac mi wynebwn ni beth bynnag ddaw efo'n gilydd. Cwbl dwi'n ei ofyn ydi i ti adael i mi ddygymod â'r pethau mawr 'ma i gyd, a hynny yn fy amser fy hun.'

Gafaelodd Dafydd ynddi a'i gwasgu ato.

'Falle na fydd o cweit fel dal llong i India,' meddai hithau yn smala.

'Wyddost ti ddim, 'nghariad gwyn i, wyddost ti ddim. O leia ma' llong felly yn gwybod i ble mae hi'n hwylio. Does gennym ni 'run syniad.'

Methodd Dafydd â chadw'i ddagrau yn ôl yn hwy.

Nid Hannah a Dafydd brysurodd ddydd y briodas yn y diwedd, ond Llywodraeth Asquith. Erbyn Hydref 1915, roedd y niferoedd oedd yn gwirfoddoli wedi gostwng, ac roedd

Kitchener yn mynnu bod yn rhaid newid y drefn. Roedd unrhyw awgrym o orfodaeth yn anathema i'r Rhyddfrydwyr, ond byddai'n rhaid cael rhyw gynllun i gael gafael ar ragor o filwyr. Erbyn mis Hydref, roedd Cynllun Derby wedi ei sefydlu. Hwn oedd y siawns olaf i fechgyn rhwng deunaw a deugain oed i wirfoddoli. Roedd pwysau mawr ar bob gŵr i ystyried a oedd yn fodlon gwasanaethu ym Myddin y Brenin er mwyn amddiffyn ei wlad yn nydd ei chyfyngder. Gwahanwyd dynion yn ddwy garfan – y dynion sengl a fyddai'n cael eu galw gyntaf, ac yna tro'r dynion priod fyddai hi. Bu hyn yn ddigon o berswâd i'r dynion priod roi eu henwau i'r awdurdodau. Roedd y gwŷr sengl yn llai parod. Yn sgil Cynllun Derby, hanner yn unig o wŷr sengl Prydain roddodd eu henwau. Yr oedd yn amlwg i bawb fod Gorfodaeth ar y ffordd.

Hannah gododd y mater yn gyntaf.

'Dwi'n credu o ddifri y dylen ni ystyried priodi yn weddol fuan, Dafydd.'

Yn y parlwr yn Eirianfa yr oeddent, rhyw b'nawn Sadwrn.

'Methu goddef byw hebof wyt ti?' gofynnodd Dafydd yn smala.

'Ti'n gwybod yn iawn pam. Os na phriodwn ni'n fuan, mi fyddan nhw wedi dy hel dithau i ffwrdd.'

'Tydi o mo'r cymhelliad gorau i ddechrau bywyd priodasol, Hannah,' meddai Dafydd gan ddifrifoli.

'Oes ots?'

'Oes, mae ots! Dwi'n trio cynnal rhyw fath o normalrwydd yn fy mywyd, a dwi isio i'r wraig dwi'n ei charu fy mhriodi am ei bod yn dewis gwneud hynny – nid am fod yna Lywodraeth sy'n dewis chwarae â'n bywydau ni.'

'Sawl gwaith ydw i wedi deud, Dafydd? Ti ydi'r un yr ydw i am ei briodi.' Cododd a rhoi ei breichiau am wddf ei chariad. 'Dim ond 'mod i'n gyndyn o weld unrhyw newid yn fy amgylchiadau.' Mwythodd ei boch yn erbyn ei rudd. 'Dafydd bach, galwa fi'n hunanol, yn ddichellgar, yn be' fynnot ti – dwi am inni fod efo'n gilydd, a dwi ofn y gwahanu. Mae o fel hunllef i mi, ddydd a nos.'

'Hannah, dwi'n trio meddwl am y dyfodol, a'r cwbl wela i ydi llen dywyll. Waeth i ba gyfeiriad yr edrychaf, mae pob man yn cau amdanaf . . . Mae gen i ofn codi i nôl y post bellach rhag ofn fod yna amlen frown yn fy ngwysio i . . . '

'Beth sy'n debygol o ddigwydd, dywed?'

'Wel dwi'n gyntaf ar y rhestr o athrawon i'w hepgor, 'tydw? Yr olaf i mewn, y cyntaf allan ydi'r rheol.'

'Dau ohonoch chi ddynion sydd ar y staff.'

'A phwy maen nhw'n debyg o gael gwared arno – y fi 'ta'r Prifathro?'

'Faint o siawns fydd gen ti os byddi'n briod?'

'Mi rydd ychydig fisoedd yn hwy i mi. Dibynnu pa mor sydyn gollan nhw ragor o filwyr ar y Ffrynt. Maen nhw'n eu llowcio nhw fel ag y mae.'

Brathodd Dafydd ei dafod. 'Mae'n ddrwg gen i Hannah, ddyliwn i ddim fod wedi dweud hynny . . . '

'Mae o'n dal yn wir, p'un a gaiff o ei ddweud ai peidio.'

Cerddodd Hannah at y ffenestr.

'Rydw i'n fodlon rhoi cynnig arni, Dafydd. Hyd yn oed os ydi o ond yn golygu gohirio'r anochel am chydig fisoedd yn unig. Wyddost ti byth, falle cawn nhw fwy na digon ac na fydd angen gwŷr priod.'

'Ydi o'n beth hunanol i'w wneud?'

'Wrth gwrs ei fod o!' Trodd Hannah ato, 'Ond rydan ni'n sôn am yr unig fywyd sydd ganddo ni. Beth yw diben bod yn anrhydeddus er mwyn y fraint o fod yn weddwon?'

'Mae'n siŵr fod yna filiynau eisiau dianc rhag yr un dynged . . . '

'Ac maen nhw'n gwneud! Mae pobl yn priodi wrth y miloedd! Mi wnawn nhw beth bynnag mae o'n ei gostio i gael dianc o afael Kitchener. Ac ydi hynny'n beth annaturiol? Ydi bod eisiau peidio marw yn beth mor rhyfadd â hynny . . . ? Dafydd?'

'Nid fel hyn ro'n i wedi dychmygu ein dyweddïad ni, rywsut.'

'Na minnau chwaith, ond dyma sut mae am fod.'

Cododd Dafydd a mynd at ei gariad.

'Wnei di 'mhriodi i 'ta, Hannah?'

'Wrth gwrs y gwnaf!'

Gafaelodd Dafydd ynddi a'i chofleidio. Sibrydodd Hannah yn ei glust, 'a diolcha i Kitchener am fy ngwthio i benderfynu!'

'Os dof fi drwy hyn i gyd yn fyw, Hannah, i ti fydd y diolch am hynny.'

'Pryd priodwn ni 'ta?' gofynnodd hi'n sydyn.

'Faint gymer hi i drefnu priodas?'

'Wn i ddim – dydw i rioed wedi trefnu un o'r blaen! 'Tase hi ddim yn gyfnod rhyfel, mi fydde'n anweddus ei threfnu mewn llai na chwe mis.'

'Beth am cyn Dolig?'

'Mis yn unig? Mi fydd pobl yn siarad.'

'Gad iddyn nhw – mi fydd yn newid o siarad am y rhyfel. Be' ydi'r peth cyntaf mae rhywun yn ei wneud?'

'Mi fydde gofyn am ganiatâd Tada yn gychwyn go lew – rhag ofn iddo ddeud na.'

'Ac os cytunith Mr Hughes?'

'Ffeindio capel a modrwy, 'debyg gen i – a rhywbeth gweddus i'w wisgo.'

'Randros, mi fydd yn braf cael canolbwyntio ar ddigwyddiad hapus am newid, yn lle bod popeth yn llawn pryder.'

'Mi gawn ni sbort yn trefnu.'

'Y pryder mwya fydd fforddio popeth. Mae popeth mor anodd ei gael.'

'Os ffeindi di ddigon o aur i wneud modrwy, mi wna i 'morol am y gweddill. Mi fydd Morfudd wrth ei bodd yn helpu.'

A dyna sut y trefnwyd yr uniad rhwng Hannah a Dafydd. Yn ffodus, rhoddodd William Hughes sêl ei fendith ar y syniad, ac roedd yn rhaid i Hannah gael rhannu'r newyddion yn syth â Morfudd.

'Mae Dafydd a minnau yn meddwl priodi,' meddai'n swil.

'Hannah!' gwaeddodd Morfudd, yn methu â chredu'r ffaith.

'Ddylia fo ddim bod yn gymaint o syndod â hynny i ti.'

'Efo ti, mae o'n syndod mawr iawn. Ddyliwn i na fyddech chi byth yn trafod y pwnc.'

'Dwyt ti ddim yn fy meio. Ro'n i ofn cymryd y cam, ofn beth oedd o'm blaen. Ond rydan ni o'r farn mai mentro sydd orau, yn enwedig efo gorfodaeth ar ei ffordd . . . '

'Wyt ti'n betrusgar Hannah? Paid â rhuthro i wneud dim cyn dy fod ti'n gwbl sicr.'

'Dyna sy'n rhyfedd. 'Tase 'na ddim rhyfel, mae'n siŵr y byddwn yn llawer parotach i ohirio'r mater. Ond does wybod beth ddigwydd unwaith y daw'r ddeddf.'

'Mi briodwn i fory nesaf 'tase rhywun yn gofyn i mi,' meddai Morfudd.

'Cyndyn i roi'r gorau i'r ysgol ydw i,' cyfaddefodd Hannah. 'Pe cawn i gario mlaen i weithio, byddwn yn llawer hapusach.'

'Os caiff merched y fôt, falle fydd y gyfraith yn newid.'

'Pan ddaw'r fôt i ferched, bydd petha mawr yn digwydd.'

'Lle fasach chi'n byw?'

'Randros, dydan ni ddim wedi trafod hynny. Megis dod i delerau â dyweddïo ydw i!'

Ar hynny, agorodd y drws, a daeth eu tad i mewn.

'Wyt ti wedi ei llongyfach?'

'O Tada! Ydach chi'n falch?'

'Wrth fy modd. Mae'r heulwen yn mynnu dod trwodd, er ein gwaethaf. Hogyn da ydi Dafydd.'

'Ewch chi ddim i fyw yn bell?' gofynnodd Morfudd.

'Siŵr iawn nad awn ni.'

'Mi fydd hi'n chwith ar dy ôl di,' oedd sylw ei thad.

'Wel fydda i ddim yn bell, chydig o strydoedd i ffwrdd, mwya tebyg. Ac os na fydda i'n hapus, mi ddo i'n ôl i fan hyn i fyw.'

'Ia, ond mi fydd yna gyw wedi gadael y nyth, a fedra i ddim gwadu hynny,' meddai ei thad. Gwyddai William Hughes y byddai bwlch mawr ar ôl ei ferch hynaf ond croesawai'r cyfle i gael aelod newydd i'w deulu. Bu hynny yn hwb iddo yn ei drallod a'i alar.

* * *

Roedd ei thad â'i ben yn ddwfn yn y papur a Hannah yn ysgrifennu llythyr wrth y bwrdd.

'Sgwennu dy ddyddiadur wyt ti?' gofynnodd.

'Mae hi'n unfed dydd ar ddeg o'r unfed mis ar ddeg,' meddai Hannah, 'Un, un, un, un, un pump.'

Ni chymerodd ei thad unrhyw sylw.

'Pethau'n mynd o ddrwg i waeth,' meddai yntau. 'Mae Twrci rŵan wedi cyhoeddi jihad.'

'Be' ydi ystyr hynny?'

'Jihad ydi rhyfel sanctaidd. Maen nhw'n galw ar Fwslemiaid ym Mhrydain, Ffrainc a Rwsia i gael gafael ar arfau – yn enw Ala.'

'Gynnan nhw gystal hawl â ninnau 'debyg i alw ar eu duw . . . Sut yn y byd gafodd Twrci ei thynnu mewn o gwbl?'

'Prydain sydd efo buddiannau yno. Prydain yn hawlio mai nhw biau'r Gwlff a'r Twrciaid yn mynnu fel arall.'

'Mae o'n nes atyn nhw na Phrydain 'tydi? Ddim 'mod i'n siŵr lle mae Twrci a Phersia . . . '

'Hen diroedd yr Hen Destament ydyn nhw. Lle mae'r Tigris a'r Ewphrates.'

'Felly ddaru Twrci ochri efo'r Almaen?'

'Do, yn wahanol i adeg y Crimea, ac mae hyn wedi cymhlethu pethau yn yr Aifft. Mae gennym ni filoedd o filwyr yn yr Aifft.'

'Mae'r rhyfel 'ma'n lledu a lledu . . . '

Llanwodd William Hughes ei getyn. 'Hen gwestiynau heb eu setlo ydyn nhw 'te. Mae Twrci wedi bod yn erbyn Ewrop ers y Canol Oesoedd.'

''Dach chi'n cael yr argraff mai'r un hen ryfeloedd sy'n cael eu hymladd ym mhob oes.'

'Dyna ydyn nhw – Gorllewin yn erbyn Dwyrain, Cristnogion yn erbyn Mwslemiaid . . . '

'Fase'n dda gen i 'tai 'ngwybodaeth i o'r gwledydd hyn yn well. Mae 'naearyddiaeth i'n anobeithiol, er 'mod i'n athrawes. Dwi'n credu y caf i afael ar fap a'i osod ar wal y gegin.'

'Mae map yn y papur byth a hefyd.'

'Na dwi isio un mawr – fel y rhai sydd gan swyddogion y Fyddin.'

'Cyrnol Hannah Williams, ar f'enaid i! Mi rwyt ti wedi clywed yr holl sôn am y Dardanelles . . . Wel, dyna'r tiroedd rhwng y Môr Du a Môr y Canoldir. Roedd Prydain isio ffordd o gyrraedd Rwsia drwy'r Dardanelles – i gael gwared o Dwrci o'r rhyfel. Dyna pam y bomiwyd Caer Gystennin yn ufflon.'

'Bai Twrci am ochri efo'r Almaen oedd hynny.'

'Waeth pwy sydd ar fai – roedd bomio Caer Gystennin, crud diwylliant, yn anfaddeuol. Roedd yno bethau dychrynllyd o hen. Does wybod beth sydd wedi ei golli am byth, ac mae'r cyfan wedi ei fomio'n siwrwts.'

'Mae hynny'n nodweddiadol ohonoch chi, Tada – gweld tu hwnt i'r presennol a meddwl am y golled i ddynoliaeth . . . Ond o edrych arni'n hunanol, 'tydi ddim yn well fod pethau'n poethi yn y Dwyrain?'

'Ar ba sail wyt ti'n deud hynny?'

'Fel bod pethau'n tawelu yn Ffrainc.'

'Maen nhw'n berffaith abl i gadw pethau'n boeth yn y ddau ben, Hannah fach. Cyn belled â bod digon o ddynion i gadw'r rhyfel i fynd.'

* * *

Ar ddydd olaf Tachwedd, â'r awyr yn glir, safodd Hannah a Dafydd ar risiau Capel Ebeneser, yn ŵr a gwraig. Yr oedd pryder ynglŷn â diwrnod y briodas wedi bod yn bwyta Hannah, a hithau'n gofidio y byddai dan deimlad yn dod i mewn i'r capel ar fraich ei thad, yn dyfalu sut y byddai'n dweud y llw, ac yn wynebu pawb, ond roedd yr holl ofalon hynny y tu cefn iddi bellach. Aeth popeth yn rhwydd, a'i hunig ofid oedd na fyddai ei Mam a Gwilym wedi cael bod yn dyst i'r cyfan. Hebddynt, roedd y seremoni'n anghyflawn rywsut, gyda dim ond hanner y teulu yn bresennol. Ond roedd Morfudd wedi gwneud gwyrthiau, ac wedi llwyddo i ragweld myrdd o bethau na fyddai gan Hannah y syniad lleiaf amdanynt. Rai munudau cyn iddi fynd i'r capel, rhoddodd Morfudd focs bychan yn ei llaw. Agorodd Hannah ef a gweld broetsh oedd yn ddigon o ryfeddod wedi ei gwneud o gragen wen fechan.

'Mae hi'n hynod o dlws Morfudd,' meddai.

'Wyt ti'n cofio'r gragen?'

'Ddyliwn i?'

'Gwilym a'i rhoddodd yn anrheg i mi ar fy mhen-blwydd yn ddeunaw. Wyt ti'n cofio'r diwrnod hwnnw yn Ninas Dinlle? '

Gwenodd Hannah. 'Wrth gwrs 'mod i. Ddyliet ti ddim fod wedi rhoi rywbeth oedd yn golygu cymaint i ti.'

'Eisiau rhoi rhywbeth gwerthfawr oeddwn i. Y diwrnod hwnnw yn Ninas Dinlle oedd un o'r dyddiau olaf o hapusrwydd gawson ni fel teulu cyfan.'

'Mi wisgaf hon heddiw, Morfudd.'

'Falle y daw â lwc i ti.'

Teimlai Hannah yn ddieithr yn yr ŵn wen dri chwarter, y sanau sidan a'r esgidiau gwyn. Roedd Dafydd wedi gwirioni arni, ond fel y dywedodd wrtho, 'Nid yr Hannah go iawn ydi hon.' Daliai dusw o lilis gwynion mawr ar ei braich, ac roedd y blodau ar ei phen yn pigo. Ond dyna sut oedd priodferch i fod i edrych, felly chwaraeodd ei rhan. Gwenodd ar bawb a'u gweld yn gwirioni. Y diwrnod hwnnw, ciliodd cymylau amheuon ac ofn o feddyliau'r ddau, a chawsant ddigon o fodd i fyw.

Gyda'r nos yn yr ystafell wely yn Eirianfa, eisteddodd Hannah o flaen y drych ac edrych arni ei hun yn ei gwisg ddieithr. Ni allai gredu mai adlewyrchiad ohoni hi ei hun oedd yr hyn oedd o'i blaen. Smalio chwarae rhywun mewn oed yr oedd. Ac eto, am ei bys, yr oedd modrwy aur, a beth bynnag a wnâi yn awr, nid oedd modd troi'r cloc yn ôl. Yr oedd ar fin diosg y perlau a'r tlysau, y dillad hud, a'r esgidiau gwyn a wynebu byd o realiti. O'r pryd hwnnw ymlaen, byddai'n rhannu ei bywyd â dyn, a byddai'r dyn hwnnw yn effeithio ar bopeth a wnâi. Fo fyddai'n ei chynnal, a fo fyddai'r penteulu. Parai hyn deimladau dryslyd ynddi, ond y funud y dychmygai amdano fel Dafydd, roedd yr ofn yn cilio. Roedd hi'n adnabod Dafydd, yn ffrind iddo, ac roedd yn ei charu yn angerddol. Pe collai Dafydd, byddai ei bywyd yn chwilfriw. Dechreuodd frwsio ei gwallt. Gallai'r rhan fwyaf o wragedd oedd newydd briodi edrych ymlaen at fywyd newydd, llawn cynnwrf, gan ddychmygu pob math o gerrig milltir. Nid felly hwy ill dau. Doedd 'na ddim yn sicr bellach.

Y funud honno, agorodd y drws a daeth Dafydd i mewn.

'Popeth yn iawn, Hannah?'

Byddai'n rhaid iddi ddod i arfer â hynny – y ffaith y gallai ddod i mewn i'w stafell unrhyw bryd y dymunai.

'Hel meddyliau ydw i.' Trodd i edrych arno.

'Dafydd, dydw i ddim eisiau i hwn fod yn ddiwrnod hapusa 'mywyd i.'

'Nagwyt?'

'Digalon iawn ydi meddwl mai dirywio wnaiff popeth wedi heddiw.'

'Siŵr iawn, ond mi hoffwn i ti fod yr un mor hapus weddill dy fywyd. Oeddet ti'n hapus heddiw?'

'Mae 'na gymaint o gymysgedd o deimladau yr ydw i wedi eu profi heddiw . . . Fynnwn i ddim byw drwyddo eto.'

'Dyna un peth dwi'n addo fydd dim rhaid i ti! Ond mi fydda i'n byw'r diwrnod yn fy mhen ganwaith drosodd – petai ond am y pleser o dy weld di yn dod i mewn i'r capel.'

'Ro'n i'n crynu gan ofn! Ro'n i'n casáu'r sioe. Dda gen i mo llygaid pawb yn edrych arnaf. Ond mi fydd yn braf cael edrych yn ôl.'

'Beth fydd yn aros yn dy gof di?'

'Caredigrwydd pawb, a'r modd roeddan nhw eisiau dathlu a bod yn hapus efo ni. Wn i ddim sut i ddiolch i bawb.'

'Maen nhw wedi cael eu gwobr, yn dy weld di uwch ben dy ddigon heddiw. Rŵan, garet ti help i dynnu'r wisg 'ma?'

'Cha i byth mo'i gwisgo eto, Dafydd.'

Edrychodd arni yn llawn edmygedd.

'Dwi eisiau cadw'r llun ohonot ti fel hyn am byth.'

Ond tynnu'r wisg ledrithiol fu raid, ac wrth deimlo ei fysedd yn datod y botymau, sylweddolodd Hannah nad gadael byd o hud a wnâi, ond camu i un llawn dieithrwch.

PENNOD 7

Bu'n rhaid i Lloyd George gadw ei air, a sefydlwyd Corfflu Cymreig, y *38th Welsh Division* fel y'i gelwid, fel bod y Cymry Cymraeg yn cael aros gyda'i gilydd.

Cadwyd y North Wales Pals yn uned, a daeth eraill o Gaernarfon atynt. Ar y cyntaf o Ragfyr, 1915, roedd Byddin Lloyd George yn martsio drwy'r glaw i Ddociau Southampton yn barod i groesi i Ffrainc.

Er gwaetha'r colledion trwm a gafwyd ym mrwydrau Neuve Chapelle, Abers Ridge, Festubert a Loos, rhyddhad oedd y teimlad cyntaf ddaeth i Gwilym wrth iddynt hwylio. Rhyddhad fod rhywbeth o'r diwedd yn digwydd. Ar hyd eu cyfnod hyfforddi, y straen fwyaf oedd diflastod y drefn ddyddiol a'r ymdeimlad eu bod yn gwastraffu amser tra gwyddent fod brwydrau pwysig yn cael eu hymladd. Pa beryglon bynnag oedd o'u blaenau, byddent yn beryglon oedd yn werth mentro corff ac enaid er eu mwyn. Byddai seithugrwydd cyfnod Caer-wynt y tu cefn iddynt.

Prysurodd y trên o Le Havre ar hyd gwastatir Ffrainc a chafodd Gwilym ei olwg gyntaf ar y wlad. Yr oedd y caeau yn llawer mwy na'r rhai yng Nghymru a doedd dim gwrychoedd yn eu gwahanu. Tir gwledig ydoedd gyda ffermydd yma ac acw a phentrefi gwledig. Doedd o ddim mor wahanol â hynny i Gymru.

Wedi teithio am ddiwrnod cyfan, cyrhaeddwyd Hecques yn hwyr, a'r hogiau ar eu cythlwng, yn oer a heb gyfle i molchi. Ni chawsant sychu yn iawn ers Southampton. Nid anghofiai Gwilym y profiad o gyrraedd y platfform a rhyw filwr o Gymro yn dod i'w nôl i'w harwain ar daith gerdded bum milltir o hyd.

Dyma ganu emynau i ddifyrru'r amser ac ymgysuro yn y ddefod gyfarwydd honno. Cawsant damaid o facwn, bara, paned o de a lle i gysgu yn y pencadlys. Ni fu Gwilym a'r lleill erioed mor falch o gael bwyta.

Buont yn Hecques am gyfnod yn gorffen hyfforddiant mewn trin gynnau, bomiau a bidogau ac yn dod yn gyfarwydd â byw mewn gwlad estron. Ond o leia roedden nhw'n dysgu gyda'i gilydd. Roedd hen ddigon i'w ddysgu, a'r hen drefn wirion yr un mor gaeth. Dyma'r hyn fyddai'n siomi ac yn blino'r bechgyn yn fwy na dim.

Canodd y seiren ben bore a llusgodd Gwilym ei hun allan o'r gwely. Rhoddodd hergwd i TreGo i'w ddeffro yntau. Roedd TreGo yn anobeithiol yn y bore.

'*How do you do this morning, gentlemen?*' oedd cyfarchiad siriol Chwech wrth iddo fynd i wagio'r wagan biso. Chwech oedd y cymeriad mwyaf yn eu plith, er mai fo oedd y lleiaf o ran maint.

'*Wakey Wakey! Out of bed!*' gwaeddodd y Corpral.

'Fydda i wedi saethu'r diawl yna ryw ddydd,' meddai TreGo, 'dwi'n ei gasáu o lot mwy na dwi'n casau'r un Jyrman.'

'*Private Roberts, if you've anything to say, report to me.*'

'*Yes, Sir.*'

Roedd y Corpral yn casáu TreGo â chas perffaith. Drwy'r amser dril, roedd o'n cadw llygad barcud arno. Roedd rhywbeth yn osgo TreGo oedd yn dynodi balchder, ac roedd hynny yn mynd dan groen y Corpral.

'Be' 'dan ni'n cael gwneud heddiw, ydi rhywun yn gwybod?' holodd Hen Walia amser brecwast.

'Llenwi *sandbags*.'

'Efo be'?' holodd Chwech, a chwarddodd pawb. Hen joban ddiflas oedd llenwi *sandbags*. Roedd sgwrsio yn ysgafnhau tipyn ar y baich. Ond os clywai'r Corpral hwy yn siarad Cymraeg, fe âi'n wallgof.

'*Corporal Hodgkins is coming,*' meddai Alwyn Angal yn dawel i'w rhybuddio.

'I say, chaps, this is jolly hard work isn't it not?' Roedd Saesneg carbwl Chwech yn dod â gwên i wyneb pawb.

'I'm wondering what all the old folks back home are doing in Caernarvon rŵan,' meddai TreGo, 'What do you reckon Old Walls?'

'All very busy, I should think, doing their bit for King and Country.'

Torrodd y swyddog ar eu traws.

'You lazy Taffs, stop jabbering and concentrate on your work. With idlers like you, we'll never win the war.'

Ac er mawr siom iddynt, safodd y swyddog yno yn eu gwylio weddill y bore.

'Ti'n iawn, Bwgan?' gofynnodd Hen Walia, wrth iddyn nhw fynd yn ôl i'r llety y p'nawn hwnnw. Roedd Bwgan yn ei fyd ei hun. Ac yntau dros chwe throedfedd o daldra ac yn stribyn main, roedd o'n gyff gwawd hawdd i'r milwyr.

'Iawn 'te,' meddai Bwgan yn swta, â'r tristwch yn amlwg tu ôl i'w sbectol.

'Wedi blino wyt ti, 'debyg. Synnwn i damaid na fydd ein cyhyrau ni'n rhacs fory.'

'Fasa llythyr yn braf,' meddai Bwgan.

Cael gair o gartre oedd yn cadw'r bechgyn i fynd, ac roedd y gwasanaeth post yn hollbwysig.

'Fel 'na mae hi, weithiau, 'sti. Rho dipyn o ddyddiau eto, ac mi fydd rhywbeth yn siŵr o gyrraedd.'

'Fyddwn ni wedi symud yn fuan,' meddai Bwgan.

Tra gallai gweddill y criw gymryd golwg ddigon ysgafn ar fywyd, roedd popeth yn faich i Bwgan. Un dwys oedd o wedi bod erioed, hyd yn oed yn fachgen ysgol.

'Hei, hogia, 'dan ni'n mynd i lawr Dre heno?' gofynnodd Chwech. 'Special leave, am 'bod hi'n lleuad llawn.'

'Cyfle i ti foddi d'ofidiau, Bwgan,' meddai Hen Walia. 'Ydi pawb yn dod, Chwech?'

'Mae Alwyn Angal yn gorfod plicio tatws ond mae'r gweddill ohonom yn rhydd.'

'Haleliwia.'

Tref Béthune fyddai'r lle i fod pan gâi'r milwyr amser rhydd, a mawr oedd yr edrych ymlaen. Roedd y lle yn llawn prysurdeb, a'r bobl leol yn gymysg â'r milwyr. Yn Béthune, gallai rhywun anghofio'r rhyfel am dipyn a chymryd arno ei fod wedi cael picio i'r byd normal am ychydig oriau.

Ym mar poblogaidd *Le Solieil* cododd Hen Walia'r rownd gynta, a mynd i eistedd at Gwil mewn cornel dawel.

'Rhyfedd ydi hyn, 'te?' meddai Gwil, 'Y ddau ohonom yn codi peint fel 'tase 'na ddim yn bod.'

'Heblaw ein bod yn Ffrainc a'r rhyfel o'n cwmpas.'

'Ro'n i'n cau fy llygaid rŵan a'r cwbl ro'n i'n ei glywed oedd ein hogia ni yn clebran yn Gymraeg. A barnu o'r arogl a'r sŵn, mi daerwn mai yn Pen Deitsh oeddan ni.'

'Ia – pan ro'n i'n meddwl am Dewi yn y rhyfal, meddwl amdano yn cwffio fyddwn i. Mae'n siŵr iddo yntau yfed yn Béthune a wincian ar y genod.'

'Sôn am wincian, mae'r rhain wedi dechrau fflyrtio,' meddai Gwil.

Gwaeddodd rhywun, 'Rho ordor arall iddi, Hen Walia – ti sy'n gallu siarad ei hiaith hi.'

'Fodan tu ôl i bar wedi cymryd ffansi atat ti medda hi!'

Cododd Hen Walia a mynd at y bar. Gwenodd y ferch arno.

'Be' ydi ei henw hi?'

'Rwbath tebyg i letys.'

'Letissier ydi 'chyfenw hi, twmffat.'

'Watsiwch, dyma hi.'

'Dydi ddim yn deall Cymraeg.'

'Mae hon yn deall popeth.'

A dyma'r ferch yn dod efo hambwrdd mawr â'i lond o gwrw. Roedd ei gwên yn donig ynddo'i hun.

'Gofyn be' ydi henw hi, Hen Walia, inni gael ei gweld yn cochi.'

'Gin Walia ei ffordd ei hun o neud iddi gochi.'

Atebodd Nicole gan chwerthin a gofyn, '*Et, comment vous appellez-vous?*'

'John Edward Owen.'

'John Jones Roberts.'

'Huw Alwyn Roberts.'

'Gwilym Hughes.'

'Wili John Williams.'

'Richard Evans.'

'Tyrd 'laen, Bwgan. Ma'r hogan isio gwybod dy enw.'

'Je m'appelle William Owen Jones. Et est-ce que vous habitez ici mam'selle?' gofynnodd Bwgan yn fonheddig.

'À Béthune? Bien sûr!' meddai'r ferch a rhoddodd pawb floedd o gymeradwyaeth.

'Be' mae hi'n ddeud, Bwgan?'

'Mae hi'n deud fod gynnoch chi enwau rhyfedd.'

'No real names, see,' eglurodd Chwech. *'Moi* – Chwech, *c'est seis* – ia? *Oui? Voici* Hen Walia, *voilà* TreGo, *et* Bwgan. *We named after the streets we live, see.* Deud wrthi'n iawn Bwgan.'

'Voilà Twll . . . il habite dans Twll yn y Wal . . . be' ydi 'Twll' yn Ffrensh?'

Ond roedd pawb yn chwerthin gormod i ateb.

'Be' sy'n mynd ymlaen yn fan hyn?' bloeddiodd Twm 'Raur. Coblyn o gymeriad oedd Twm, corff fel cawr a llais fel taran.

'Voilà, Tomos Porth yr Aur,' meddai Chwech, cyn troi at 'Raur, 'Ffendia dy fodan dy hun, fi pia hon.' Trodd yn ôl at Nicole, *'Voulez-vous coucher avec moi ce soir?'* a throdd Nicole ar ei sawdl a diflannu.

'Wel, mi weithiodd hynna'n tsiampion, 'do?' meddai'r hogiau a chwerthin ar ei ben.

'Mae hi'n ddigon o ryfeddod,' meddai Chwech, 'mi ddo i'n ôl i'w ffeindio hi wedi'r rhyfel.'

'Soniwn ni 'run gair dy fod wedi priodi!' gwaeddodd pawb.

Aethant yn ôl i'r llety y noson honno, Twll a Chwech yn morio canu a phawb wedi blino'n braf. Doedd o fawr o lety, gwelâu dros dro, un flanced a fawr o gyfleusterau. Ond gwyddent y byddai amodau ar y Ffrynt yn llawer gwaeth.

Fore Sul, roedd Gwilym yn plicio tatws yn un o'r pebyll pan ddaeth TreGo ato.

'Ti'n mynd i'r gwasanaeth, Gwil?'

'Ydw – dydw i ddim yn meddwl bod ganddon ni fawr o ddewis.'

'Yn Saesneg fydd o.'

'Felly ro'n i'n deall, tan gawn nhw afael ar gaplan Cymraeg.'

'Does gen i fawr o awydd mynd i wasanaeth Saesneg.'

'Migla hi i'r pentref nesaf ac mi gei di wasanaeth Catholig mewn Ffrangeg perffaith. Fasa well gen ti hynna?' gofynnodd Gwilym yn wamal.

'Lawn cystal. Ti'n gwybod be' dwi'n feddwl, Gwil. Fydd o ddim 'run fath â gwasanaeth Cymraeg. Dydw i rioed wedi gweddïo yn Saesneg.'

'Dydw i fawr o weddïwr.'

'Na finna – tan ddois i yma. Dwi'n deud fy mhader bob nos rŵan, ac yn gweddïo sawl gwaith y dydd.'

'Gei di weddïo yn Gymraeg yn y gwasanaeth – fydd dim ots gan Dduw dwi'n siŵr.'

'Fyddwch chi'n hwyr hogia!' gwaeddodd Chwech wrth fynd heibio. 'Ewadd, oes 'na siawns am datws pum munud?' Er nad oedd o'n fawr o beth, roedd archwaeth Chwech yn ddiarhebol.

'Fydda i fawr o dro yn eu gwneud nhw i ti,' meddai Gwilym gyda gwên.

'Braf fasa hynny 'te?' meddai TreGo, 'platiad mawr ohonyn nhw, efo cinio dydd Sul.'

'Fedra i eu gweld nhw rŵan – yn syth o popty a menyn yn drwch, a phupur drostynt. Ew, mae o'n ogla da!'

'Dos o'ma i godi blys arnon ni.'

'Fydd isio rwbath i godi blys arnon ni ar ôl gwrando ar y caplan 'ma. Hen gythraul blin ydi o yn ôl y sôn.'

A chael eu siomi yn y gwasanaeth wnaeth pawb.

Dyn oeraidd oedd y caplan, yn siantio gweddïo Saesneg ac yn llafarganu salmau. Ddaru o ddim siarad o'r galon, ac roedd ei bregeth fer yn sôn am ddim ond bod yn ddewr yn wyneb y gelyn a bod Duw ar ochr y cyfiawn.

O fewn dim, yr oedd bywyd yn Ffrainc wedi troi yn rwtîn dyddiol.

Byddent yn cael eu deffro am chwech y bore, ac yn syth ar parêd. Wedi amser i roi trefn ar bethau, roedd parêd arall am saith cyn brecwast. Bara a jam oedd y wledd i frecwast ac wrth iddynt fwyta, eglurodd y swyddog mai eu gwaith am yr wythnosau nesaf fyddai gwneud cymaint â phosibl yn yr ardal honno – codi rheilffyrdd, trwsio ffyrdd, cloddio ffosydd, gwagio tai bach, dadlwytho lorïau. Criw Cofis gafodd eu gyrru i ddadlwytho lorïau. Gwaith corfforol galed oedd hwn na fyddai'n caniatáu i'r hogiau siarad â'i gilydd nes roedd hi'n amser paned o de a smôc.

Lluchiodd Hen Waliau ei hun ar y gwair.

'Am faint mae hyn am barhau?' gofynnodd, wedi anobeithio.

'Mae tryc arall yn dod am ddau,' meddai Twll. Mae'n rhaid inni orffen dadlwytho hwn cyn cinio a dechrau ar y llall wedyn.'

'Oes 'na rywun arall yn dod i'n helpu?'

'Dim ffiars – ti'n gweld Vince yn anfon am *reinforcements*? 'Cofis Dre, *buckle up, you lazy good for nothing Taffys. Come on, you sheep loving BAAASTARDS. Unless you'll have finished this lot by* amser cinio, *I'll put you all on report!*' Roedd gan Twm 'Raur allu anhygoel i ddynwared.

'Fedra i ddim deall beth sydd eisiau'r stwff 'ma i gyd. Does 'na unman i'w storio, mi ellith gael ei chwythu i ebargofiant os ydi o'n cael ei adael o gwmpas . . . '

'Fydd o wedi cael ei ddefnyddio o fewn yr wythnos,' meddai TreGo. Fydd y weiren a'r *ammunition* wedi mynd i'r Ffrynt, efo'r *duckboards* a'r sachau. Fydd y rasions wedi eu bwyta a'r *gas masks* wedi eu dosbarthu. Amser yma wythnos nesa fydd rhywun yn dadlwytho'r un faint o stwff eto.'

'Mae o'n ymddangos yn brosiect tymor hir,' meddai

Gwilym. 'Pwy bynnag oedd yn sôn am gael y gorau o'r Jeris mewn chwe mis, roeddan nhw'n rwdlan.'

'Prosiect tymor hir?' meddai Twm 'Raur. 'Mae 'na griwiau dair milltir lawr y lôn yn gosod trac relwê arall. Ar y rât yma, fyddan nhw'n dechrau codi cestyll parhaol a fyddwn ni'n hen ddynion cyn mynd nôl i Gymru.'

'Eisiau cadw ni'n brysur maen nhw.'

'Cytuno. A mwya'n byd 'dan ni yma, mwya parhaol sydd eisiau gneud bob dim. 'Tydi un lot o weiar ar y Ffrynt ddim digon bellach, mae isio milltiroedd ohono, mewn lein ddwbl ar hyd y Ffrynt i gyd.'

'Ac os caria nhw mlaen i gloddio cymaint o ffosydd, fyddan nhw'n mestyn o'r Ffrynt i Amiens.'

'Y sôn ydi bod hwn i gyd yn gyfnod paratoi ar gyfer yr haf flwyddyn nesa,' meddai TreGo yn dawel.

'Be' sydd i ddigwydd bryd hynny?'

'Ufflon o ymosodiad mawr – y mwya mae'r Brits wedi drefnu hyd yma. Bomio diddiwedd am wythnosau, nes fydd 'na ddim ar ôl . . . '

'Be' ydi'r cynllun mawr tu ôl i hynna?'

'Dydi o ddim yn gynllun mor gymhleth â hynny. Bomio nes chwalu eu *trenches* nhw'n llwyr, saethu'r Jyrmans pan ddown nhw allan, wedyn croesi Tir Neb a chymryd y *trenches* . . . Bingo – fyddwn ni wedi ennill y rhyfel.'

'O'n i'n meddwl mai dyna oedd yr *idea* beth bynnag,' meddai Twll, yn sych.

'Wel ia, ond bod ni'n trio yn lot caletach, ac yn tanio'n ddibaid fel na chawn nhw gyfle i gryfhau eu hochr nhw . . . '

'Pam bod eisiau disgwyl tan Haf nesa i neud hynna?' gofynnodd Chwech.

'Dydi'r stwff na'r dynion ddim gynnon ni. Mae eisiau mwy o bopeth – am wn i. Dyfalu ydw i,' meddai TreGo. Roedd Chwech fel petai eisiau cychwyn bomio y p'nawn hwnnw.

'Be' 'tasen nhw'n cael y syniad o neud 'run fath i ni, ac yn achub y blaen?' gofynnodd Chwech.

'Bydd hi wedi canu arnon ni wedyn,' meddai Hen Walia.

'Dyna pam dwi'n meddwl na ddylia ni aros.'

'Wel, yli Chwech, pam nad ei di at Vince a deud hyn wrtho fo, rhag ofn ei fod o'n syniad newydd iddo? Dwi'n siŵr fydd o'n gwerthfawrogi tipyn o arweiniad.'

'Dos i gythraul.'

'Pryd fyddwn ni'n cael ein galw i'r Ffrynt?' gofynnodd Bwgan.

'Fedar o ddim bod yn hir rŵan,' meddai Gwil. 'Ar ôl hyn, fedrwn ni ddim mynd yn llawer nes at y Ffrynt.'

'Am faint wyt ti yn mynd i sefyllian yn fan'na, Twll?' meddai Twm 'Raur yn ddiamynedd.

'Cael smôc ydw i,' atebodd Twll gan edrych yn heriol ar Twm.

'Fasa ni gyd yn lecio smôc . . . '

'Smociwch i'r uffarn 'ta, 'toes yna neb i'ch stopio.'

Gwyddai Twll yn union sut i godi gwrychyn Twm 'Raur.

'Tyrd 'laen, Twll, neu orffennwn ni byth,' meddai Hen Walia yn gymodlon.

Llusgodd Twll ei raw ar ei ôl.

''Dach chi ddim gwell na'r blydi *officers*, chi'ch dau.'

Torrodd llais y swyddog ar eu traws.

'Buckle up, you lazy good for nothing Taffys. Don't drag that spade, use it. Get a move on, you sheep loving BAAASTARDS. Unless all this is cleared by lunchtime, I'll put every single one of you on REPORT!'

Roedd Vince wedi gorchymyn, ac aeth pawb yn ôl at ei orchwyl.

Pan ddaeth Nadolig 1915, rhoddwyd gwaharddiad ar filwyr y ddwy ochr i gyfeillachu gyda'i gilydd, ar boen eu bywyd. Doedden nhw ddim eisiau hen lol wirion fel y cafwyd yn y ffosydd ym 1914, a lluoedd Ffrainc a Phrydain yn cyfnewid anrhegion a chyfarchion gyda milwyr yr Almaen. Digon di-sylw fu'r Nadolig hwnnw, a gwawriodd ar bawb nad rhyfel fer oedd hon am fod. Roedd am barhau am flynyddoedd, gyda'r naill ochr a'r llall wedi eu claddu yn ddwfn mewn ffosydd a dim arwydd o unrhyw newid. Lleihaodd y fflyd o wirfoddolwyr, ac ar y pumed o Ionawr yn y flwyddyn newydd, pasiwyd Deddf Gorfodaeth yn y Senedd. O hynny ymlaen, byddai pob gŵr rhwng deunaw a deugain oed nad oedd wedi gwirfoddoli i ymladd yn cael ei ystyried yn aelodau o Fyddin ei Fawrhydi. Fuon nhw fawr o dro cyn cael eu hanfon i Ffrainc.

Plicio tatws oedd Twm 'Raur a Chwech pan ddaeth Gwilym heibio a sôn eu bod am gael eu symud.

'Da iawn,' meddai Chwech, 'dwi wedi cael llond bol o fan hyn.'

'Falle mai cael ein symud i le gwaeth gawn ni,' meddai Gwilym.

'Mr Huws,' meddai Chwech yn ddifrifol, 'lle ar wyneb daear fasa'n waeth na fan hyn?'

'Synnet ti,' meddai Twm 'Raur yn chwerw. 'Be' sy'n bod – methu ffeindio Jyrmans maen nhw?'

'Fasa waeth i mi fod yn sipsi ddiawl,' cwynodd Chwech. 'Gafael mewn pliciwr Gwil, i chdi gael dweud i ti wneud rhywbeth dros dy wlad.'

''Taswn i wedi lladd Jyrman am bob tysen dwi wedi ei phlicio, fasa'r blydi rhyfel 'ma drosodd.'

'Tatws sâl iawn ydyn nhw. Fasa Wil Werddon ddim yn bwydo rhain i'w foch.'

Roedd rhywbeth yn ddoniol yn y modd roedd cawr trwsgwl fel Twm yn ceisio trin pliciwr.

'Mae 'na lygoden ffernol wedi byta hon yn barod,' meddai Chwech gan ei lluchio o'r neilltu. 'Wedi dianc o'r ffosydd mae'n rhaid. Tania sigarét i mi Twm, dwi bron â thagu.'

Taniodd Twm 'Raur sigarét a'i phasio i Chwech a Gwilym, cyn tanio un ei hun. Drachtiodd hi'n awchus ac edrych drwy'r mwg ar Gwilym.

'Wyt ti wedi gweld rhywfaint o'r giang ifanc sydd wedi cyrraedd?'

'Naddo. Roedd rhywun yn dweud bore 'ma eu bod o

gwmpas. Sut rai ydyn nhw?'

Trodd Twm a Chwech i edrych ar ei gilydd a chwerthin.

'Dydyn nhw ddim mwy na phlant, Gwil. Mi synnwn i 'tase 'na fwy nag un rasal yn cael ei ddefnyddio rhwng y cwbwl. Mae'n torri dy galon i'w gweld nhw.'

'Rhain ydi'r lot cyntaf o gonscriptiwns?'

'Ia, syth o'r ysgol dybiwn i. A dydyn nhw ddim mymryn o eisiau bod yma.'

'Wel 'tydi hynny ddim syndod, nac ydi? Wedi cael eu llusgo yma gerfydd eu gwar maen nhw. Ydach chi wedi siarad efo nhw?'

'Duwadd, dydyn nhw ddim eisiau siarad efo ni,' meddai Chwech, 'dim efo hen soldiwrs go iawn. Rhyngot ti a fi, dwi'n meddwl 'bod nhw ofn ni.'

'Ti'n ddigon i godi ofn ar rywun, Chwech.'

'Trwbwl 'dan ni'n mynd i gael efo rhain o'r cychwyn. Am bod nhw ddim isio bod yma, dydyn nhw ddim yn mynd i drio setlo. Gei di weld, cwyno am bob dim wnawn nhw, a fyddan nhw'n dda i ddiawl o ddim.'

'Fydd rhaid i ni drio cyd-dynnu, neu mi aiff petha'n flêr.'

'Fatha'r cr'adur 'na ar y Ffrynt pan ddechreuodd y saethu,' meddai Twm. 'Be' ddeudodd o? "Howld on, hogia bach . . . Pwyll pia hi! Os cariwch chi mlaen fel hyn fydd rywun siŵr dduw o gael ei frifo . . . "!'

'Da iawn Twm, da iawn,' porthodd Chwech.

'Ddeuda i gymaint â hyn,' meddai Twm 'Raur yn difrifoli, 'pan dwi'n rhoi 'mywyd ar y lein, dydw i ddim eisiau un o'r petha ifanc 'ma yn gwarchod uwch fy mhen i. Faswn i ddim yn ymddiried matsian iddyn nhw.'

'Na finna,' atebodd Chwech, gan chwerthin. 'Wyddost ti be' 'dan ni'n eu galw nhw – y *Nappy Brigade*. Wyddan nhw ddim sut i afael mewn gwn hyd yn oed. Fasa nhw'n cachu yn eu trowsus yn gweld Jyrman, heb sôn am drio ei saethu!'

'Ydyn nhw wedi cael unrhyw hyfforddiant?'

Chwarddodd Twm a Chwech eto.

'Munud gweli di nhw, Gwil, fyddi di'n deall.'

'Be' ydi'r pwynt eu hanfon allan o gwbwl 'ta?'

'Dim dewis, nagoes,' poerodd Twm y baco chwerw o'i geg. 'Mae 'na gymaint ohonon ni wedi mynd, mae'n rhaid iddyn nhw gynyddu'r nifer rywsut.'

'Be' oedd y bennill 'na oedd gen ti, Twm? Gwranda ar hon, Gwil.'

Sythodd Twm ei gefn, gadael y tatws i fod am dipyn, a phesychu:

'When a call to arms was given for a hundred thousand men,
There were lots of chaps in Britain 'twixt the age of four and ten
Who'd answered to their country's call and hurried off to war,
If Kitchener had but reduced the fighting age to four.'

'Go dda, rŵan, Twm, ynte Gwil?'

'Mae hi'n flêr uffernol, hogia.'

Sobrodd Twm.

'Fues i'n meddwl lot ar ôl clywed honna. Does 'na'm rhyfadd nad ydyn nhw'n trênio y llafnau 'ma, wysti. I be' awn nhw i wastraffu amser, 'te? Jest cyrff i lenwi ffosydd maen nhw isio. Dydan ni ddim mwy na *target practice* i'r Jeris.'

Rhoddodd Chwech gic i'r helmed oedd wrth ei draed.

'Yn hollol. Gen i awydd peintio hon – tri chylch a *bull's eye* yn canol, myn uffar i!'

''Dach chi'n rai gwych am godi calon dyn,' meddai Gwilym. 'Ro'n i'n teimlo'n iawn cyn siarad efo chi.'

'Hei, Gwil, ti'n dod i *sing song* heno?'

'Gwasanaeth sydd heno Chwech,' meddai Twm, 'nos fory mae consart.'

'Duwadd, 'run fath ydi cwbl i mi,' meddai Chwech gan sychu ei drwyn efo'i lawes. 'Emynau un noson, *comic song* noson wedyn – cyn belled â bod ni'n canu, 'di o'm ots, nac ydi?' Gwenodd ar Gwilym gan ddatgelu dau ddant ar goll.

'Dwi'n meddwl fod ots,' meddai Twm, 'Leciwn i ddim

gweld gwep y Caplan 'taset ti'n dechra canu *comic songs* ar ganol gwasananeth!'

Ers dechrau'r flwyddyn, roedd y Fyddin wedi cael gafael ar gaplan Cymraeg, gŵr tua deg ar hugain o'r enw Joseph Williams. Roedd parch mawr tuag ato ymysg yr hogiau. Byddai'r gwasanaeth Cymraeg yn llawn bob tro, ac fe ddeuent yn ddigymell, yn gredinwyr a phaganiaid. Fel dywedodd Alwyn Angal ryw dro, roedd yn braf cael awr heb rywun yn rhegi arnynt. Dyn tawel oedd Joseff Williams, a fydda fo byth yn pregethu am ogoniant rhyfel fel y Caplan, dim ond cyfaddef nad oedd synnwyr i'w wneud o'r cyfan, ond bod yn rhaid gwneud y gorau dan yr amgylchiadau. Yr hyn fyddai'n codi hiraeth fwyaf ar yr hogiau, yn enwedig Gwilym, fyddai canu emynau Cymraeg. Wrth gau ei lygaid a chlywed ei gyfeillion yn cyd-ganu, roedd calon Gwilym yn dianc adref ac unwaith eto, roedd ymysg cynulleidfa Ebeneser, a Ffrainc yn hunllef bell.

Hen Walia oedd yn iawn. Roedd o'n taeru fod Pantycelyn wedi gwneud rhywfaint o amser yn yr Armi, neu fasa'r fath feddyliau byth wedi dod iddo.

'Disgwyl pethau gwych i ddyfod
Croes i hynny maent yn dod,
Meddwl fory daw gorfoledd
Fory'r tristwch mwya 'rio'd.
Meddwl byw, ac eto marw
Yw'r lleferydd dan fy mron;
Bob yn ronyn mi rof ffarwel
Ffarwel glân i'r ddaear hon.'

Yn ystod y gwasanaeth, deuai gwirioneddau mawr i'r hogiau, ac yn ystod yr orig honno y caent y cyfle gorau i fyfyrio ar ddirgelwch byw a marw.

Roedd hi'n anodd i unrhyw un gael cyfle i fod ar ei ben ei hun, ond y gwasanaeth oedd y nesa peth at hynny. Unwaith roedd y gwasanaeth ar ben, rhaid oedd gwisgo'r masg drachefn ac ymddwyn fel un o'r hogiau.

* * *

Wedi'r consart y noson wedyn, daeth Alwyn Angal i'r cantîn â'i wyneb bron â bostio. Yn aml iawn, hawdd oedd gweld y plentyn yn Alwyn gan mor ddiniwed ydoedd.

Leave, hogia! *LEAVE!* – mae o wedi dod!'

Mewn dim, roedd reiat yn y stafell, a phob pryder am ddisgyblaeth a chadw'n syber wedi mynd.

'Lle clywaist ti'r stori honno, Angal?' gofynnodd TreGo yn flinedig.

'Mae o ar y notis bord!' meddai Angal '– *week's leave* i Hogia G'narfon!' Roedd ei lygaid yn pefrio.

'Dim dyna glywais i,' meddai Gwilym, 'y sôn oedd ein bod yn cael ein symud.'

''Dan ni'n cael ein symud y lembo gwirion,' meddai Chwech, 'o fan hyn ac i G'narfon – Hwre!'

'Ti mewn diawl o le rŵan Angal, os wyt ti wedi gwneud camgymeriad.'

'Be' haru ti?' meddai Angal wedi ei frifo, 'dwyt ti ddim eisiau clŵad newydd da?'

'Dyna be' mae Angal i fod i neud,' meddai Chwech yn dawnsio o gwmpas, 'dod â newydd da i'r holl fyd.' Trodd at Angal, 'Pryd mae'r diwrnod mawr?'

'Mewn wythnos,' meddai Angal, 'a dwi'n mynd, hyd yn oed os oes 'na rai eisiau aros ar ôl.'

'Dydi o ddim yn gwneud sens,' meddai TreGo.

'Rydan ni'n *due* am *leave*,' meddai Gwilym.

'Ia, ond os ydan ni mor agos â hyn at y Ffrynt, dydi o'n gneud dim sens i'n gyrru ni adra.'

'Y Fyddin 'dan ni'n sôn amdani,' meddai Hen Walia. 'Siŵr fod y llyfr rheolau yn deud bod ni fod i gael *leave*, felly mae'n

99

rhaid ufuddhau i hynny, pa mor agos bynnag at y Ffrynt ydan ni.'

'Wel, dydw i ddim yn cwyno,' meddai TreGo, 'jest synnu. A dydw i ddim eisiau cael fy siomi.'

Edrychodd Gwilym ar yr halibalŵ o'i gwmpas.

'Mae Angal wedi ei gwneud hi go iawn. Stopith 'na ddim byd rhain rhag mynd adre rŵan, hyd yn oed 'tase *Germans* yn torri drwodd fory.'

'Ti'n iawn. O'r olwg sydd ar Chwech, fasa fo'n gneud ffrindiau efo nhw'n sydyn a gweiddi *"Got to go!"* '

''Rhen Chwech, milwr gorau'r *British Army*, creadur.'

Y noson cyn gadael am adref, roedd Bwgan a Gwilym yn eistedd ar y gwely.

'Edrych ymlaen, Bwgan?'

'Wn i ddim, wyddost ti.'

'Tyrd 'laen Bwgan, ti ddim eisiau aros ar ôl, nagwyt?' Roedd hi'n ymdrech cael Bwgan allan o ddyffryn digalondid weithiau. 'Deud y gwir wrthot ti, mae gen i ofn.'

Synhwyrai Gwilym i ble'r oedd y sgwrs yn arwain, a cheisiodd osgoi'r dwyster.

'Paid â rwdlan. Unwaith weli di bawb, fydd o fatha 'taset ti rioed wedi gadael. 'Run fath 'dan ni gyd wyddost ti.'

'Nid ofn hynny sydd gen i. Ofn methu dod yn ôl.'

Roedd o wedi taro'r hoelen ar ei phen.

'Yma, rhyw nefoedd bell i ffwrdd ydi adre, a dwi'n gwybod nad oes pwynt i mi drio mynd yno. Ond unwaith fydda i adre, a gweld bod bywyd heblaw hyn yn bosibl, sut yn y byd fedra i ddod yn ôl yma?'

Syllodd Gwilym ar y flanced fras oedd yn gorchuddio'r gwely nesaf. Mor wahanol fyddai gwely adref.

'Mi fydd hi ganwaith caletach wedi bod adre, ti'n iawn.'

'Ofn hynny sydd gen i yn fwy na dim, Gwilym.'

Bu geiriau dwys Bwgan yn gwmwl uwchben Gwilym nes iddo gyrraedd adref.

PENNOD 8

Roedd y criw wedi cytuno i dreulio'r noson gyntaf yng Nghaernarfon adref gyda'u teuluoedd, a chyfarfod yng ngwesty'r *Castell* ar y Maes y noson wedyn.

Mae'n anodd cyfleu mewn geiriau yr hyn deimlodd Gwilym wrth weld wyneb ei dad, Morfudd, Hannah a Dafydd ar blatfform y stesion. Ers iddo eu gweld ddwytha, roedd Hannah a Dafydd wedi priodi, a Gwilym yn cael ei gyfle cyntaf i'w llongyfarch yn iawn. Doedd 'na ddim chwithdod rhyngddynt o gwbl. Yn syth, roedd o'n rhan o'r teulu, yn eistedd wrth y bwrdd bwyd ac yn awchu am estyn ati.

Ac eto, mor ddieithr oedd y llestri tsieina a'r cyllyll trwm! Mor wâr y lliain bwrdd a'r tebot! Roedd pob manylyn bach yn ei atgoffa mor debyg i anifeiliaid oedd eu bywydau yn Ffrainc. Holi, holi, holi, doedd 'na ddim pall ar eu holi, ond doedd Gwilym ddim tamaid o eisiau sôn am yr hyn yr oedd wedi ei adael dros dro.

'Deudwch eich newyddion chi, da chi, i mi gael anghofio'r Fyddin felltith,' meddai yn ddiamynedd.

Yn sydyn, bu tawelwch o amgylch y bwrdd. Syllodd pawb ar ei gilydd. Ni wyddent sut i gynnal sgwrs heb fod a wnelo hi â'r rhyfel. Bob pryd bwyd, tueddai'r siarad droi o gylch pwy oedd wedi ei ladd neu ei glwyfo, pwy oedd y diweddara i'w gael ei alw i'r rhyfel, neu beth oedd yn digwydd i Gwilym yn Ffrainc.

'Wel, dowch 'laen, siawns nad oes *rhywbeth* wedi digwydd tra dwi ffwrdd . . . '

'Dwyt ti ddim eisiau clywed rhyw bytiau dibwys o'r pen yma,' meddai Dafydd.

'Dyna'n union ydw i eisiau ei glywed – siawns nad oes rhywun wedi ei eni, wedi priodi, neu wedi marw . . . '

'Mae mab Jini New Street yn ddifrifol wael mewn ysbyty yn Norfolk – dyna oedd y newyddion gawson ni'r bore 'ma,' meddai ei dad yn bwyllog. 'Does 'na fawr o obaith iddo.'

'Roedd o'n ddall, wedi colli ei olwg yn y Dardanelles, ac wedi bod yn clafychu ers hynny,' meddai Morfudd.

'A ddoe, clywsom fod yna ddeg arall o'r dre 'ma wedi cael eu galw i'r Fyddin,' meddai William Hughes. 'Wyt ti'n siŵr dy fod eisiau clywed ein mân newyddion?' gofynnodd. 'Rhyfel, rhyfel, rhyfel ydi hi bob pryd bwyd, bob dydd.'

Gwawriodd yn araf ar Gwilym nad oedd dianc oddi wrth yr aflwydd o gwbl. Roedd afiaith arferol Morfudd wrth adrodd straeon y siop wedi pylu hyd yn oed. Roedd y rhyfel wedi codi ofn ar y rhai agosaf ato.

'Ydi pethau yn dal yn iawn efo ti, Dafydd?' mentrodd ofyn.

''Tydw i ddim wedi gorfod llenwi 'run ffurflen ers mis, ac mae hynny'n newydd da.'

Roedd yr arlwy ar y bwrdd yn dipyn llai nag arfer, ond i Gwilym, roedd yn wledd nas anghofiai. Wrth i'r dyddiau fynd heibio, tyfu wnaeth yr agendor rhyngddo a'i deulu. Ni allai ddygymod â thawelwch y tŷ, a'r syniad o fod yn gaeth rhwng pedair wal. Unrhyw funud, roedd o'n disgwyl i siarjant ddod ato a bloeddio gorchmynion. Roedd bod yn rhydd heb ddyletswyddau yn deimlad rhyfedd.

Dihangodd i'r parlwr ac eistedd yn y gwyll. Wedi edrych ymlaen gyhyd, roedd realiti bod adref yn dechrau gwawrio arno. Agorodd y drws yn ddistaw a daeth Hannah i mewn.

'Gwilym, be' wnei di yma ar dy ben dy hun yn y tywyllwch? Wyt ti'n iawn? Hwde – dyma baned o de i ti.'

'Diarth ydi'r lle 'ma, Hannah – diolch.'

'Gymrith hi ddyddiau i ti ddod i arfer efo beth wyt ti wedi byw drwyddo.'

'Wedyn, fe fydd yn rhy hwyr. Bydd yn amser gadael. Mae'n anodd gwneud y gorau o bob eiliad. Ti oedd yn iawn, Hannah.

Ddeudaist ti wrth i mi fynd tro cyntaf na fyddai petha byth yr un fath.'

Cododd Hannah a thynnu'r llenni a chynnau'r lamp.

'Sôn am bethau yn newid, sut mae bywyd priodasol?'

'Dod i ddygymod yn araf deg ydw innau. Ond rydw i'n ddigon dedwydd fy myd, er 'mod i wedi gorfod rhoi'r gorau i ddysgu.'

'Roeddan nhw'n wael ddim yn gadael i ti orffen dy flwyddyn.'

'Fy mai i oedd o am briodi'n sydyn. Ond mi gawsant hogan arall yn fy lle yn ddigon hawdd. Dwi'n colli'r plant yn ddychrynllyd.'

'Be' sy'n llenwi dy ddyddiau di rŵan?'

'Ar y cychwyn, roedd y symud a'r dodrefnu a phethau felly yn cymryd fy amser i gyd, ond mae'r cynnwrf hwnnw heibio bellach.'

'A nawr, ti'n byw bywyd ledi?'

'Go brin. Mi ddylia fod yn amser hapus, ond does dim modd cynllunio dim – dim hyd yn oed dri mis i rŵan . . . '

'Mae Dafydd yn poeni ei enaid, debyg gen i.'

'Mae o'n ei fyta fo'n fyw. Wn i ddim be' ydi'r gwaethaf – rhyw ddisgwyl fel hyn ar bigau drain neu gael ei alw. 'Tase fo'n cael ei alw, o leiaf mi fyddai'n gwybod ble fydda fo'n sefyll.'

'Gohiriwch bethau tra medrwch chi, Hannah.'

'Ti o bawb yn deud hynny?'

'Faswn i ddim yn dymuno'r Fyddin ar fy ngelyn gwaetha. Randros, hanner cyfle, ac mi fyddwn innau'n gadael.'

'Mae rhywun wedi chwerwi.'

'Maen nhw'n dwyn pob gronyn o hunan-barch oddi arnat ti. 'Tydi'n bywydau ni'n werth dim iddyn nhw.'

'Mae hi wedi bod yn ofnadwy yma ers yr Orfodaeth. Mae fel canser yn ymledu o dŷ i dŷ ac rwyt ti ofn meddwl teulu pwy gaiff ei daro nesaf. Dyna i ti Neli Hendre – maen nhw wedi cymryd ei dau fab hi. Wyddost ti fod brodyr y plant ro'n i'n eu dysgu yn cael eu gorfodi i fynd rŵan? Bum mlynedd yn ôl, roeddan nhw eu hunain yn yr ysgol ganol. Maen nhw mor ifanc. Wyddost ti'r stori honno am y Pibydd Brith, yn dod i bentref ac yn denu'r ifanc i gyd i ffwrdd . . . ?'

'Synnwn i ddim y byddant yn gostwng yr oed i bymtheg ymhen tipyn.'

'Fydd 'na ddiwedd i'r cwbl, dywed?'

'Mae pawb yn cael ei dynnu i mewn. Portiwgal oedd y dwytha i'r Almaen ddatgan rhyfel yn ei herbyn.'

'Dwi'n andros o falch o dy gael di adre, Gwilym. Ro'n i'n teimlo dy golli di'n ofnadwy ddydd y briodas – ti a Mam. A mwya o amser sy'n mynd heb inni dy weld, mwya afreal wyt ti'n mynd. Rwyt ti'n bodoli fel rhywun mewn llythyr yn unig – fatha angal pell i ffwrdd.'

'Faswn i ddim yn gallu byw heb y llythyrau a'r parseli.'

'Dwi i'n ysu weithiau am gael codi 'mhac a rhoi cynnig ar rywbeth newydd,' cyfaddefodd Hannah. 'Dwi'n cofio dweud wrth Dafydd y byddwn i wrth fy modd yn teithio i Sbaen a'r Eidal a'r Dwyrain Pell. Edrych arna i rŵan – mae taith i Fangor yn ddigwyddiad!'

'Mi wnes i adael, a rŵan, dwi'n y llanast rhyfeddaf. Ti'n crwydro i ben draw byd dim ond i sylweddoli gystal lle ydi adre.'

'Dydw i ddim eisiau symud i fyw . . . dim ond teithio, gweld, agor fy llygaid ac edmygu rhyfeddodau. Mae gen i ofn meddwl mai yma yn G'narfon y bydda i'n gorffen fy nyddiau, ac na fydda i wedi cael gweld y byd.'

'Enaid aflonydd wyt ti, Hannah . . . Dylsa Dafydd fynd yn llongwr.' Chwarddodd y ddau.

'Sut mae Tada?'

'Mae o'n rhyfeddol, chwarae teg.' Gwenodd Hannah. 'Dwi'n mynd yn fwy a mwy gwarchodol ohono ers marw Mam. Roeddan ni'n arfer dadlau yn ffyrnig efo'n gilydd, a ffraeo, ond rydan ni lot tynerach yn awr.'

'Rhyfedd ydi ei weld o'n heneiddio. A phan oeddan ni'n blantos, fo oedd y dyn mwya a'r cryfaf yn y byd. Fe sylwais ei fod o 'di dechra crymu yn ddiweddar. Ydi o'n dal i gael pleser o'r ardd?'

'Ydi, wel mae o'n cael llonydd yno. Wn i ddim faint o arddio mae o'n 'i wneud. Dwi'n lecio meddwl fod y briodas wedi codi ei galon rhyw fymryn. Ond mae o'n gwylltio – fyddet ti ddim yn credu! Rhwystredigaeth ydi'r peth sy'n ei blagio fwya.'

'Rhwng colli Mam, a'r rhyfel, a fi yn gadael 'debyg. Dwi'n cofio ti'n deud bod rhyfel yn llawer gwaeth i'r ifanc. Dydw i ddim mor siŵr erbyn hyn. Ystyria Tada – wedi ymlafnio ar hyd ei oes i gadw safonau a'n magu ni a chodi teulu, a rŵan, dyma weld gwareiddiad yn chwythu ei hun yn gyrbibion.'

'O leiaf mi gafodd o fagu teulu . . . '

'Ond mae o'n magu teulu – dim ond i'n gweld ni rŵan yn wynebu petha na ddyla 'run genhedlaeth fyth orfod eu hwynebu . . . '

'Ella ei fod o lawn cystal fod Mam wedi dianc cyn y llanast yma i gyd.'

Dychrynodd Hannah ei bod yn gallu dweud y fath beth.

* * *

Rhyddhad deimlodd Gwilym wrth gerdded tua'r Maes y noson ganlynol. Edrychai ymlaen at weld y criw, a bod ymysg rhai a wyddai sut roedd yn teimlo.

'Gwilym Hughes! Private Gwilym! – HALT!'

Hen Walia oedd yno, yn rhoi salíwt iddo. Synnodd weld Hen Walia yn gwisgo'i lifrai. Roedd Gwilym wedi gwerthfawrogi'r cyfle i wisgo rhywbeth heblaw lifrai milwrol, ond pan aeth i mewn i'r dafarn, gwelodd mai ef oedd yr unig un mewn dillad cyffredin.

'Be' haru ti'n gwisgo rheina, Gwil?' gofynnodd Chwech. 'Fydd pawb yn meddwl mai conshi ddiawl wyt ti.'

Ddaru'r syniad ddim croesi meddwl Gwilym.

'Be' faswn i'n ei wneud yn cadw cwmni fel chi 'taswn i'n Gonshi?' atebodd yn chwim, a bloeddiodd pawb ei gymeradwyaeth. Mewn dim, roedd y criw i gyd wedi cyrraedd, ac roeddent yn gylch o wynebau cyfarwydd o amgylch y bwrdd.

'Peint cynta am ddim i'r *Royal Welsh,*' gwaeddodd Huw Meipen o'r tu ôl i'r bar.

'Iechyd da, a twll din pob Jyrman!' meddai Chwech, oedd rywsut wedi llwyddo i feddwi'n barod.

'Joio bod yn rhydd, Gwilym?'

'Mae o fel bod ar y lleuad, 'tydi? Fedrwn i ddim credu 'mod i'n cael cysgu rhwng cyfnasau neithiwr, yn rhydd o lygod.'

'Mi gysgais innau fel top,' meddai Hen Walia, 'a deffro bore 'ma wedi ymlacio'n llwyr. 'Dan ni'n haeddu *leave* yn amlach, mae o'r peth gora ddigwyddodd i bawb.'

'Dyna pam 'dan ni'n cwffio ia – i gael bod ar *leave* drwy'r amser. Hen betha gwael ydi Jyrmans – ddim isio i neb enjoio ei hun. 'Taswn i'n cael gweld y Kaiser, mi ddeudwn ni wirionedd neu ddau wrth y co . . . '

''Tasa'r Kaiser yn dy gyfarfod di, Chwech, fasa'r rhyfel yn cael ei chanslo fory nesa.'

Roedd ffair fechan ar y Maes, ac aeth yr hogiau i gael sbec.

Wrth ddod allan o'r dafarn, sylwodd Gwilym ei bod yn noson olau leuad. Yr union leuad y bu'n ei gwylio yn Ffrainc. Y funud honno, roedd miloedd yn y ffosydd yn Ffrainc yn sbio ar yr un lleuad. Doedd o ddim wedi dianc o gwbl, dim ond wedi ymneilltuo o'r chwalfa am wythnos.

'Ei di'n wallgo os sylli di ormod ar y lleuad,' meddai Twll, gan ysgwyd Gwilym o'i feddyliau. Ar ganol y Maes, roedd Twm Crïwr yn canu ei gloch.

'Cyngerdd mawreddog! Nos Sadwrn nesa yn y Pafiliwn! Cyngerdd mawr – dewch yn llu – Saith o'r gloch, Sadwrn nesa!'

'Rhai petha byth yn newid, nac 'dan?' meddai Alwyn Angal. 'Fydda i'n cyrraedd y nefoedd ryw ddydd, a dyna lle bydd Twm Crïwr, yn ddall bost, yn dal i refru am y digwyddiadau yn G'narfon – fo a'i gloch.'

'Fyddwn ni ddim yma Sadwrn nesa, na fyddwn?' oedd sylw Bwgan.

'Ddown ni'n ôl fory i chwilio am fargeinion,' meddai TreGo, 'a geith Bwgan ddewis presant neis i Letusan.'

Chwarddodd pawb.

'Efo be' dalwn ni? Does gen i ddim ffadan beni,' cwynodd Twm 'Raur.

Ond doedd dim angen fawr o arian i werthfawrogi'r gwahanol stondinau y noson honno. Roedd *cheap jack* ar risiau ei garafán yn gweiddi nerth esgyrn ei ben, a chwac main drws nesaf ato yn brolio rhinweddau rhyw ffisig oedd wedi dod â gwaredigaeth i Ymerawdr Tsieina. Roedd digonedd o stondinau llestri, rhai pridd, rhai pren a'r gwragedd wedi ymgasglu yn gylch amdanynt, pob un fel iâr yn nodio ei phen â'i llygaid yn awchus am fargen. Injan cricmala yn gweithio efo trydan oedd atyniad mawr y ffair, ac ambell un yn ddigon dewr i roi cynnig arni. Cawsant ddifyrrwch mawr yn edrych ar gampau'r dyn cryf, a'r llongwr yn dianc o raff oedd wedi ei lapio amdano, â'r dorf yn fonllef o gymeradwyaeth. Yng ngolau'r lampau nwy, roedd pob stondin yn rhyfeddol, a'r stondinwyr yn bloeddio i ddenu sylw. Rhoddodd Twm 'Raur gynnig ar luchio peli ac ennill coconyt, ac fe'u gwaharddwyd fel milwyr rhag ceisio eu lwc ar y stondin saethu.

'Pawb – ar wahân i'r boi mewn siwt. Mi gaiff o drio ei lwc,' meddai'r stondinwr, a gwthiwyd Gwilym i'r tu blaen.

Gafaelodd Gwilym yn y gwn ac anelu. Saethodd bob targed ar y cynnig cyntaf. Difaru wnaeth y stondinwr wedyn ond roedd hi'n rhy hwyr. Dewisodd Gwilym jwg fechan a fyddai'n rhodd i Nela. Wedi cael sbec ar y stondinau i gyd, roedd hi'n tynnu at ddeg o'r gloch, ac yn amser clwydo.

Wedi ffarwelio â TreGo, aeth y gweddill o'r criw i lawr y Bont Bridd. Ger y Siop Werdd, roedd criw o bobl wedi ymgasglu a lleisiau croch y merched i'w clywed.

'Conshi ydi'r diawl!'

'Cachgi!'

'Be' sy'n gwneud i ti deimlo dy fod yn rhy fawr i gwffio?'

'Pluen! Pluen mae hwn eisiau! Rhowch bluen yn ei gôt!'

Pan ddistawodd lleisiau'r merched, gwelwyd dau ddyn yn troi ar y llanc gyda'u dyrnau.

'Mae rhyw greadur yn cael stid go iawn yn fan'na,' meddai Hen Walia, 'Ddylian ni fynd i weld?'

'Paid codi twrw,' rhybuddiodd Gwilym.

'Mae hi'n ddigalon ein bod yn cwffio ymysg ein gilydd fel hyn.'

'Isio stid sydd ar y diawl os mai conshi ydi o,' meddai Twll.

Wrth edrych ar y cwffio, rhoddodd Gwilym waedd pan welodd pwy oedd yn y canol.

'Dafydd!'

'Gadwch lonydd iddo'r cnafon!' gwaeddodd, a chroesi'r ffordd tuag atynt.

'Un arall, myn uffar i!' meddai'r talaf o'r dynion.

'Pluen i hwn hefyd!' gwaeddodd y merched. Gwthiodd un ohonynt bluen i'w wisg, a sylwodd Gwilym fod Dafydd ar ei liniau a'i drwyn yn gwaedu.

'Sgen tithau ddim cywilydd chwaith yn lordio hi o gwmpas yn dy ddillad cachgi?' meddai un arall, 'Be' sydd – methu cael iwnifform i dy ffitio?'

'Naci – fodlon i hogiau eraill wneud ei waith budur drosto mae o. Drychwch, dipyn o un ydi hwn – edrychwch ar doriad ei wisg!'

Ar hynny, teimlodd Gwilym glec dan ei ên. Ffrwydrodd rhywbeth y tu mewn iddo a rhoddodd lempan i un mewn gwylltineb. Cyn bo hir, roedd Chwech a Hen Walia a Twm wedi croesi tuag atynt, ac roedd dyrnau pawb yn yr awyr. Cyn hir, roedd y merched wedi ymuno, ac yn cripio wynebau'r bechgyn.

'Yli – ti ddigon balch o help soldiwrs pan mae dy groen dy hun ar y pared,' meddai'r llanc tal.

Gafaelodd Twm 'Raur yn ei goler a'i wthio yn erbyn y wal.

'Paid ti â meiddio cyffwrdd ynddo eto,' meddai'n fygythiol.

'Ar *leave* o Ffrainc mae hwn, a mae o wedi bod drwy betha nad oes gen ti mo'r syniad lleia amdanyn nhw. Dallt?'

'Be' mae'r diawl yn da mewn siwt 'ta?' gwaeddodd ei ffrind.

'Wydda fo ddim fod 'na Gofis fel chi mor rhydd efo'ch dyrnau. 'Dach chi'm gwell na blydi Jyrmans.'

Gafaelodd ym mraich Dafydd a'i godi.

'Mae hwnna'n gonshi go iawn!' gwaeddodd y merched.

Trodd Hen Walia atynt a dweud yn dawel, 'Mi fyddwch yn ddigon balch ohono pan fydd y gweddill ohonom yn gyrff.'

Sobrodd pawb, a dechrau ymwahanu, a chafodd Dafydd fenthyg hances i sychu'r gwaed. Diflannodd y merched a'u cariadon yn ddigon sydyn.

'Sori,' meddai Chwech, ''nesh i ddim sylwi mai mêt i chdi oedd o, Gwil.'

'Brawd-yng-nghyfraith – gŵr Hannah ydi hwn.'

'Ti'n iawn, co? Gest ti glec go ddrwg do? Wyddwn i ddim bod chdi'n gonshi, ti'n gweld.'

''Tydw i ddim – jest dyn sy'n trio osgoi cwffio ydw i.'

'Dyna o'n i'n feddwl oedd Conshi,' meddai Chwech. 'Cym fi rŵan, ia, does gen i mo'r brêns i fod yn Gonshi. Dwi jest isio curo Jyrmans – a dwi'n gneud y 'ngorau glas . . . '

'Uffar dân, be' 'dan ni'n gwffio drosto fo os ydi Cofis Dre yn gallu byhafio fel hyn?' meddai Twm 'Raur yn ffyrnig. 'Dwi'n nabod y tacla yna – ciaridyms os buo 'na rai rioed. Dydyn nhw'm ffit i gael iwnifform.'

'Mae rhyfel wedi ein gwneud ni gyd yn anifeilaidd,' meddai Bwgan.

Ni ddywedodd neb fawr ddim wedyn, dim ond ffarwelio'n ddistaw efo'r naill a'r llall.

'Ddalltish i ddim fod pethau cynddrwg,' meddai Gwilym wrth gynnal braich Dafydd.

'Nid dyma'r tro cyntaf,' cyfaddefodd ei frawd-yng-nghyfraith.

'Tyn yr hen bluen wirion 'na cyn i Hannah ypsetio,' a gafaelodd Gwilym ynddi a'i gwasgu'n ffyrnig.

'Gwilym – gaddo un peth, 'run gair wrth Hannah reit? Ŵyr hi ddim byd. Mae gan y greadures ddigon i boeni amdano, heb orfod poeni am hyn. Ond cofia di – os caf i fy nghyrru i Ffrainc yn diwedd, o leia fydd hogia C'narfon wedi rhoi profiad go lew i mi sut i ddiodda stid.'

'Dyna sy'n gwneud i mi ddigalonni, Dafydd.'

'Wyt ti'n meddwl 'mod i'n llwfrgi, go iawn?'

'Nac ydw, gin i feddwl y byd ohonot ti, ac mi wyddost hynny.'

'Weithiau dwi'n meddwl mai nhw sy'n iawn. Pam ddylwn i fod adra tra bod hogia fel chdi i ffwrdd?'

'I gadw rhywbeth ar ôl erbyn inni ddod adre, falla? I gadw plant i ddal i gredu yn rhywbeth?'

'Ond dydw i ddim digon cryf i fynd i'r llys fel conshi chwaith. Sgen i mo'r argyhoeddiad i ddadlau efo nhw.'

'Dafydd, pan ddaw'r amser i chdi fynd i dribiwnlys, deud sut wyt ti yn teimlo yn dy galon, dyna'r unig beth sy'n bwysig.'

'Weli di, 'tasan nhw'n fy ngyrru i'r Fyddin, faswn i'n da i ddim byd yna. Faswn i'm yn gallu cwffio 'taset ti'n talu i mi.'

'Pan dwi yn Ffrainc, Dafydd, ac yn meddwl dros be' dwi'n ymladd, rhai fel ti a Hannah a Tada a Morfudd sydd flaena yn fy meddwl i. Chi ydi'r unig betha sy'n fy nghadw i fynd. 'Tydi'n chwiorydd a 'nhad ddim yn gallu cwffio chwaith, ond dydi hynny ddim yn eu gwneud yn gachgwn. Ti sy'n digwydd bod yn yr oedran anghywir yn yr oes anghywir. Ac os stopi di gredu yn y pethau wyt ti'n gredu, wn i ddim be' ddaw ohonon ni. Fyddwn ni ddim gwell na'r cn'afon fuo'n ein curo ni heno.'

I Eirianfa yr aeth y ddau i lanhau'r llanast cyn i Gwilym hebrwng ei frawd-yng-nghyfraith adref i'w aelwyd ei hun.

PENNOD 9

Yng ngardd gefn Rhif 3 Pretoria Terrace, roedd Hannah yn rhoi dillad ar y lein. Mwythai'r gath ei choesau yn gwmni iddi. Fel arfer, roedd yn bleser cael sawru'r awyr iach, a gweld llond lein o ddillad yn sychu yr haul.

Ond roedd digwyddiadau echnos wedi tarfu arni a'i gwneud yn anniddig. Roedd gan Gwilym lygad ddu, ond Dafydd a ddioddefodd waetha. Roedd cleisiau cïaidd ar ei wyneb yntau. Mynnai nad oedd ei boenau ef yn ddim o'u cymharu â'r hyn a brofai'r hogiau eraill yn Ffrainc. Doedd hynny ddim yn gysur o gwbl i Hannah. Ysai am gael gafael ar y rhai a ymosododd arnynt a rhoi pryd o dafod iddynt. Pam yr oedd hi mor ddiymadferth ym mhob sefyllfa?

Yn raddol y daeth Hannah i ddygymod â dyletswyddau gwraig briod, a'r ymdeimlad o unigrwydd a ddeuai yn ei sgil. Collai gymorth a chyfeillgarwch Nela a theimlai yn henaidd fod ganddi gyfrifoldeb tŷ a gŵr. Mor wahanol ydoedd hynny i ofynion plant yr ysgol. Pan gâi b'nawn rhydd, gwnâi yn fawr ohono gan fynd i'r Llyfrgell, neu ymweld â'i thad a Morfudd. Bu'n ystyried helpu Morfudd yn y siop, ond dim ond dwyn gwaith arall fuasai. Roedd y nosweithiau'n ddigon prysur, a thra byddai Dafydd yn marcio, byddai hithau'n gwneud mân ddyletswyddau megis trwsio, sgwennu llythyrau, neu ddarllen hanes anturwyr yn y Congo. Unwaith neu ddwy, aeth i gyfarfodydd cyhoeddus y Syffrajéts . . . Ond gweu sanau oedd swyddogaeth gwragedd mewn rhyfel. Ni bu erioed yn un ddyfal am weu, ond teimlai ddyletswydd i wneud ei rhan. Byddai Morfudd yn gofalu am y gwlân, ac yn mynd o amgylch y tai yn casglu'r sanau a'u hanfon i'r Fyddin. Cedwid y rhai

111

gorau wrth gefn i'w hanfon i Gwilym.

Wedi gorffen rhoi'r dillad ar y lein, rhoddodd y tecell ar y tân, a phan aeth at y drws ffrynt, sylwodd fod y postmon wedi bod. Roedd llythyr wedi cyrraedd gan Gwilym, a llythyr arall wedi ei gyfeirio at Dafydd. Llythyr swyddogol yr olwg ydoedd, a phan welodd y *'War Office'* ar y tu blaen, suddodd ei chalon. Roedd yn gwaredu rhag dyfodiad unrhyw beth gan y Swyddfa Ryfel, a doedd hwn ddim yn argoeli'n dda o gwbl. Ei hymateb cyntaf oedd rhuthro i'r ysgol i'w roi i Dafydd, ond yna ymbwyllodd, a sylweddoli mai gwell fyddai gadael iddo agor y llythyr yn niogelwch ei gartref. Trwy'r dydd wedyn, bu'n poeni, ac ni bu llythyr gan Gwilym hyd yn oed yn gyfrwng codi calon. Ers iddo ddychwelyd wedi'r *leave*, roedd ei lythyrau wedi mynd yn undonog. Roedd y gwaith yn dreth ar y corff a diflastod yn ei lethu. Soniai'n ddi-baid am y mwd, y tywydd, a'r oerni, a'r dychryn mwyaf iddi oedd bod y milwyr i bob pwrpas yn byw allan, yn amddifad o unrhyw gysgod. Roedd cymaint wedi digwydd ers iddo ddal y trên i'r gwersyll rhyfel am y tro cyntaf, â'i galon yn llawn dyletswydd ac edrych ymlaen. Antur fer oedd y cyfan i fod, a dyma fo bellach yn garcharor llafur caled, a neb fel pe baent yn gwerthfawrogi aberth y milwyr.

Yn hwyr y prynhawn, clywodd sŵn traed Dafydd yn dod tuag at y tŷ, a'r drws yn agor. Roedd wedi meddwl rhoi croeso a phaned iddo cyn ei rybuddio am yr amlen, ond y munud y'i gwelodd hi, gwyddai fod rhywbeth yn bod.

'Hannah . . . Dwyt ti ddim yn dal i boeni am Nos Sadwrn?'

'Rydw i wedi bod yn poeni f'enaid ers bore 'ma . . . Mae 'na lythyr wedi dod. Dwi'n siŵr mai dyna beth ydi o.'

Rhoddodd y llythyr yn ei law ac fe'i rhwygodd yn agored cyn tynnu ei gôt hyd yn oed.

Edrychodd arni. Roedd ei wyneb yn siarad cyfrolau.

'Dyma ni,' meddai gan ochneidio, 'dyma'r dechrau.'

'Be' mae o'n 'ddeud?'

Darllenodd y geiriau swyddogol gan syllu ar y print du a

cheisio dirnad eu hystyr.

'His Majesty's Service requires that you present yourself herewith in Caernarvon on the twentieth of this month or steps will be taken against you.'

'Eistedd i lawr, Dafydd . . . cymer dy wynt atat.'

Eisteddodd Dafydd wrth fwrdd y gegin. Doedd ganddo ddim amynedd i roi mwythau i'r gath hyd yn oed.

'Mae hi ar ben arna i rŵan,' meddai. Edrychai fel aderyn mewn cawell, a byddai Hannah wedi gwneud unrhyw beth i'w gysuro.

'Tybed pwy yng Nghaernarfon sydd wedi cael yr un llythyr heddiw?' gofynnodd. 'Does bosib mai ti ydi'r unig un.'

'Fi ydi'r unig un heb wybod beth i'w wneud.'

Hoeliodd Hannah ei sylw arno.

'Dwyt ti rioed yn ystyried, Dafydd?'

'Wn i ddim beth i'w wneud bellach.'

'Ond rydyn ni wedi trafod . . . wedi siarad am y peth . . . Fedri di ddim bod o ddifrif!'

'Hannah, fi, a fi yn unig fedr ddod i benderfyniad efo hyn. Mae o'n rhywbeth sy'n dod i ran bob dyn, ac mae'n rhaid i mi ei wynebu fel pob dyn arall.'

'Felly dydi 'marn i'n cyfrif dim?'

'Ddeudais i mo hynny, ond mae dy farn di yn un rhwystr arall yng nghanol myrdd o rwystrau sy'n fy llethu.'

'Dim ond un rhwystr arall? Dim mwy na hynny?'

'Hannah! Rho amser i mi ystyried, da ti! Newydd gael y llythyr ydw i, go damia.'

Doedd o erioed wedi codi ei lais arni yn y fath fodd o'r blaen.

'Cadwa fi allan o'th benderfyniadau mawreddog 'ta!' atebodd hithau, wedi ei brifo.

Cododd Dafydd a cherdded at y drws, cyn clywed llais ei wraig, 'Camgymeriad i mi oedd meddwl y byddan ni fel pâr priod yn rhannu rhywbeth mor bwysig!'

Caeodd y drws gyda chlep ar ei ôl.

Hon oedd eu ffrae gyntaf go iawn ers iddynt briodi, ac yn reddfol, rhoddodd Hannah ei chôt amdani, a mynd ar ras i dŷ ei thad. Cafodd wrandawiad yno, ond cyngor ei thad oedd iddi geisio trafod y mater eto efo Dafydd, unwaith y deuai dros y sioc gychwynnol.

'Beryg mai hwn fydd un o benderfyniadau pwysicaf ei fywyd, Hannah,' meddai yn dadol, 'a dydi o ddim yn un hawdd.'

Ond wrth gerdded yn ôl i'w chartref, myfyriai Hannah mai penderfyniad Dafydd oedd yn bwysig, a'i bod hi yn cael ei gwthio i'r ymylon. Arni hi y byddai ei benderfyniad yn effeithio fwyaf, ac eto, doedd hi ddim yn cael unrhyw ystyriaeth. Dyna oedd tynged gwragedd, bod yn gwbl ddi-rym mewn sefyllfa o'r fath, ac eto, roedd disgwyl iddi gario baich y canlyniadau wedi hynny. Os âi Dafydd i'r Fyddin, roedd disgwyl iddi dderbyn ei thynged yn ddewr a dyfalbarhau. Pe gwyddai hynny yn gynt, ni fyddai wedi mentro ei briodi. Bellach, roedd yn rhy hwyr. Pa benderfyniad bynnag a wnâi, fe gâi effaith barhaol ar ei bywyd. Nid hi oedd yn rheoli ei thynged bellach, cyfrifoldeb Dafydd oedd y cwbl. Hyn oedd yn peri i'w gwaed ferwi.

Pan gyrhaeddodd adref, roedd Dafydd yn llawn pryder amdani. Doedd Hannah ddim eisiau siarad, ond wedi hanner awr o dyndra, daeth at ei choed. Buont yn trafod a thrafod tan oriau mân y bore.

''Taset ti'n rhoi un rheswm da i mi dros ymuno, falle y gallwn ddygymod yn well,' meddai Hannah, wedi llwyr ymlâdd.

'Er mwyn Gwilym?'

'Ydi Gwilym wedi gofyn?'

'Naddo. Fydde fo byth. Ond bob tro dwi'n ystyried gwrthod, ei wyneb o ddaw i fy meddwl.'

'Ac oherwydd Gwilym yr ydw innau'n gwrthwynebu. Ar y cychwyn, roedd o ar dân, ond mae blwyddyn a hanner wedi mynd heibio, miloedd wedi eu lladd, a dydyn ni ddim mymryn nes i'r lan. Mae Gwilym wedi colli pob gweledigaeth. Beth sydd wedi newid dy agwedd di, Dafydd?'

'Y mesur gorfodaeth yma – gorfod rhoi cyfrif amdanaf fy hunan. Beth ddyweda i mewn tribiwnlys?'

Yr unig gasgliad y daethpwyd iddo oedd bod Dafydd yn mynd i siarad gyda rhai o'r gwrthwynebwyr, ac yn mentro rhoi apêl i'r llys.

O'r diwedd, cyrhaeddodd dydd y cyfrif mawr, ac roedd yn rhaid i Dafydd Edwards wynebu'r Tribiwnlys. Roedd yn ddiwrnod mwyn o Wanwyn, a cherddodd Hannah gyda Dafydd i lawr i'r Neuadd a oedd dan ei sang. Roedd dros bedwar ugain o achosion apêl i'w clywed y diwrnod hwnnw, ac roedd llawer o wynebau'r dorf yn rhai cyfarwydd i Hannah. Nid oedd amser penodol ar gyfer unrhyw un, mater o aros nes câi enw rhywun ei alw ydoedd. Tu ôl i ddesg ym mhen pella'r ystafell, eisteddai Cadeirydd y Tribiwnlys, Prifathro'r Ysgol Uwchradd, y Clerc, cynrychiolydd o'r Fyddin a Swyddog Ymrestru. Yr achos cyntaf oedd achos llanc oedd yn gweithio i fusnes blawd ei dad. Ei dad oedd yn dadlau'r achos. Heb gymorth ei fab, ni fyddai'r busnes yn gallu parhau. Roedd y mab wedi ei wrthod gan y Fyddin y mis Tachwedd blaenorol ar sail iechyd, ond roedd pawb a wrthodwyd yn flaenorol ar sail iechyd wedi gorfod ail-ymgeisio. Yn amlwg, roedd safonau iechyd y Fyddin wedi gostwng cryn dipyn.

'Mae gennych ferch yn eich cynorthwyo gyda'r busnes,' meddai'r clerc yn bwysig.

'Oes, digon gwir.'

'A gwas arall – pam nad ydi o yn y Fyddin?'

'Mae o'n rhy hen i ladd neb,' oedd ateb parod y dyn blawd a chwarddodd y dorf yn harti.

'Tawelwch!'

Gohiriwyd achos mab y dyn blawd tan y Tribiwnlys nesaf.

Daeth pob math o fechgyn gerbron y Fainc – bugeiliaid,

gweision ffermydd, tafarnwr, postmon, dyn llefrith – a deintydd. Doedd y deintydd ddim yn bresennol, ond roedd wedi cael cyfaill i eiriol ar ei ran. Dadl y deintydd oedd mai fo oedd yr unig ddeintydd yn y gymdogaeth, a bod pawb angen deintydd.

'Mae mawr angen deintyddion yn y Fyddin hefyd – be' sy'n peri iddo feddwl nad ydi milwyr yn dioddef o'r ddannodd fel pawb arall?' meddai'r Prifathro. 'Gyda llaw, pam nad ydi'r deintydd yma ei hun?' gofynnodd.

'Mae'n debyg mai tynnu dannedd pobl mae o,' atebodd y cyfaill, a chwarddodd y dorf eto.

'Caiff ei esgusodi am ddeufis,' meddai'r clerc.

Edrychodd Dafydd ar Hannah. Nid oedd yn synhwyro rhyw gydymdeimlad mawr ar y Fainc. Gwasgodd Hannah ei law.

'Esgusodwch fi,' meddai gŵr reit fawr o gefn y Neuadd, 'ond mi ddylech ddarparu meinciau ar gyfer y dorf. Mae gwragedd a phobl oedrannus yn ein plith, ac mae'n annheg disgwyl inni sefyll drwy gydol y bore.'

'Mae disgwyl i filwyr sefyll yn llawer hwy yn y ffosydd,' atebodd y Cadeirydd, ac ni chafodd y mater ei drafod ymhellach. Curodd rhai ymysg y dorf eu dwylo pan gyfeirwyd at y rhai yn y ffosydd.

Gwrandawodd Hannah yn astud ar bob achos. Roedd pob achos yn stori fer, yn drasiedi fechan, ac anodd oedd peidio ag ochri gyda'r trueiniaid oedd yn gwneud y cais. Achos o'r fath oedd un Edward Richards, plastrwr o Lanberis. Roedd ganddo chwe mab yn y Fyddin a phedwar gweithiwr, ond gwnâi gais i gael cadw bachgen oedd yn brentis iddo. Caniatawyd ei gais yntau. Gyda'r fam yr oedd cydymdeimlad Hannah. Ni allai fesur hyd a lled ei phryder gyda chwe mab yn filwyr.

Drwy'r wlad i gyd y funud honno, roedd cannoedd o ddribiwnlysoedd tebyg yn cael eu cynnal. Roedd Lloyd George wedi datgan yn ddiweddar fod llawer o wŷr llwfr yn wynebu'r Tribiwnlysoedd, er mwyn osgoi eu dyletswydd at eu gwlad.

Roedd mawr angen gwahanu'r efrau, ac yn sgil apêl Lloyd George, roedd peryg i'r rhai tu ôl i'r Fainc fod yn rhy llawdrwm. Gwrandawyd ar achos trwyddedwr oedd yn ddibriod, heb neb yn ddibynnol arno. Dadleuodd fod ei fam yn wael ac yn methu â rhoi cymorth iddo, ond ni roddwyd unrhyw ystyriaeth i'w achos.

'Gwrthodir eich apêl!' meddai'r Clerc yn ddiamynedd. Roedd pawb yn dechrau blino.

Doedd y cyfan yn ddim amgen na loteri meddyliodd Hannah – dau fis o ras i glerc, chwe mis i farbwr, tri mis i beiriannydd, tri mis i reolwr gwesty. Fel cleifion yn gofyn am ras i gael ychydig yn rhagor o amser i fyw, seliodd y Fainc eu tynged mewn ychydig funudau. Clochydd, gof, saer, gwas fferm, un peth yn unig a'u clymai – diffyg awydd rhyfela. Sut oedd Hannah wedi canfod ei hun yn y fath hunllef? Dros beth y dadleuent? Dros yr hawl i beidio â lladd. Roedd yn ymarferiad gwallgof. Wrth eu gwaith y dylai'r bechgyn hyn fod, nid yn gorfod crafu esgusodion o flaen dynion hunanbwysig. Pe bai'r Syffrajéts yn cael gafael arnynt . . . byddent fawr o dro yn eu darostwng.

Wedi toriad am ginio, daeth achos cyntaf y gwrthwynebwyr cydwybodol. Bachgen ifanc dwy ar hugain oed.

'Ar ba dir yr ydych yn gwrthwynebu cofrestru?'

'Tir cydwybod.'

'Beth a wrthwynebwch?' gofynnodd y Clerc.

'Gwasanaeth milwrol.'

'I chi eich hun?'

'Ie.'

'Ac i bobl eraill?'

'Ie.'

'Yr ydych yn gwrthwynebu i unrhyw un ymladd?' gofynnodd y Prifathro.

'Ydwyf.'

'Ydych chi'n gwrthwynebu i ddynion ddod â'ch bwyd dros y moroedd?' gofynnodd y Cynrychiolydd Milwrol.

'Nac ydw.'

'A sut y daw'r bwyd yma?'

'Ar longau.'

'Pwy sy'n gwylio rhag i'r llongau hynny gael eu suddo?'

'Y morwyr, 'debyg iawn.'

'Ac os gwnaiff y gelyn suddo'r llongau, beth fyddech chi yn ei wneud?'

'Gadael iddynt. Os ydi eraill eisiau brwydro, mater iddynt hwy yw hynny,' atebodd y llanc ifanc.

'Ydi brwydro yn beth drwg?'

'Ydi.'

'I bawb?'

'Fedra i ond ateb drosof fy hun.'

Gwnaeth y llanc ei orau i beidio â chael ei faglu gan gwestiynau'r clerc, a chafodd fis o ras i ddwys ystyried ei safiad drachefn.

Un o gydnabod Gwilym a weithiai ar staff *Y Genedl* oedd y nesaf i gael ei alw. Roedd ei gyflogwr yn bresennol i ddadlau ei achos, ac yr oedd hyn yn amlwg yn gymorth i ddylanwadu ar aelodau'r Fainc. Eglurodd y Golygydd fod un o'r staff eisoes wedi ymuno â'r Fyddin a'i fod bellach yn dibynnu ar ddau ŵr mewn oed. Eglurodd fod gwaith yr adran olygyddol yn waith arbenigol.

'Fedrwch chi ddim ymddiried y gwaith hwnnw i ferched sydd yn rhan o'ch staff?' gofynnodd y Cadeirydd.

'Bobol bach, dydi o ddim yn waith i ferched!' eglurodd y Golygydd yn syn. 'Dydi o ddim yn waith i'w ymddiried i ferched na gweithwyr anfedrus.' Brathodd Hannah ei thafod. Mis gafodd y newyddiadurwr yntau. Faint gwell fyddai sefyllfa Gwilym pe bai wedi gwrthod ymuno tan y munud olaf? Yr un fyddai ei dynged yn y pen draw. Yr un oedd tynged pawb.

'Achos 54. Dafydd Edwards, Athro. Oedran – 26.' Gwasgodd Dafydd drwy'r dorf i gyrraedd y tu blaen. 'Gŵr priod, dim plant. Erioed wedi rhoi ei enw gerbron. Dafydd Edwards, fedrwch chi egluro i'r Tribiwnlys pam nad ydych wedi cynnig eich enw i wasanaethu ym Myddin y Brenin?'

'Tir cydwybod, syr.'

Y munud agorodd Dafydd ei geg, roedd ei nerfusrwydd yn amlwg. Gwyddai Hannah gymaint o dreth oedd hyn arno. Roedd gwneud unrhyw beth cyhoeddus yn loes calon iddo, ond roedd hyn fel mynd drwy uffern.

'Ydych chi'n awgrymu nad oes gan Filwyr y Brenin gydwybod?'

'Nac ydw, dadlau dros hawl pob un i fod yn ufudd i'w gydwybod ydw i.'

'Rydych chi'n byw bywyd cyfforddus, Dafydd Edwards?' meddai'r Swyddog Rhyfel.

'Ydw.'

'Ac yn bwyta'n dda?'

'Ydw.'

'Rydych yn fodlon derbyn cysgod a chyflog a sicrheir drwy aberth pobl eraill, ac eto'n amharod i aberthu eich hunan?'

'Rydw i'n fodlon aberthu, ond nid wyf am fod yn rhan o ryfel yn erbyn gwlad arall.'

'Beth petai milwr Almaenaidd yn anrheithio'r wlad ac yn ymosod ar ferched diamddiffyn, fel y gwnaethant yng ngwledydd eraill Ewrop?'

'Mi fyddwn i'n ymddwyn yn ôl fel y cawn nerth ar y pryd.'

'Os caech chi ddigon o nerth, buasech yn rhoi cweir iddo, basach chi?'

Chwarddodd y dorf. Gwyddai Dafydd ei fod yn cael ei wneud yn gyff gwawd.

Aeth y swyddog yn ei flaen.

'Yn fyr, yr ydych yn fodlon cymryd pob amddiffyniad mae'r wlad hon yn ei gynnig, ond wnewch chi ddim i'w hamddiffyn?'

'Dwi ddim am fod yn rhan o ryfel.'

'Dydych chi ddim yn credu mewn gwrthwynebu neb a wnelo gam â chi?'

'Dim mewn modd bygythiol.'

'Felly 'tase'r llys heddiw yn gwrthod eich cais a chithau yn teimlo eich bod wedi cael cam, fyddech chi ddim yn apelio?'

Chwarddodd y dorf eto. Roeddent yn gwerthfawrogi'r min oedd ar ddadleuon y swyddog. Teimlai Dafydd ei fod yn colli'r dydd.

'Rydych chi'n credu bod brwydro yn ddrwg?' meddai'r Prifathro.

'Mater i bawb benderfynu drosto'i hun ydyw.'

'Dowch, dowch, rydych chi'n athro sy'n dysgu plant. Siawns nad ydych yn dysgu iddynt beth sy'n dda a beth sy'n ddrwg.'

'Mi rydw i'n Gristion, ac yn eu dysgu orau medra i – dwi'n ceisio dysgu pethau gorau bywyd iddynt.'

'Rydych yn olau yn eich Beibl?' meddai'r Swyddog.

'Ydw, syr.'

'Mi wyddoch felly fod yr Epistol at yr Hebreaid yn cyfeirio at restr o wroniaid milwrol fel gwroniaid y ffydd?'

'Dwi'n gwybod fod Iesu Grist wedi dweud wrthon ni am garu'n gelynion.'

Gwyddai Dafydd mai ofer oedd dadlau, ond roedd yn rhaid iddo ganfod rhyw amddiffyniad.

'Ga i geisio egluro yn fy ngeiriau fy hun, syr?'

'Ewch yn eich blaen 'ta.'

Gwasgodd Hannah ei dwylo at ei gilydd. Roedd am i Dafydd gael y cryfder i egluro ei hun orau gallai.

'Rydw i'n athro ysgol – dyna 'ngalwedigaeth i. Lles y plant sydd dan fy ngofal yw'r peth pwysicaf i mi. Dros y ddwy flynedd ddiwethaf, ers cychwyn y rhyfel, rydw i wedi gweld eu bywydau yn cael eu dylanwadu yn llwyr gan ryfel. Dyna sydd i'w ddisgwyl mewn oes fel hon. Mae yna atgasedd yn cael ei fagu, awydd am ddial, chwerwder dychrynllyd wrth fod yn dyst i dad neu frawd neu ewythr yn cael ei ladd yn y rhyfel. Mae yna rai sydd wedi gallu ymateb i hyn drwy fynd i ymladd, yn eu plith berthnasau i mi, ac mae gen i barch aruthrol atynt. Ond fedra i ddim cymryd y cam hwn fy hun. Fy lle i ydi magu a dysgu'r plant hyn orau y gallaf, i weld bod ochr arall i fywyd, bod yna rai yn eu caru, bod yna rai eisiau eu dysgu a'u hyfforddi, fel bod ganddynt hwythau pan dyfant rywbeth amgenach yn eu calonnau nag ysbryd dialedd sy'n eu bwyta yn fyw. Dyna'r unig ffordd y medra i egluro'r baich mawr sydd ar fy nghalon i y dyddiau hyn.'

'Oes rhywun yn eiriol dros Mr Edwards?' gofynnodd y Cadeirydd.

'Nacoes, ac rydym yn cael ar ddeall nad yw ei swydd yn perthyn i gategori ardystiedig. Mae'r Pwyllgor Addysg yn nodi fodd bynnag mai ef yw'r unig athro gwryw sydd yn yr ysgol, ar wahân i'r Prifathro.'

'Ac mae Mr Edwards yn briod?'

'Ydi.'

'Fe rown naw mis i Mr Edwards, ond os bydd newid yn ei amgylchiadau, bydd rhaid iddo adrodd yn ôl i'r swyddog rhyfel ar fyrder. Nesaf! Achos 55. Robert Richards . . .'

Cerddodd Dafydd yn ôl at ei wraig, â'i wyneb yn wyn fel y galchen. Yr oedd wedi cael naw mis o ras . . . yr oedd yn saff tan Dolig! Gafaelodd yn dyn yn Hannah, a gadawodd y ddau y llys. Ni chlywsant achos y weddw a'r pedwar mab, a'r dyfarniad y câi dau aros adref, ond y byddai'n rhaid i ddau arall fynd i'r Fyddin. Un o blith myrdd o drasedïau. Roedd tynged Dafydd Edwards wedi ei gohirio.

'Tan Dolig, Hannah – dwi'n saff tan Dolig.'

Gafaelodd Hannah yn ei fraich a'i dywys adref. Roeddent wedi cael estyniad. Doedd wybod beth fyddai wedi digwydd erbyn Nadolig 1916. Efallai y byddai'r rhyfel ar ben hyd yn oed.

PENNOD 10

Ar ôl y gwffas yn Dre, doedd Caernarfon ddim 'run fath i Gwilym. Roedd wedi dyrchafu adre i fod yn lle gwâr, heddychlon lle'r oedd pawb yn ddiddos gytun, ac ymhell i ffwrdd oddi wrth bob awgrym o drais a dial. Roedd profi atgasedd y Cofis eu hunain y noson honno wedi troi ei stumog. Roedd ysbryd drwg y rhyfel wedi treiddio i bob man, ymhell y tu hwnt i'r ffosydd, gan groesi moroedd a hedfan uwchlaw mynyddoedd, gan dreiddio drwy barwydydd tai a chwythu o dan ddrysau. Fuo fo fawr o dro cyn cyrraedd C'narfon, ac roedd wedi taenu ei nwyon dieflig ar y diniweitiaf o drefi. Yn ôl yn Ffrainc, mater o geisio dygymod drachefn oedd hi.

'Clyw hon, Gwil,' meddai Hen Walia un amser cinio wrth dynnu llythyr o'i boced. Byddai Gwilym a Hen Walia yn gwerthfawrogi seiat fechan wedi cinio.

'Bardd yr Haf wedi ei tharo eto,

"O gam i gam,
Y gwych a'r gwachul o bob lliw a phryd,
Rhagddynt y cerddant. Heb na phle na pham
I'w hapwyntiedig hynt y try pob gwedd,–
I Ffrainc, i'r Aifft, i Ganaan, i hir hedd." '

'Iechyd, 'na ti ddweud,' meddai Gwilym, 'ac mae o mor wir.'

' "I Ffrainc, i'r Aifft, i Ganaan, i hir hedd" – mae o'n swnio'n erchyll 'tydi?' meddai Hen Walia gan lyncu ei boer.

'Ac eto, mae o'n dlws . . . Sut mae o'n gallu ei wneud o?'

'Dyna be' ydi bardd . . . Mae'n help cael geiria i odli cofia.'

'Fasa dda gen i 'taswn i'n gallu trin geiriau felly.'

'Fasa Golygydd Yr Herald yn rhoi dyrchafiad i ti.'

Tynnodd Gwilym yn fyfyrgar ar ei sigarét.

'Ei di'n ôl i weithio ar *Yr Herald*, Hen Walia?'

'Am wn i. Pam – lle'r wyt ti'n bwriadu mynd?'

'Fedra i ddim meddwl mynd i weithio yn y Swyddfa 'na ar ôl hyn, nac unrhyw swyddfa arall 'tase hi'n dod i hynny. Dwi'm yn credu gallwn i. 'Dan ni wedi newid gormod.'

'Jest meddwl hynna rŵan wyt ti. Munud fydd rhyfal ar ben, fydd rhaid i ti ddal ati i ennill dy damaid.'

'Mi wn i hynny. Ond dydw i ddim eisiau gwario 'mywyd yn gweithio i bapur newydd. Mae gormod wedi digwydd. Fasa dim ots gen i fentro i bolitics . . .'

''Randros Gwil, fel beth – *MP*?'

'Gwranda, os medr Lloyd George ddod yn Weinidog Rhyfel, a hwnnw wedi ei fagu yn siop y crydd yn Llanystumdwy, siawns na fedra i wneud rhywbeth. Leciwn i weithio efo pobl, trio gwella eu stad nhw . . .'

'Well i ti ymuno efo'r Sosialwyr newydd 'ma 'ta.'

'Sosialwyr fyddwn ni i gyd ar ôl y Rhyfal. Fedr y Rhyddfrydwyr fyth ddadlau dros ryddid yr unigolyn eto ar ôl gorfodi pawb i fynd i'r Fyddin. Ac mae'r holl furiau oedd rhwng gwahanol ddosbarthiadau wedi cael eu chwalu'n rhacs.'

'Wyt ti'n meddwl hynny?' gofynnodd Hen Walia, Taniodd sigarét, a cherddodd y ddau gyda'i gilydd i gyfeiriad y barics. Roedd criw Cofis wrthi'n glanhau eu hoffer tu allan. 'Fyddan nhw fawr o dro yn codi'r muriau yn ôl. Fedra i ddim gweld yr Arglwydd Penrhyn yn codi cŷn ac yn ymuno efo'r chwarelwrs. Mi fydd swyddogion yn mynd yn ôl i'w tai mawrion a soldiwrs yn ôl at eu gwaith.'

'Dydw i ddim mor siŵr. Dwi'm yn dweud y bydd pawb yn Sosialwyr rhonc, ond fedrwn ni byth lithro nôl i'r hen fywyd. Dim ar ôl hyn! Mae 'na hogia wedi colli eu ffydd ac yn deud na thywyllan nhw gapel eto. Mae rhai fel Twm 'Raur ar dân eisiau cael y gorau ar bawb sydd wedi eu sathru. Fydd bywydau neb ohonon ni 'run fath.'

'Dydi hon ddim yn rhyfel arbennig, Gwilym. Ni sydd yn

meddwl hynna am ein bod wedi bod yn rhan ohoni. Mae'n siŵr fod soldiwrs yn siarad fel hyn ar ôl y Crimea a Rhyfel y Boer. Mae rhyfeloedd yn digwydd ym mhob cenhedlaeth . . . '

'Ac maen nhw'n newid pob cenhedlaeth, dyna 'mhwynt i. Beth bynnag arall ddeudi di am ryfel, mae hi'n ysgwyd cymdeithas i'w seiliau ac yn symud dynoliaeth yn ei blaen.'

'Eisiau credu hynny wyt ti, dim ond i roi ystyr i be' wyt ti'n ei wneud.'

'Falle mai ti sy'n iawn,' cyfaddefodd Gwilym. 'Dwyt ti ddim isio cael dy gofio gan Hanes am ennill llathen o fwd, nagoes – i'r naill ochr na'r llall.'

'Ond dyna fydd ein tynged mae gen i ofn. O'i chymharu â hynny, mae sgwennu i'r *Herald* yn yrfa anrhydeddus.'

'Hei hogia, gawsoch chi bost?' gwaeddodd TreGo.

'Mi ges i,' meddai Hen Walia, 'Beth sydd gen ti sydd mor gynhyrfus?'

''Dach chi wedi clywed am Iwerddon?'

'Be' mae Wil Werddon wedi ei wneud rŵan?'

''Rargol hedd, a chithau i fod yn bâr o riporters. Dewch 'laen! Ma' Mam wedi anfon *Yr Herald* i mi, clywch . . .

"Cythrwfl yn Iwerddon. Lladd ac anafu amryw. Saethu at Blant a Milwyr Clwyfedig."

Gafaelodd Hen Walia yn y papur,

'Iechyd annwyl, mae pethau'n ddrwg! Dau gant o'r gwrthryfelwyr wedi eu saethu medda fo'n fan hyn . . . a dim ond dau swyddog wedi eu lladd a phump wedi eu clwyfo. Dau gant!'

'Blydi anghyfrifol dwi'n galw hynny,' meddai Twll oedd newydd gerdded i mewn. '*Stab in the back* go iawn.'

'Be' wyt ti'n feddwl?'

'Wel dydi rŵan ddim yn amser i ddechrau gwrthryfel, nac ydi – waeth pa mor ddrwg ydi hi.'

'Mae ganddyn nhw berffaith hawl,' meddai Hen Walia. Daeth Twm 'Raur i mewn ar ei sodlau a'r hogiau eraill ar ei ôl.

'Nagoes tad,' meddai Twll yn ffyrnig, 'ti ddim yn gneud hynny pan mae'r gweddill ohono ni efo'u cefnau yn erbyn y wal.'

'Cenedlaetholwyr ydi'r Gwyddelod, was i. Maen nhw'n casáu Saeson fwy nag 'dan ni!' meddai Twm 'Raur. '*Up the Fenians!*'

'Mae o'n od eu bod nhw wedi dewis gwneud rŵan hefyd,' meddai Alwyn Angal yn dawel. Roedd o'n glanhau ei wn yn ofalus, fel petai ei fywyd yn dibynnu arno.

'Taro pan mae'r gelyn yn wan maen nhw,' meddai Gwilym, 'hen dacteg.'

'Isio iddyn nhw gadw eu bwledi sydd – i saethu Jyrmans. Beth bynnag, gan bwy maen nhw yn cael yr *ammunition* rŵan, a hwnnw i fod yn brin fel aur?'

'Gen pwy ti'n feddwl? Gan Jyrmans, siŵr iawn.'

Edrychodd pawb ar Twm 'Raur.

'Jyrmans?'

'Dydio ddim yn cymryd lot o frêns i weithio honna allan.' Roedd Twm 'Raur wrth ei fodd yn cael cynulleidfa. Cipiodd wn Angal oddi wrtho a'i anelu at ei ffrindiau. 'Ti'n Wyddel penboeth yn ymladd dros dy wlad. Ti eisiau saethu Saeson. Mae hi'n 1916. Pwy arall yn y byd sy'n casáu Saeson ac isio saethu cyn gymaint â phosib? Meddwl di'n galad rŵan, Twll . . . '

'Ti'n iawn – Jyrmans, myn uffar i. Mae hynny'n anfaddeuol.'

'Pam?'

'Chwarae teg, efo rhyfel mor ddifrifol â hyn . . . ddylia pawb fod ar yr un ochr.'

'Paid â siarad yn wirion, co. 'Tase pawb ar yr un ochr, fasa 'na ddim rhyfel.' Roedd Chwech yn gallu crisalu gwirioneddau mawr ambell waith.

'Naci, naci, 'mhwynt i ydi ddylia Gwyddelod ddim bod yn colabyretio efo'r Gelyn.' Roedd Twll reit bendant.

'Pwy ydi'r Gelyn? – dyna ydi'r pwynt, Twll,' meddai Twm 'Raur. 'I'r Gwyddal, mae'r Sais sydd wedi ei ormesu ers pum can mlynedd a mwy, yn fwy o elyn na Jyrman. Pam 'dan ni'n saethu Jyrmans? Be' nath Jyrmans i ni?'

'Nhw gychwynnodd y rhyfel . . . '

'Gychwynnon nhw ffrae rhwng ei gilydd yng nghanol Ewrop. Am fod y *British Empire* efo'i bys ym mhob brwes, gafodd hi ei thynnu mewn i'r ffrae. Dyna pam ydan ni yn y llanast yma. Ond 'nelo fo ddim oll â Chymru, nac Iwerddon, na Gwlad Belg, na'r un wlad fach arall.'

'Pam wyt ti'n blydi cwffio 'ta, 'Raur?' heriodd Twll ef. 'O leia dwi'n credu yn y *British Empire.*'

'Ia – os ti ffasiwn Gymro, pam ti ddim yn joinio efo Gwyddelods ac yn helpu Jyrmans?' gofynnodd Chwech.

'Dwi'm yn gwybod pam dwi yma erbyn hyn,' meddai Twm 'Raur, wedi ei drechu. 'Dianc o'r môr ddaru mi gyntaf, a rŵan dwi isio dianc o fan hyn.'

'Oes 'na neb ohonon ni'n gwybod pam 'dan ni yma,' meddai Bwgan. Anaml iawn y byddai Bwgan yn rhoi ei big i mewn.

'Dwi'n credu 'i bod hi'n iawn ymladd Jyrmans,' meddai TreGo. 'Rôl y petha maen nhw wedi'u neud i'n soldiwrs ni, gymera i unrhyw siawns i ladd Jyrman.'

'A maen nhw yn lladd ni, am y petha erchyll 'dan ni wedi ei wneud iddyn nhw,' meddai Alwyn Angal.

'Felly ddaw y peth byth i ben,' meddai Bwgan, 'dim ond mynd mlaen a mlaen mewn cylch dieflig . . . '

'Nes fydd 'na neb ar ôl i'w lladd,' meddai Hen Walia. 'I Ffrainc, i'r Aifft, i Ganaan, i hir hedd.'

'Dowch 'laen hogia, mae siarad fel hyn yn codi'r Felan arno ni gyd,' meddai TreGo gan godi.

'Dyna pam mae o'n rong dechra meddwl,' meddai Chwech. 'Pan ti'n dechrau meddwl am y peth, ia, ti'n mynd yn dw-lal. Dyna pam na fydda i byth yn meddwl yn rhy ddwfn am ddim byd.'

'Ti sy'n iawn, Chwech,' meddai Hen Walia, 'Walia Dw-lal fydd f'enw i wedi dod adra o'r rhyfel.' Trodd pawb ato a gweiddi cytgan y milwyr,

'**OS** down ni adra o'r Rhyfal!'

Ac mae honno'n 'os' go fawr, meddyliodd Bwgan, ond ddywedodd o 'run gair.

Y bore canlynol, cafodd y bechgyn wybod amser brecwast eu bod am gael eu symud i Laventie. Un peth yn unig oedd hynny yn ei olygu, byddent ar y *front line*. Gallent restru trefi'r Ffrynt fel adrodd pader bellach, Passchendaele, Ypres, Messines, Ploegsteert, Laventie, Neuve Chapelle, Givenchy, Loos, Vimy, Arras . . . Byddent yn cael eu cludo tua chwech o'r gloch y noson honno. Er y gwyddent fod hyn yn eu haros, cafodd pob un ysgytwad. Dyma oedd diwedd y disgwyl mawr, ac er ei fod yn anochel, daeth newid rhyfedd dros y gatrawd. Roedd y diwedd wedi dod yn rhy gyflym, ac nid oedd amser paratoi. Bu dieithrwch tawel rhyngddynt yn ystod y dydd, ac ni laciodd y tafodau tan amser swper cyn troi am y Ffrynt.

'Wedi pacio, Gwil?'

'Do – edrych, cês bach del gen i yn barod i fynd.'

Dim ond y nesaf peth i ddim a ganiateid i filwyr ar y Ffrynt.

Edrychodd Twm 'Raur ar ei fara caws a'r lwmp o jam.

''Dach chi'n meddwl y bydd y *catering service* yn well neu'n waeth, hogia?'

'Be' wyt ti'n 'feddwl?'

'Anodd gweld sut fedr swper fel hyn waethygu.'

''Na i ddangos i ti, 'Raur,' meddai Chwech fel ergyd o wn. Estynnodd am y dafell gyda'r jam arni, yna'r darn o gaws.

'Yn gyntaf, maen nhw'n stopio rhoi jam i ti amser swper, ia, a does dim jam mewn ffosydd. Wedyn maen nhw'n cymryd dy gaws di ac yn deud na fedar o gyrraedd y Ffrynt, ia, wedyn maen nhw'n dy adael di efo mynydd o fara sych. Nid matar o beidio cael mwy nag un enllyn ydi o, ond o beidio cael enllyn o gwbwl.'

Neidiodd Twm i gael ei swper yn ôl.

'Os felly, 'dan ni gyd yn mynd ar streic. Reit hogia – un dros bawb, a phawb dros un! Cofiwch Streic y Penrhyn!'

'Chei di'm mynd ar streic ar y Ffrynt, siŵr,' meddai Hen Walia yn ddifrifol.

'Fedran nhw ddim stopio ni,' meddai Twll.

'Medran tad, fedran nhw dy saethu di.'

'Stori ydi honna.'

'Mae'n stori wir. Ac os wyt ti'n cael gorchymyn i fynd dros y top, a ti'n gwrthod, maen nhw'n saethu chdi 'radeg honno hefyd!'

'Unwaith fedran nhw dy saethu di.'

'Be' – mae beryg i'n swyddogion ein saethu ni?' gofynnodd Alwyn Angal.

'Oes – sut ddiawch 'dach chi'n meddwl maen nhw'n cael yr hogia allan i wynebu'r gelyn ond drwy eu bygwth nhw?'

Disgynnodd tawelwch anesmwyth dros bawb.

'Na, fasan nhw byth yn gwneud hynna. Fasa 'na ormod o row – iechyd, fasa na *court marshall* am dorri rheolau.'

''Nhw sydd wedi gwneud y rheolau, 'te? Roswch chi nes bod chi'n cyrraedd!' meddai Hen Walia.

'Felly – i mi gael o'n glir,' meddai Twll. 'Gen ti'r dewis o fynd dros top a chael dy saethu gan Jeri, neu aros yn y ffos a chael dy saethu gan Sais.'

'Yn union.'

'Well gen i ei miglo hi a chael fy saethu gan Jeri,' meddai Chwech.

'Dyna pam mae'r miliynau 'ma'n mynd dros y top,' atebodd Hen Walia. 'Pan ti'n meddwl amdano, mae o'n beth cwbl wallgof i'w wneud – neidio i dy farwolaeth dy hun.'

* * *

Darllenodd Gwilym lythyr Hannah yn frysiog a diolch i'r nefoedd fod Dafydd wedi cael ei arbed, am beth amser fodd bynnag. Roedd rhywbeth diniwed iawn yn Dafydd, ac ni fyddai wedi para wythnos yn Ffrainc. Byddai wedi rhoi bwled yn ei ben a gwneud amdano'i hun, neu rywbeth gwirion felly. A dweud y gwir, roedd mwy o ysbryd milwr yn Hannah. I fod yn filwr, roedd rhaid cael rhywfaint o gythraul ynoch, rhywfaint o ysbryd brwydro, rhywfaint o dân. Roedd Hannah yn frwd o blaid y Syffrajéts a'u dulliau ymosodol. O ystyried, doedd dim cymaint â hynny yn gyffredin rhwng Dafydd a Hannah. Yr oedd wastad wedi teimlo bod yna anniddigrwydd dwfn yng nghymeriad Hannah, ac fel Syffrajét doedd wybod beth wnâi nesaf. Yna, mwya sydyn, fe glosiodd at berson tawel, swil fel Dafydd, a setlo lawr. Roedden nhw'n dweud mai rhai croes i'w gilydd oedd yn paru, ac eto, roedd y briodas wedi ei synnu. Nid ei fod ef yn arbenigwr ar ferched o gwbl. Roedd o wedi syrthio dros ei ben a'i glustiau mewn cariad efo sawl merch, ond erioed wedi cwrdd â rhywun na allai fyw hebddi. Bellach, roedd unrhyw ferch yn bell iawn o'i gyrraedd. Roedd o wedi mynd i dir neb rhywiol lle'r oedd merched yn fodau arallfydol i freuddwydio a hiraethu yn eu cylch. Roedd yn well ganddo ar un ystyr fod yn sengl tra'i fod o yn y Fyddin. Roedd pryderu am arall yn dân ar groen sawl un. Eu hofn mwya oedd y byddai eu cariadon yn rhoi diwedd ar y garwriaeth ac yn disgyn mewn cariad gyda rhywun arall, ac yr oedd hen ddigon o enghreifftiau o hynny. Beth oedd i'w ddisgwyl, a hwythau fawr hŷn nag ugain oed?

Mewn hanner cant o fysiau y cludwyd y 13th RWF i Laventie i gychwyn eu gwasanaeth yn y ffosydd. Wrth iddynt ddynesu at y dref, gwelsant bentrefi wedi eu llosgi a'u gadael, ambell wyneb yn rhythu yn ddifynegiant arnynt, ffoaduriaid truenus yn cerdded â'u pecynnau bychain yn crymu eu cefnau. Yng nghefn y bws, edrychodd Gwilym ar y criw. Hen Walia wrth ei ochr yn pendwmpian, TreGo a Twm 'Raur gyferbyn ag o. Alwyn Angal a Bwgan o'i flaen a Chwech a Twll yn cuddio yn rhywle. Beth yn y byd oedd o'u blaenau? Teimlai'n saffach gyda'r criw yma yn ei amgylchynu, ond wrth edrych arnynt yn pendwmpian, sylweddolodd Gwilym mor fregus oeddent. Gwyddai na fyddent i gyd yn goroesi, roedd hynny'n amhosib yn ôl yr ystadegau. Pwy fyddai'n cael ei daro? Pwy fyddai'n ddigon ffodus i ddychwelyd yn fyw? Teimlai'n gynhyrfus, ac eto, yn betrus. Doedd ganddo ddim syniad beth oedd o'i flaen.

Wrth iddi dywyllu, gwelodd oleuadau yn goleuo'r awyr a deffrôdd ei gyfaill.

'Edrych.'

Roedd yr awyr yn olau gan ergydion.

'Wyt ti'n meddwl mai fel hyn mae hi bob nos, Gwilym?'

'Dim syniad.'

Distawodd pawb a syllu drwy'r ffenestri. Dyma nhw o'r diwedd wedi cyrraedd Annwfn. Dyna pryd y sylweddolodd Gwilym am y tro cyntaf mai ffosydd go iawn oeddent. Er mai dyna sut y cyfeirwyd atynt, wnaeth o erioed ddychmygu eu bod mor amrwd. Nid oeddent yn amgenach na thyllau wedi eu cloddio yn y ddaear, waliau clai, a *deckboards* dan draed wedi eu gorchuddio â dwr a sbwriel. Doedd bosib fod disgwyl iddynt fyw dan yr amodau hyn? Taniodd ffrwydryn a'i ymateb cyntaf oedd cyrcydu. Bloeddiodd y siarjant arno a doedd dim amdani ond ceisio ymddwyn fel petai'r cyfan yn ddigwyddiad naturiol yn perthyn i fywyd bob dydd. Rhoddodd sach o nwyddau ar ei gefn a dilyn y milwr oedd o'i flaen. Roedd y lle fel cuddfan cwningod, gyda llwybrau i'r dde ac i'r chwith. Roedd enwau i bob un – Piccadilly Avenue, Dufferin Avenue, Nairn Street, Broadway. Petasai eisiau dianc, ni fuasai byth yn llwyddo i ganfod ei ffordd yn ôl drwy'r rhain. Ni chaniateid unrhyw sŵn rhag ofn i'r gelyn eu clywed, felly mewn distawrwydd llethol y cyrhaeddasant y Ffrynt. Yn dod i'w cyfarfod oedd y milwyr oedd yn gadael. Wnaethon nhw ddim edrych ar ei gilydd. Roedd y milwyr eraill mor fudr a blinedig, prin y gallent gadw eu pennau i fyny. Dyna sut olwg fyddai arnynt hwythau mewn deuddydd, dri. Disgynnodd un milwr i'r llawr wrth iddo gerdded heibio Gwilym a dechrau crynu yn afreolus. Stopiodd Gwilym yn stond, yn methu â thynnu ei lygaid oddi arno. Lluchiodd y milwr ei freichiau a'i goesau i bobman fel dyn gwallgof. Gafaelodd y milwr tu cefn iddo ynddo gan geisio ei dawelu, ond yn ofer.

'*He's had it, mate,*' meddai'r cyfaill, fel petai hyn yn egluro'r cyfan.

Wyneb y dyn gododd yr ofn mwya ar Gwilym. Roedd ei lygaid yn rowlio yn ei ben, ac roedd ewyn yn dod o'i geg.

'Be' uffar sy'n bod arno?' sibrydodd Twm 'Raur yn ei glust, ond ni allai Gwilym ddweud dim. Gwthiodd y cyfaill hances i geg y truan i geisio ei dawelu.

Cynigiodd Gwilym nôl swyddog, ond cynhyrfodd y cyfaill yn fawr.

'He'll be shot on sight if they see 'im like this. You'd better move on.'

Ac yn ei flaen yr aeth Gwilym, tua'r twll du oedd fel ffau anifeiliaid.

'Hei hogia!' meddai 'Raur, 'dach chi wedi gweld lle 'dan ni'n cysgu? – Mewn tyllau yn y ddaear. Fyddwn ni wedi fferru!'

'Twm – fasa well gen i rewi yn gorn na diodda'r drewdod.' Gwelodd lygoden fawr yn sgrialu o un o'r waliau ac aeth ias i lawr ei asgwrn cefn.

'Dyna un creadur sy'n gwerthfawrogi'r budreddi.'

'I feddwl ein bod wedi gwirfoddoli i ddod yma,' meddai Hen Walia.

Wyddai neb yn iawn o ble fasa'r bwyd yn ymddangos ond roedden nhw'n byw mewn gobaith. Yn y man, fe ddaeth mewn tuniau mawr. Doedd dim modd dweud beth ydoedd, rhyw lobscows dyfrllyd efo ceirch, a the mewn tun cyffelyb. Roedd pob milwr yn gyfrifol am ei gyllell a'i fforc a'i lestri ei hun.

'Dydw i ddim yn medru teimlo 'nhraed,' meddai Alwyn Angal.

'Dydan ni'm yn tynnu dillad ni i fynd i gysgu 'sti,' meddai Chwech fel petai'r ffaith newydd wawrio arno. 'Jest mynd i gysgu fel 'ydan ni.'

'Dyna sut mae'r chwain yn lecio'r drefn.'

Yn gwbl ddirybudd, goleuodd yr awyr a chyda sŵn annaearol, dechreuodd fwrw bwledi.

'Maen nhw wedi cychwyn, hogia,' meddai'r swyddog. 'Byddwch ar eich gwyliadwriaeth. A chofiwch – pennau i lawr.'

'Sut 'dan ni fod i saethu'r ffernols efo'n penna i lawr?' gofynnodd TreGo.

''Dan ni ddim yn ymosod heno – dyma sut mae hi ar noson gyffredin,' meddai un o'r milwyr eraill.

'Faswn i ddim yn lecio bod yma ar noson brysur 'ta,' atebodd TreGo.

Ni chysgodd yr un aelod o'r fataliwn y noson honno – doedd neb yn gwneud ar eu noson gyntaf yn y ffosydd. Doedd o fawr gwahanol i gysgu allan am hynny o gysgod oedd y tyllau yn eu cynnig.

'Dwi'n teimlo fel blydi cwningen,' meddai Chwech, 'efo andros o fferat fawr ar fy ngwartha.'

Chafodd neb gyfle i orffwys. Fe'u gosodwyd mewn rhes a dangoswyd iddynt ble'r oedd y gynnau a beth oedd pawb i'w wneud. Y pechod mwyaf oedd rhoi eu pennau uwchlaw'r ffos; byddai hynny yn gwarantu y caent eu saethu.

'Os oes rhaid i chi fod yng ngofal gwn, gwnewch yn siŵr fod rhan uchaf eich corff yn y golwg. Mae'n well i chi gael bwled yn eich corff nag yn eich pen.'

Safodd Gwilym yn ei unfan, ei nerfau wedi eu hymestyn i'r eithaf. Am ennyd, roedd popeth yn dawel. Eithriad oedd seibiant rhag y gynnau yn y nos, ond wrth i'r wawr dorri, distawodd y saethu rhyw gymaint.

PENNOD 11

Hen amser annifyr oedd gwawr a machlud. Dyma'r adegau mwyaf tebygol i ymosodiad ddigwydd. Daeth milwr o amgylch i roi joch o rŷm i bawb. Doedd Gwilym ddim yn yfwr mawr, ond derbyniodd y ddiod yn awchus a chafodd bleser o'r teimlad poeth a lenwai ei ymysgaroedd.

'Stwff da,' meddai'r milwr wrth ei ochr. Dyna pryd y gwawriodd ar Gwilym nad oedd wedi cysgu winc drwy'r nos. Yn raddol y sylweddolodd na allai deimlo ei draed oherwydd yr oerni a dechreuodd ddatod ei gareiau.

'Chei di ddim tynnu dy sgidiau,' meddai ei gymydog wrtho, 'neu fyddi di ar *report*.' Wrth gwrs, roeddent wedi cael eu rhybuddio ganwaith, dim newid dillad o gwbl ar y Ffrynt. Byddai'n cymryd amser iddo ddygymod â'r mân reolau.

'Oer ydi 'de?'

'Mae yna sôn eu bod am gael siacedi gwlân inni, ond mi fydd hi'n wanwyn arnyn nhw'n cyrraedd 'debyg,' meddai'r soldiwr yn rhwystredig.

'A beth am drydydd pâr o sanau?'

'Ddyliet ti roi camffor ac oel morfil arnyn nhw – dyna'r unig ffordd o'u cadw'n iach.'

Gwelodd Gwilym siâp cyfarwydd yn dod tuag ato.

'Be' ti'n da yn fan hyn, Chwech?'

'Dod rownd i weld hen ffrindiau ia. Gei di symud rŵan, y soldiwr pren uffar– mae'r amser gwaetha drosodd, co. Mae 'na *inspection* gynta meddan nhw, wedyn 'dan ni'n cael brecwast, ia.'

'Sut noson gefaist ti?'

'Diawchedig. Ro'n i mor oer â chorff mewn arch, myn diawl.

133

Ond maen nhw'n deud mai'r gyntaf ydi'r waethaf.'

Ni allai Gwilym ddychmygu amgylchiadau gwaeth na hyn. Robert oedd enw'r milwr wrth ei ochr a chawsant rannu sigarét cyn i'r swyddog ddod i'w harchwilio. Hyd yn oed yn y ffosydd, roedd yn rhaid i bawb ymddangos yn drwsiadus gyda phob plyg yn ei le, a helmed ar bob pen. Daethant o hyd i'r *latrines* – estyll pren uwchben tyllau dwfn, a'r drewdod mwyaf dychrynllyd yn dod ohonynt. Doedd dim dŵr i ymolchi ynddo, ond roedd hynny'n beth cyffredin, yn ôl y sôn.

Wrth i bawb ymlacio, cerddodd Gwilym i fyny'r lein a dod ar draws Hen Walia. Wrth iddo gerdded, sylwodd fod y sachau tywod wedi eu gosod i lunio cysgodfeydd bob yn hyn a hyn, ac yno yr oedd rhai o'r milwyr wedi ymgynnull.

'Sut aeth hi, Hen Walia? Dwi newydd weld Chwech.'

'Mae Chwech yn ein hel ni i gyd at ein gilydd, dwi'n meddwl fod ganddo fo hiraeth. Mae hi'n uffernol yma 'tydi? Fasa Mam yn cael ffit, 'tase hi'n 'y ngweld i.'

'Fedri di ddim cyfleu hyn i neb. Mae'n rhaid i ti weld y lle i'w gredu o.'

'Edrych, dyma'n brecwast ni'n cyrraedd.'

Roedd dau filwr yn cludo tun anferth rhyngddynt â'i lond o de. Roedd y tun wedi ei lapio mewn gwellt o fewn bocs i geisio ei gadw'n gynnes. Byddai pob un yn dal ei gwpan a'r soldiwr yn arllwys cynnwys y tun iddo. Tu ôl, roedd dau arall efo basged fawr o fara sych. Yn amlwg, roedd cael pryd cynta'r dydd yn achlysur mawr.

'Ydi dy gwpan gen ti, Hen Walia?'

'Dyma hi . . . Iechyd, faswn i ddim yn galw hon yn baned boeth, chwaith . . . '

'Dwi'n clywed blas petrol arni.'

'Be' ti'n 'ddisgwyl?' gofynnodd un o'r milwyr oedd yn gweini, 'hen dun petrol ydi o. Braidd yn brin o debotiau ydan ni!' a chwarddodd pawb.

'Gesh i rým – am y tro cyntaf,' meddai Gwilym.

'A finna – dwi'n meddwl ddo'i i lecio hwnnw.'

'Ti'n cael joch arall gyda'r nos.'

Y dasg gyntaf y bore wedyn oedd sgwennu ewyllys. Doedd neb yn siŵr p'un ai credu'r stori hon ai peidio, ond pan ddaeth y swyddog o amgylch gyda'r papurau ewyllys swyddogol, sobrwyd pawb.

'Ddyliech chi fod wedi llenwi'r rhain ers tro,' meddai, 'mi gewch chi hanner awr.'

'Sut ydan i fod i'w llenwi?' gofynnodd Twll yn ddiglem.

'Ti'n rhestru dy eiddo a datgan dy fod yn ei adael i dy rieini, neu bwy bynnag wyt ti isio,' eglurodd Gwilym. Nid dyna oedd problem y creadur.

'Sgen i ddim byd i'w adael,' cyfaddefodd Twll, ''blaw bocs baco – yr un gaethon ni gin y Brenin.'

'A chaethon ni'm byd gan y diawl wedi hynny. A ninna'n hogia dre!'

'Dwi'n mynd i adael fy mocs i 'mrawd fenga i, ia,' meddai Chwech.

Roedd gan Gwilym gywilydd cyfaddef beth oedd ganddo mewn cymhariaeth â Chwech.

'Ti isio fy sanau i?' gofynnodd Alwyn Angal i Hen Walia.

'Does 'na'm pwynt gadael petha i'n gilydd, oes 'na Gwilym?'

'Dim . . . dim os byddan ni i gyd yn marw efo'n gilydd . . .'

'Wnawn ni ddim siŵr,' meddai Twll, 'Gymra i dy sanau di, Angal.'

'A gymra i dy faco a beth bynnag sy'n weddill, co – os nad oes neb arall isio fo,' meddai Chwech.

'Dwi wedi cael syniad gwell,' meddai Bwgan. 'Os oes un ohonon ni'n marw, 'dan ni'n gallu rhannu bob dim sydd gennym ni rhwng gweddill yr hogiau i gyd efo'i gilydd. Mae hynna'n decach.'

'Paid â siarad drwy dy het, Bwgan. Sut ti'n rhannu pâr o sanau rhwng wyth?'

'Ôl reit, bob dim ond sanau 'ta,' meddai Alwyn Angal, a setlwyd ar hynny.

135

Daeth y swyddog o amgylch i gasglu'r papurau ewyllys fel petai'n cymryd archebion am fwyd. Ond roedd rhywbeth wedi digwydd i'r bechgyn. Roedden nhw wedi eu gorfodi i sylweddoli difrifoldeb eu sefyllfa. Doedd neb eisiau siarad, hyd yn oed y rhai mwyaf parablus, a suddodd pawb i'w fyd ei hun.

Eu gwaith y bore cyntaf oedd cario deunydd i'r storfa. Roedd trefn fanwl ar bopeth – *ammunition* mewn bocsys, *grenades*, weiren bigog, sachau tywod, *duckboards*, tuniau dŵr a rasions y diwrnod canlynol. Yr oedd un swyddog yn cyfrif popeth yn un pen ac un arall yn eu cyfrif y pen arall.

'Fatha 'tasen ni isio dwyn unrhyw beth,' meddai Twm 'Raur. 'Be' ydi'r ysfa fawr i ddwyn *grenades* neu fwledi, wn i ddim.'

Bwyd oedd yr unig demtasiwn i ddwyn. Yr oedd Gwilym a'r hogiau eraill ar eu cythlwng. Pan ddaeth hi'n storm o law amser cinio, cawsant eu gwlychu at y croen, a byddai pob un wedi gwneud unrhyw beth am gael newid ei ddillad o flaen tanllwyth o dân a chael pryd poeth o fwyd. Roedd amgylchiadau'r barics yn nefoedd o'u cymharu â'r Ffrynt. Yn y p'nawn, bu cyfle i orwedd ar y llawr a cheisio cael tamaid o gwsg, a disgynnodd Gwilym i drwmgwsg. Roeddent wedi gwasgu i mewn i gysgod rhwng y sachau tywod, ac aeth dwy awr heibio mewn anwybod pur. TreGo ddaru darfu ar bethau.

'Dydw i'm yn aros yn fan hyn!'

'Dos nôl i gysgu, TreGo.'

'Mae 'na llgodan fawr yma!'

Parodd hyn beth cythrwfl. Tynnodd TreGo ei gyllell a cheisio ei dal, ond roedd y llygoden yn rhy chwim iddo. Aeth TreGo i rywle arall i orffwys, ond roedd wedi tarfu ar y criw, a beth bynnag, roedd hi'n tynnu at ganol p'nawn, a'r sarjant efo gwaith ar eu cyfer.

'Hughes ac Owen – chi sydd ar patrôl heno – reportiwch i'm bloc am naw.'

'*Yes, sir!*' meddai'r ddau, heb y syniad lleiaf beth oedd o'u blaenau.

'Wyt ti wedi darllen y lol yma?' gofynnodd Hen Walia, gan gyfeirio at y llyfryn *The Trench Routine*.

'Naddo,' cyfaddefodd Gwilym, 'dwi wedi cael llond bol ar reolau. Rydw i'n cael gwaith cofio'r rhai presennol heb sôn am ymrafael â mwy.'

'Rheol ugain – gwranda ar hyn. Ti ddim yn cael gwisgo cap na mwffler pan wyt ti ar batrôl yn y nos.'

'Be'? Mae'n oerach yn nos na'r un adeg arall.'

'Rhag ofn i ti fethu clywed *"enemy guns"*. *"Soldiers must be vigilant at **all** times . . . "* '

Rheol 21 – Chei di ddim newid dy ddillad. Rheol 22 – Chei di ddim cysgu, ar boen dy fywyd.'

'Welson ni hynny neithiwr.'

' *" . . . The first relief is forbidden to sleep in the hour prior to taking over. The second relief may sleep. It must be ensured that all rifles should have a round in the chamber, with safety catch on and bayonets fixed . . . "* Fasat ti wrth dy fodd efo hwn, Gwilym.'

'Be' mae hynny i gyd i fod i feddwl?' gofynnodd Alwyn Angal.

'Chei di ddim cysgu awr cyn i ti fod ar batrôl. Wedyn mae'n rhaid i ti wneud yn siŵr fod bwledi yn dy wn di.'

'Synnwyr cyffredin ydi hynny.'

'Ti'n iawn, Bertie Bwgan.'

Aeth Hen Walia yn ei flaen. ' *"The chief problem to be faced in the ordinary routine of trench work is to ensure that the maximum amount of work is done daily toward the subjection and annoyance of the enemy and the improvement of the trenches, consistent with the necessity of every man to get a proper amount of sleep."* '

'Hôps mul mewn Grand Nasiynyl,' meddai Gwilym.

'Be' oedd hynna i gyd?'

'Hitia befo, Bwgan.'

Nid Gwilym a Hen Walia oedd yr unig rai i fynd ar batrôl y noson honno. Roedd tua deg o filwyr wedi eu dewis i gyd, pob un gyda swyddogaeth wahanol. Roedd rhai i fod i fynd i wrando, eraill i fod i ymosod os yn bosibl, eraill i drwsio'r weiren a'r pyst. A rhaid oedd gwneud popeth mewn tawelwch llethol.

Gwrando oedd Gwilym a Hen Walia i fod i neud, gyda Henderson, swyddog go brofiadol. Gwrando oedd un o'r tasgau peryclaf gan y golygai groesi Tir Neb a mynd mor agos â phosib at linell y gelyn. Yr oeddent i gludo cyn lleied â phosib rhag tynnu sylw, ond golygai hyn eu bod yn ddiamddiffyn iawn. Nes i'r awr ddod, yr oedd y ddau ohonynt ar bigau drain, ond llusgo wnaeth yr amser nes peri tyndra annioddefol. Smociwyd pob llwchyn o faco oedd rhyngddynt, ac ni wyddent sut y byddent yn para tan ddiwedd yr wythnos. Falle na fyddent fyw i weld ei diwedd. Cafodd Hen Walia gyngor i dduo ei wyneb, ond cyndyn i wneud hyn oedd Gwilym.

'I ba ddiben? Welith neb mohonon ni a hithau'n dwllwch dudew.'

'Fydd hi ddim yn dywyll unwaith mae'r *Very lights* yn cael eu tanio.'

Aros ac aros, dyna'r cyfan y gallent ei wneud. Yn y diwedd, dywedodd Henderson ei bod yn bryd mynd drosodd. Yr oedd sŵn ffrwydradau a bomiau i'w clywed yn gyson, ac unwaith y byddent yn mynd drosodd, ni welai Gwilym fod ganddynt rithyn o obaith.

'Arhoswch ar eich stumog – drwy gydol yr amser,' rhybuddiodd Henderson. Os codwch eich pen, 'dach chi mewn peryg o'i golli. Sleifiwch gystal ag y medrwch . . . a chadw eich clust ar y ddaear . . . Os ydi un ohonon ni'n cael ein taro – gadwch iddo. Mae'n well colli un milwr na dau. Y peth pwysig ydi – peidio colli nerf.'

Digon hawdd oedd deud hynny. Bu bron i Gwilym golli ei nerf y funud y dringodd allan o'r ffos. Er ei fod â'i wyneb ar y llawr, teimlai yn gwbl ddiamddiffyn. Cadwodd tu ôl i Henderson a gadael iddo fo arwain y ffordd. Ond cyn pen dim, roedd weiren bigog ar draws eu llwybr. Diflannodd Henderson i rywle, ond gwyddai fod Hen Walia yn dyn wrth ei sodlau. Dyna pryd ddaeth y *Very light* cyntaf. Goleuodd yr wybren, a rhoddodd Gwilym ei ddwylo dros ei ben mewn dychryn. Mae'n rhaid fod pob Jyrman wedi ei weld bellach, a hithau mor llachar. Rhyw dri chan llath o'i flaen, roedd Henderson yn tynnu ei hun fel madfall afrosgo. Rhaid oedd mynd yn ei flaen.

Dyna pryd y gwelodd Gwilym ef. Wrth dynnu ei hun drwy'r mwd, gafaelodd mewn boncyff llydan, a sylweddoli mai coes rhywun ydoedd. Rhewodd yn ei unfan. Roedd rhywbeth wedi cnoi'r esgid, ac roedd golwg ddychrynllyd ar y peth. Rhwystrodd ei hun rhag ebychu'n uchel, a rhoddodd ei ben yn y mwd.

Gymaint ydoedd ofn cyffwrdd mewn rhan arall o'r corff, symudodd yn ei flaen ar fyrder. Wedi hynny, collodd bob gallu i ganolbwyntio. Ni wyddai ble yr oedd na ble yr oedd i fynd. Wyddai o ddim beth oedd o i fod i'w wneud. Y cyfan a wyddai oedd ei fod ar ganol Tir Neb rhwng dwy fyddin a bod bwledi a bomiau yn sbydu uwch ei ben. Ymlaen, yn ei flaen, rhaid oedd mynd ymlaen.

Roedd Hen Walia yn ei oddiweddyd, ac roedd yn cael ei adael ar ôl. Yn ei flaen, yn ei flaen . . . Teimlai ei wynt yn byrhau. Ystyriodd aros yn ei unfan a gadael i'r gwaethaf ddigwydd, ond yna, fe'i dychrynwyd gan ergydion yn tanio gerllaw a symudodd i gysgod . . .

Rat-tat-tat . . . Rat–tat-tat, clywai wn cyflym yr Almaenwyr yn curo yn ddi-baid. Gwasgodd ei hun i'r ddaear a rhoi'r helmed yn dynnach am ei ben. Pe gallai arbed ei benglog, byddai'n 'o lew . . . Rat-tat-tat, fuo rioed cymaint o ofn arno. Roedd Henderson a Hen Walia wedi dod i stop.

Oedden nhw'n iawn? Gawson nhw eu taro? Oedd o ar ei ben ei hun? Dychrynodd Gwilym y tu hwnt i bob rheswm. Yn ei feddwl, gwelodd lun o rosyn yn berffaith glir. Gallai weld pob petal, gallai weld y gwlith arno, gallai ei arogli. Roedd o eisiau byw, eisiau bod, eisiau teimlo. Canfu ei hun yn wylo'n hidl a chladdodd ei wyneb yn y ddaear.

Pan gododd ei ben wedyn, roedd Henderson a Hen Walia yn symud, ac yna'n symud tuag ato. Roeddent yn dod yn eu holau. Llamodd ei galon a throdd yntau yn ôl. Yn araf, yn dawel, ond yn benderfynol iawn, ymlwybrodd ei ffordd yn ôl i'r ffos. Fuo fo erioed mor falch o gyrraedd unman. Roedd o'n dal yn fyw. Y peth cyntaf wnaeth y milwyr oedd gwthio sigarét iddo, a sugnodd y mwg melys i'w ysgyfaint . . .

Roedd Henderson yn gandryll.

'Be' haru ti yn cadw tu ôl i ni, y cachgi bach? Roeddet ti'n ein rhoi mewn peryg marwol. Pa fath o soldiwr wyt ti?'

'Sori syr.'

'Oes gen ti unrhyw eglurhad?'

'Doeddwn i ddim yn siŵr beth i'w wneud syr.'

'Cadw wrth fy sodlau i – neu a oedd hynny'n gofyn gormod?'

'Nac oedd, syr.'

'A wnest ti ddim edrych ar dy gwmpawd unwaith!'

Dyna'r tro cyntaf i Gwilym gofio am ei gwmpawd. Aeth y swyddog yn ei flaen gan ddweud i'r fenter fod yn gwbl ofer, ac y byddai'n rhaid iddynt ddychwelyd. Fyddai Gwilym byth eto yn cael dod ar y patrôl gwrando.

'Hitia befo, Gwilym. Wyt ti'n iawn?'

'Ydw, wedi cael dipyn o ysgytwad, dyna'r cwbl.' Soniodd o 'run gair am weld y corff, a'r ofn a'i parlysodd.

'Dydi o ddim mymryn o ots na chaf fynd ar y patrôl eto,' meddai'n eofn.

'Gwylia di – mi fyddant yn rhoi joban waeth i ti fatha trwsio'r weiren, neu osod pyst yn Nhir Neb – dim ond er mwyn dial arnat.'

'Fedr dim fod yn waeth na'r hyn welais i heno – dim.'

Doedd Hen Walia ddim mor siŵr. Aeth y ddau i orwedd ar yr ochr a syrthiasant i gysgu'n syth. Yr unig beth o bwys i Gwilym y funud honno oedd ei fod wedi goroesi.

Roedd deffro ar y Ffrynt yn brofiad cwbl unigryw. Fyddai Chwech byth yn cofio lle'r oedd o, ac yna byddai'n ymwybodol fod ei gorff yn amddifad o wres. Ei ofn mawr oedd marw o oerfel yn ei gwsg. Roedd o wedi clywed am filwyr yn marw felly. Doedd ganddo ddim ofn y llygod cymaint â'r lleill, ond roedd ganddo ofn mynd yn sâl. Tra oedd o mewn iechyd go lew, doedd dim yn pryderu Chwech yn ormodol. Cafodd fagwrfa ddigon caled i wybod sut oedd cadw corff ac enaid ynghyd. Cofiodd fod Gwilym a Hen Walia wedi eu gyrru i Dir Neb y noson gynt.

'TreGo . . . Ydi Gwil a Hen Walia yn iawn?'

'Mi ddaethon nhw'n ôl ond fuo bron i Gwilym gael ei roi ar *report.*'

'Mi a' i weld sut ma'r hen go . . . '

'Chwech! Gad lonydd i Gwilym bore 'ma. Mae o reit isel.'

'Fydd Chwech fawr o dro yn codi ei galon o.'

'Chwech! Gad iddo fo, jest am bore 'ma.' Weithiau, roedd angen bod yn bur llawdrwm ar Chwech.

'*Stand to!*' gwaeddodd y sarjant, ac aeth y milwyr ar y silff i sefyll am awr. Hanner awr cyn iddi wawrio oedd yr amser peryclaf, felly roedd gofyn iddynt oll sefyll am awr ar *Stand To* yn y bore a *Stand Down* gyda'r machlud. Roedd hi'n hen orchwyl diflas. Yr ail fore, yr oedd dŵr ar gael, a gwnaeth y milwyr eu gorau i eillio a molchi. Rhaid oedd i bawb ddefnyddio'r un dŵr, a phrin ei fod yn gwneud unrhyw un yn lanach. 'O leia 'dan ni'n symud y baw o gwmpas,' meddai Twll.

'*Inspe-ction!*' gwaeddodd y sarjant wedyn, a brysiodd pawb i sefyll mewn rhes gyda'u gynnau er mwyn i'r swyddog gael eu harchwilio. Teimlai Hen Walia fod rhywbeth trist am bobl a ystyriai drefn a thraddodiad mor bwysig fel bod yn rhaid glynu atynt ar y Ffrynt. Siawns nad oedd y sefyllfa yn ddigon enbyd iddynt oll gael eu trin yn gydradd a chymryd cyfrifoldeb dros eu harfau eu hunain? Ond roedd y rwtîn yn nodweddiadol o'r Fyddin. Weithiau, teimlai'r milwyr mai'r unig beth oedd yn bwysig i'r swyddogion oedd cynnal yr hen rigmarôl. Eilbeth oedd gofalu am y milwyr. Nid y gynnau oedd yr unig bethau a gâi eu harchwilio, roedd angen edrych ar draed pawb rhag '*trench foot*', edrych ar eu sanau, eu helmedau nwy a'u hoffer cymorth cyntaf.

Aeth Gwilym drwy'r bore hwnnw fel un mewn breuddwyd. Ni allai deimlo dim byd, a'r cyfan a wnâi oedd dilyn cyfarwyddiadau. Ei dasg fwyaf oedd peidio ag ail-fyw y noson flaenorol drosodd a throsodd yn ei feddwl. Doedd o ddim eisiau meddwl – dim ond gwneud yr hyn oedd yn rhaid iddo ei wneud. Yn ffodus, doedd dim prinder gwaith. Ei orchwyl y bore hwnnw oedd gwagio'r toiledau, a diau fod gan Henderson rywbeth i'w wneud â hynny. Roedd yn rhaid iddo wagio'r bwcedi piso a mynd â'r carthion i fan arall. Doedd dim gwahaniaeth gan Gwilym. Dyma oedd y Fyddin. Doedd o'n haeddu dim gwell, ond o leiaf roedd o'n fyw.

'Iawn, Gwil?' meddai TreGo, a nodiodd ei gyfaill. 'Cymer bethau'n dawel heddiw, dyna'r unig gyngor sydd gen i. Smôc?'

'Diolch.'

'Ar *cleaning duty* ydw i bore ma – gredi di?'

'Sut gebyst mae rhywun yn llnau rhywle fel hyn?'

'Dwi'n gwaredu rhag heno 'ma. Wn i ddim sut i fynd drwyddi,' cyfaddefodd Gwilym. 'Munud neith hi dywyllu, fydd neithiwr i gyd yn dod yn ôl i mi.'

'Ti isio mi drio cael joban inni efo'n gilydd? Fedra i gadw llygad arnat wedyn.'

'Fasa ots gen ti? Dwi wedi colli hyder braidd.'

'Dallt yn iawn, Gwilym.'

'Wyddost ti beth sydd gen i ei ofn fwyaf? Ofn colli 'mhwyll. Ofn troi 'run fath â'r gwallgofddyn welson ni ar y ffordd yma. Mae'n siŵr ei fod o'n hollol iawn cyn dod yma . . . '

'Pethau brau ydan ni. Dan yr iwnifform 'ma, rhyw bethau digon gwantan ydan ni i gyd.'

'Fydd rhaid i mi galedu os dwi'n mynd i allu byw trwy hyn . . . '

'Maen nhw'n ein gorfodi ni i galedu, Gwil.'

'Ond dydw i ddim eisiau iddyn nhw gael rhwydd hynt efo mi. 'Tasen nhw'n cael eu ffordd, fasa 'na ddim dynoliaeth yn perthyn inni. Fasa gynnon ni ddim teimlad at affliw o ddim. Erbyn i'r Fyddin orffen efo fi, ddim fi fy hun fyswn i!'

'Dyna pam mae'n rhaid i ni drio cynnal ein gilydd. Dyna'r cwbl sydd gen i ar ôl – ti, Hen Walia, Twm 'Raur, Chwech, Alwyn Angal, Bwgan, Twll – y criw. Jest bod efo chi sy'n bwysig. Mi fyddwn i'n ymddiried fy mywyd i chi gyd, ac yn gwybod y byddech chi'n mentro'ch bywydau drosta i. Os colla i chi, fydda i wedi colli bob dim. Affliw o ots gen i am y blydi rhyfal.'

'Diolch i ti, faswn i'n teimlo lot gwell o gael bod efo ti heno 'ma.'

'Dwi'n gaddo dim, ond mi dria i 'ngorau.'

Trefnodd Chwech fod criw Cofis yn dod ynghyd adeg prydau bwyd, a daethant i swatio gyda'i gilydd yn un o'r tyllau sachau tywod.

'*Dinner is severed!*' gwaeddodd Chwech, 'Pawb i fod yn barod efo'i *cutlery*, ia. *Waiter sevrice* ar ei ffor'!'

'*Coming your way, Sixpence!*' gwaeddodd y milwyr eraill. Roedd pawb wedi cymryd ato, ac yn gwerthfawrogi cwmni rhywun a allai godi calon.

'Be' sydd ar y *menu*, hogia?'

'*Bully-beef stew and bread for you, just for a change!*' meddai'r milwr, a chyda lletwad fawr, rhannwyd y cinio ymhlith y platiau.

'Te! Pawb â'i gwpan, co! Te sbesial – *Esso brew* . . . Pawb yn ei dro!' ac yn wir, roedd Chwech yn llwyddo i gael y drefn ryfeddaf arnynt.

Edrychodd Gwilym arnynt i gyd yn llowcio eu bwyd ac yn ei fwynhau. Doedd fawr o flas arno, ond roedd o'n fwytadwy, a byddai digon o fara i'w llenwi ar ei ôl. Roedd Chwech a Twll yn bwyta'n well nag yr oeddent adref. Cyfaddefodd Chwech na fyddai byth yn cael tri phryd adre.

'Oedd hi'n ryff neithiwr, hogia,' meddai Twm 'Raur. 'Dwi'n synnu fod gan y Jyrmans *ammunition* ar ôl, ffordd maen nhw'n tanio atom ni.'

'Mae'n anodd cysgu yma, 'tydi?' meddai Alwyn Angal.
'Dydw i rioed wedi bod mor oer . . . Ac mae'r chwain ma'n
rhemp. Oes rhywun arall yn crafu, neu jest fi sy'n anlwcus?'

'Ti sy'n anlwcus,' meddai TreGo, yn tynnu ei goes.

'Mae'n rhaid nad wyt ti'n molchi'n iawn.'

'Does dim posib molchi'n iawn yma.'

'Na siafio.'

'Ti wedi sylwi ar ambell un yn cadw dipyn bach o de ar ôl,
ac yn defnyddio hwnnw i siafio!'

'Fedra i ddim dod i arfer cysgu yn fy nillad,' meddai Bwgan.

'Mae dillad yn iawn – y gweddill ydi'r aflwydd. Sut wyt ti
fod i gysgu efo rownd o *ammunition* am dy ganol?' gofynnodd
TreGo.

'A ti'n troi ar dy ochr, a mae dy raw di am dy gefn, neu dy
botel ddŵr wrth dy stumog! A ti'n gorfod cadw dy wn wrth
law!'

'Gath rhywun ei daro neithiwr?'

'Naddo – ddim yn fan hyn. Ond roedd sôn ei bod hi'n
ddrwg iawn yn is lawr. Pump wedi eu lladd a lot wedi eu
hanafu.'

'Oeddach chi'ch dau yn iawn?' gofynnodd Bwgan mwya
sydyn, 'chi oedd yr unig rai orfu fynd drosodd 'te?'

'Oedd hi'n iawn 'sti, ddaru ni ddim lot o ddim byd, – 'mond
gweld sut oedd y gwynt yn chwythu,' meddai Hen Walia.

'Fedrwch chi weld ffosydd y Jyrmans?' gofynnodd Twll.

Roedd TreGo yn trio meddwl sut i droi trywydd y sgwrs,
rhag styrbio Gwilym.

'Fedri di weld eu lein nhw'n glir. Dydio fawr o ffordd,'
meddai Hen Walia.

'Rhagor o de, hogia G'nafron?' meddai Chwech dros bob
man.

'Beth sydd gen ti i ni, tebot cawr a jwg o lefrith?' a
chwarddodd pawb.

''Dan ni'n fod i gael *delivery*, soniodd rhywun.'

'Pryd?'

'Falle daw rywbeth cyn nos. Gawn ni gysgu yn p'nawn, felly mi aiff yr amser yn gynt.'

'Rhywun i fod ar patrôl rhag ofn daw postmon!'

Glanhaodd y bechgyn eu platiau gyda'r bara, a setlo i gysgu orau gallent. Byddai tawelwch yn dod dros y lle cyn pedwar y p'nawn er bod gofyn cael rhai'n gwylio hyd yn oed yr amser hynny. Ond tawel oedd hi ar y cyfan. Fel dywedodd rhywun, 'Rhaid i hyd yn oed Jyrmans gysgu rywbryd.'

Mi ddaeth llythyrau yn hwyr yn p'nawn, a chododd hyn galon pawb. Cafodd Gwilym lythyr gan ei dad yn adrodd hanes G'narfon a sut oedd pethau adref. Roedd hi dipyn gwell ar Dafydd a Hannah wedi'r Tribiwnlys, ac fe fu'n wythnos ysgafn o ran colledion. Roedd ei dad fel petai'n dechrau dod i delerau gyda bywyd unwaith eto. Llythyr gan y gweinidog oedd y llall, llythyr digon ffurfiol, ond roedd yn dda ei gael. Byddai'r rhai oedd wedi bod yn ffodus yn rhannu eu newyddion gyda'r rhai llai ffodus. Fe fu Bwgan yn disgwyl llythyr yn ofer ers hydoedd.

'Siop Mr Nicholson wedi mynd ar dân wythnos dwytha,' meddai Alwyn Angal. 'Criw o lafnau lleol yn cael y bai.'

'Hen Mrs Roberts London House wedi marw.'

'Jac Pari wedi gorfod listio.'

'Dwi'm isio'r cythral Jac Pari yn agos i fan hyn!' meddai Chwech. 'Os gwela i ei wep hyll o, fyddai'n joinio'r Jyrmans i gael esgus i'w saethu!'

'Be' nath Jac i ti felly?'

'Mae o wedi rhoi stid i mi fwy nag unwaith, co. Deud 'mod i'n dwyn ei lerfith o.'

'Mi oeddat ti'n dwyn ei lefrith o,' meddai Twll.

'Doedd gan y co ddim rhithyn o brawf o hynny, nac oedd!'

Gwrandawodd Gwilym arnynt. Roedd eu sgwrs mor gyffredin a naturiol fel ei bod yn anodd credu eu bod mewn ffos yn Ffrainc.

Ni thywyllodd tan wedi naw y noson honno, a chafodd

TreGo air efo'r swyddog. Daeth yn ôl efo'r newydd da nad oedd raid iddo ef na Gwilym fynd dros y top y noson honno. Roedd Hen Walia am gael seibiant hefyd.

'Oes rhywun arall yn gorfod mynd?'

'Neb o criw ni, dwi'm yn credu. Mae gennym ni siawns o gael chydig oriau o gwsg os 'dan ni'n lwcus – os na fydd raid inni fod ar patrôl.'

'Fedar neb gysgu mewn oerfel fel hyn.'

'Fedrwn ni roi cynnig go lew arni.'

I geisio cael cymaint o wres â phosib, closiodd y bechgyn at ei gilydd i gysgu. Roedd tua hanner dwsin ohonynt yn swatio, pan ddechreuodd rywun anesmwytho.

'Hoi! aros yn llonydd wnei di? Pwy sydd fel cnonyn yn fan'na?'

'Methu stopio cosi ydw i,' meddai llais Alwyn Angal

'Ti 'di cael dôs waeth o chwain na neb arall, co! Mae chwains Ffrensh yn llwglyd.'

'Dim chwain ydi'r broblem, 'nhraed i sydd wedi chwyddo.'

Bwgan ddaru godi i'w helpu. Perswadiodd Angal yn y diwedd i dynnu ei esgidiau a'i sanau, ac yng ngolau matsien edrychodd arnynt. Gwelodd Bwgan yr hyn yr oedd yn ei ofni. Roedd un droed wedi chwyddo'n ddrwg, ac roedd y croen yn goch a thyner.

'Mae dy draed di'n wael,' meddai, 'fydd rhaid i ti gael eu trin nhw.'

'Mae hon yn annioddefol. Oedd hi'n ddrwg echdoe, mae hi seithgwaith gwaeth rŵan. Llosgi mae hi.'

Roedd Bwgan yn amau bod y drwg wedi treiddio i mewn eisoes. Roedd traed gwael yn broblem gyson efo'r milwyr. Roedd sefyll am hydoedd mewn ffosydd efo dŵr at eu pennau gliniau yn bownd o wneud drwg i draed unrhyw un. Yn yr achosion gwaethaf, byddai'r droed yn dechrau pydru a gangrin yn cychwyn.

'Fedri di aros tan bore?' gofynnodd Bwgan.

'Na fedra, mae hi fel 'tase hi ar dân. Dwi ofn iddi fynd yn ddrwg.'

'Well i ti fynd i'r lle Cymorth Cyntaf 'ta – wyt ti isio i mi ddod efo ti?'

'Na – rhag ofn i rywun roi ti ar *report*. Fydda i'n iawn fy hun.'

'Ôl reit – ond os ydyn nhw'n dy gadw di yno, mi eglura i wrth y sarjant bore fory.'

'Ôl reit Bwgan, Hwyl.'

Yn y gwyll, gwelodd Bwgan Alwyn Angal yn rhoi ei esgid yn ôl, ac yn cerdded yn fynafus i lawr y rhes.

'Lle mae'r co wedi miglo hi, rŵan?' gofynnodd llais o'r gwyll.

'I lle Cymorth Cyntaf. Roedd golwg ddrwg ar ei goes o.'

'Creadur.'

'Roedd o ofn cael ei roi ar *charge* bore fory, dwi'n meddwl.'

'Am fod ei draed o'n wael?'

'Mae o'n *offence* 'tydi?'

'Rargol, 'dan ni'n lwcus bod ni'n cael anadlu yn y lle 'ma.'

Digon ysbeidiol oedd cwsg y bechgyn, a'r oerfel oedd y gelyn gwaethaf. Doedd y blancedi fawr o gysgod, a gwisgai'r mwyafrif hwy dros eu hwynebau rhag y llygod. Mewn amser, fe ddeuent i arfer â'r llygod a'r chwain, ond arhosodd yr oerfel yn eu hesgyrn drwy gydol y rhyfel. Roedd yn amhosib dygymod â hwnnw.

Deffrowyd y milwyr i gyd gan sŵn ffrwydro annaearol. Neidiodd pob un ar eu traed yn syth a gafael yn eu gynnau. Yng ngolau'r *Verys*, roedd dryswch llwyr yn y ffos, rhai yn tanio'r gynnau Lewis yn wallgof, eraill yn saethu dros y parapet, eraill yn rhuthro i geisio cymorth.

''Dan ni wedi cael ein hitio.'

'Be' ddylian ni neud?'

'Bod yn gefn i'r rhai sy'n saethu ar hyn o bryd ddeudwn i,' meddai TreGo.

'Lle mae'r swyddogions?'

'Mi ddown nhw'n ddigon sydyn.'

Ond doedd dim golwg o'r un swyddog. Roedd negeswyr yn rhuthro nôl ac ymlaen yn wyllt, ond roedd y rhan fwyaf o'r milwyr yn gwbl ddi-glem. Gwisgodd pawb eu helmedau a chael eu gynnau yn barod, ond doedd ganddynt mo'r hawl i saethu heb awdurdod.

'*Halt!*' meddai Henderson o'r diwedd.

'*Stand to!*' Safodd pawb ond y rhai ar patrôl yn erbyn y wal ac eglurodd Henderson fod yna ffrwydrad wedi taro'r ffos ymhellach yn ôl. Roedd peth difrod wedi ei wneud a rhai wedi eu clwyfo. Y dacteg orau fyddai cael dau set o batrôls wrth gefn. Gallai gweddill y milwyr orffwyso. Wedi'r fath gythrwfl fodd bynnag, doedd dim modd ymlacio, felly aros yn eu hunfan wnaeth y rhan fwyaf nes i'r saethu dawelu.

Daeth y wawr ar y diwrnod olaf, a gwyddai pob un y byddent wedi gadael y Ffrynt erbyn y nos. Wrth i'r rým ddod o gwmpas, cododd hwyliau pawb. Roeddent yn llawer mwy cartrefol yn awr nag oeddent ar y bore cyntaf ddeuddydd ynghynt.

'Edrych ar y llythrennau ar y jar, co – *SRD*,' meddai Chwech.

'*Service Rations Department*,' meddai'r milwr oedd yn ei gario, 'er mi wyddost be' 'di'r enw arall – *Seldom Reaches Destination!*'

'Go dda rŵan. Neu fasa fo'n gweithio'n Gymraeg. SRD – Sothach Rad Diawledig!'

'Iechyd da. 'Dan ni'n cael mynd o 'ma heddiw.'

Yn ystod *inspection*, galwyd enwau pawb a chofiodd Bwgan nad oedd wedi sôn wrth neb am Angal.

'Roberts! – H.A. Roberts!'

'*First Aid, sir.*'

'Does neb wedi cael caniatâd i fynd i *First Aid.*'

'Ganol nos aeth o syr, ei draed o'n ddrwg.'

Yn hytrach na mynd ymlaen i enw'r nesaf, aeth y swyddog

at y sarjant a sibrwd yn ei glust. Nodiodd hwnnw, a gadael yn syth.

Mawr oedd y trafod wedi hynny ymysg y Cofis.

'Angal 'di gneud hi rŵan.'

'Fydd o ar *report* rŵan, siŵr dduw . . . '

'Be' haru fo'n mynd ganol nos?'

'Oedd golwg ofnadwy ar ei draed, ac roedd o ofn y *foot inspection* yn bore.'

'Roedd o ar ei ben ei hun yn ystod y *raid* neithiwr felly,' meddai TreGo yn sydyn.

'Jest gobeithio ei fod o wedi cyrraedd y lle Cymorth Cyntaf mewn pryd.'

'Faint o amser cyn y bom yr aeth o?'

'Wn i ddim, nesh i ddisgyn i gysgu,' meddai Bwgan. 'Doedd o ddim am i neb fynd efo fo.'

'Gobeithio iddo ffeindio'i ffordd, mae o'n gallu bod yn un digon di-glem,' meddai TreGo.

'Fasa waeth iddo fo fod wedi aros tan bore.'

'Teimlo'n gas ei fod o'n styrbio'r gweddill ohonon ni oedd o 'debyg. Mi fasa hynny'n union fatha Angal, ia.'

Tra oeddent yn bwyta eu brecwast, daeth y swyddog atynt a holi beth oedd wedi digwydd i Angal.

'Does neb o'r enw yna yn y lle Cymorth Cyntaf.'

'Mae'n rhaid ei fod wedi gadael,' meddai Hen Walia.

'Ddaeth 'na neb o'i enw fo yn ystod y nos, chwaith.'

Edrychodd Hen Walia ar weddill yr hogia.

'Mae o dan amheuaeth o fod wedi ceisio dianc,' meddai'r swyddog.

'Alwyn Angal? Dydi o mo'r teip,' meddai'r hogia.

'Yng nghanol helynt neithiwr, does wybod beth sy'n dod dros ddynion. Mae o ar *report* beth bynnag, *on suspicion of dessertion.*'

'Syr.'

Camodd Bwgan ymlaen.

'Syr, fi oedd yr olaf i'w weld. Roedd o'n ddigon cloff yn

gadael ein lle ni. Dwi'n amau'n fawr os basa ganddo'r gallu i ddianc. Ofn cael ei roi ar *report* yn bore oedd o, oherwydd cyflwr ei droed. Mynd i'r lle Cymorth Cyntaf i gael rywbeth i leddfu ei boen oedd yr unig beth ar ei feddwl.'

'Mi wna i gais i weddill y ffosydd gael eu harchwilio.'

Ddwy awr yn ddiweddarach cafodd yr hogiau glywed i weddillion Alwyn Angal, sef ei gap a'i fathodyn, gael eu canfod yn ffos Nairn Street. Dyna lle trawodd y bom, ac mae'n rhaid fod Angal wedi ei ladd yn syth. Doedd Nairn Street ddim yn agos o gwbl i'r lle Cymorth Cyntaf.

'Ma' Angal 'di marw.'

Aeth y newyddion o'r naill filwr i'r llall ar fyrder. Ni allai criw Cofis gredu'r newyddion.

'Be' oedd o'n da mor bell i ffwrdd?' holodd Chwech.

'Colli ffordd ddaru 'rhen Angal, 'te?' meddai TreGo.

'Ti ddim yn meddwl mai *dessertion* oedd o felly?'

'Ydi ots?' meddai Hen Walia. 'Mae o wedi mynd, a dyna'r unig beth sy'n cyfrif.'

'Mae ots i'r Fyddin. Falle bydd o'n cael ei roi ar ei dystysgrif marw o.'

'Fasa gin Angal ormod o ofn dianc. Doedd o mo'r teip,' meddai Twm 'Raur.

'Difaru nad aethwn i efo fo dw i,' meddai Bwgan. 'Fasa fo ddim wedi mynd ar goll wedyn.'

A siarad a thrafod y buont am hydoedd, yn mynd i unman, ond yn teimlo ei fod yn well na dweud dim.

'Fydd rhaid sgwennu at ei rieni rŵan. Pwy fedr neud hynny?'

'Gwna di, Gwil, ti ydi'r giamstar efo geiriau.'

'Fedra i ddim.'

'Fydd rhaid i ti ffeindio rhywbeth i'w ddweud.'

'Dydi o ddim yn real. Dydw i ddim yn credu na welwn ni mohono eto. Roedd o mor ddifeddwl-ddrwg.'

'Roedd o'n cysgu yn ein canol ni neithiwr.'

''Neith o'm poeni am chwains eto.'

'Na thraed poenus.'

'Dwi'n cofio fo'n cynnig ei sanau i mi,' meddai Hen Walia. 'Doeddan ni fawr o feddwl ar y pryd . . . '

'Fydd 'na g'nebrwn rŵan, hogia?' holodd Chwech

''Toes dim byd i'w gladdu yn ôl y sôn, nagoes? Gafodd o'i chwythu'n ufflon.'

'Gobeithio na ddeudan nhw hynny wrth ei fam.'

Ysgrifennu llythyr at rieni Alwyn Angal oedd y dasg anoddaf gafodd Gwilym erioed. Roedd o'n eu nabod yn iawn, perchnogion tafarn Yr Angel, felly roedd hynny o gymorth. Er gwaethaf pob ymdrech, llythyr digon tila ydoedd yn y diwedd, yn brolio rhinweddau Angal ac yn dweud hogyn mor ddidwyll oedd o, ac mor fawr oedd y golled, fel llythyr gan weinidog yn hytrach na ffrind bore oes.

Ond fe wyddai ei rieni am ragoriaethau ei mab. Eisiau clywed ei fod o'n dal yn fyw yr oeddent hwy, ac ni allai wneud dim i beri i'r dymuniad hwnnw ddod yn wir. Y noson wedi'r llythyr, cafodd Gwilym freuddwyd am Alwyn Angal ac yr oedd o'n ôl yn eu mysg, yn union fel yr oedd o'r blaen. Daeth yn gafod o law, ac ymddangosodd dwy adain ar gefn Alwyn. Hedfanodd oddi wrthynt, allan o'r ffos, ymhell o'r Ffrynt, yn bell, bell i'r awyr. Roedd pawb yn rhedeg ar ei ôl yn gweiddi arno, ond roedd o wedi mynd. Dyna falch yr oedd o ddeffro, ond o wneud hynny, sylweddolodd fod Angal yn dal wedi marw ac na fyddai neb yn ei weld byth eto.

Colli Angal barodd y twll cyntaf yn rhwydwaith y ffrindiau, ond honno oedd y golled waethaf. Dyna'r tro cyntaf iddynt sylweddoli beth oedd perygl gwirioneddol. Os gallai ddigwydd i Angal, un o'r anwylaf yn eu plith, gallai ddigwydd i unrhyw un ohonynt.

Anfonwyd ei gap a'i fathodyn i dafarn Yr Angel yng Nghaernarfon ac yna, cyrhaeddodd y llythyr o gydymdeimlad 'gan Gwilym a'r hogiau'. Rhoi'r gorau i sôn am ymchwiliad wnaeth y swyddogion wedi'r cyfan.

Ni chynhaliwyd cynhebrwng, ac ni chynhaliodd yr hogiau

wasanaeth coffa gan nad oedd ganddynt syniad sut i wneud hynny.

PENNOD 12

'The King commands me to assure you of the true sympathy of His Majesty and the Queen in your sorrow. He whose loss you mourn died in the noblest of causes.

His Country will be ever grateful to him for the sacrifice he has made for Freedom and Justice'.

Viscount Kitchener, Secretary of State for War

Ers i'r llythyr gyrraedd bythefnos ynghynt, roedd Sarah Roberts o dafarn *Yr Angel* yng Nghaernarfon wedi darllen ei gynnwys ganwaith nes y gwyddai ef ar ei chof. Nid oedd erioed wedi cael neges gan y Brenin o'r blaen, ac ni ddisgwyliodd gael un byth. Yr oedd rhywbeth tlws yn y geiriau, megis cerdd, ac er na ddeallai bob gair, carai ailadrodd *'The King commands me to assure you.'* Roedd yn ei hatgoffa o'r Meseia. *'He whose loss you mourn . . . '* Llythyr wedi ei argraffu ydoedd, ac er bod miliynau yn cael eu hanfon, i Sarah Roberts, roedd yn llythyr unigryw. Byddai'n ei gadw am byth.

Derbyniodd Hannah lythyr gan Gwilym yn rhoi gwybod am farwolaeth Alwyn, a gwyddai y byddai'n rhaid iddi alw heibio Arthur a Sarah Roberts yn fuan. Yr oedd yn adnabod Alwyn ers pan oedd ef yn fachgen bach, a syndod iddi oedd ei fod wedi ymuno â'r Fyddin o gwbl. Ers deufis, roedd mab arall iddynt, Emrys, wedi cael ei anfon i Ffrainc.

Un prynhawn, gwyddai na allai ohirio'r gorchwyl yn hwy. Gwisgodd ei chôt ac aeth i gartref Mrs Roberts. Yr oedd Sarah Roberts yn falch o'i gweld a chafodd groeso cynnes. Y peth cyntaf a ddangosodd i Hannah oedd llythyr y Brenin. Nid oedd Hannah wedi gweld llythyr o'r fath o'r blaen.

153

'Dyma sut cawsoch chi wybod?' gofynnodd, wedi ei dychryn gan ffurfioldeb y llythyr.

'Naci – telegram gawson ni yn gyntaf. Wedyn daeth llythyr gan Gwilym chi. Wedyn daeth hwn. Dwi'n cadw'r cyfan efo'i gilydd. Mae Annie Pritchard yn deud eu bod yn anfon llun o'r bedd i ni hefyd.'

'Sut mae Arthur bellach?'

'Dydi Arthur ddim yn dda iawn – mi wyddoch sut mae o. Roedd Alwyn yn spesial ganddo.'

'A chithau?'

Gwenodd.

'Dydw i ddim yn credu'r peth wyddost ti? Gwirion ia? Dwi'n darllen y llythyr yma ganwaith bob dydd – a llythyr Gwilym – ond yn dal i fethu credu.'

'Mae hynny'n naturiol.'

''Toes dim wedi newid. 'Toedd o ddim yma o'r blaen, dydi o ddim yma rŵan. Mae o'n rhyfedd nad ydan ni wedi cael llythyr ganddo, ond dwi'n dal i feddwl amdano'n fyw.'

'Finnau hefyd.'

'Dim eisiau credu ydw i. Wyt ti eisiau gweld llythyr Gwilym? Llythyr da ydi o. Mae Gwilym yn hogyn peniog.'

Darllenodd Hannah lythyr ei brawd gan wybod faint a gostiodd iddo ei sgwennu. Roedd Gwilym wedi adrodd hanes y drasiedi yn fanwl, ac wedi rhoi cymaint o wybodaeth â phosibl.

'Doedd Alwyn ddim yn alluog fel gwyddost. Wnaeth o fawr ohoni yn yr ysgol. Ond sôn am hogyn annwyl . . . ' Dechreuodd grio. 'Welish i ddim hogyn anwylach. Doedd o ddim 'run fath â hogiau eraill.'

'Chi a'i magodd felly.'

'Wyt ti'n meddwl? Wn i ddim. Ond ches i rioed drafferth efo fo. Mi wnâi o unrhyw beth drostat.'

'Roedd Alwyn Angal yn lasenw da iddo.'

'Mi fydda fo'n gweithio yn ddygn yn fan hyn yn helpu Arthur, wedyn mi fydda fo yn gwneud rhyw gant a mil o fân gymwynasau i hwn a llall. Dyna oedd ei fyd o. Roedd o'n lecio pobl.'

Tywalltodd Sarah Roberts baned o de i'r ddwy.

'Anlwc oedd y bom – ac Alwyn o bawb yn cael ei daro. Ond mi wyddan ni ei fod wedi gorfod mynd i'r Ffrynt, a'i fod o'n lle peryg. Dim ond . . . ddaru ni ddim . . . ddaru ni ddim disgwyl hyn.'

Yfodd Hannah ei phaned yn dawel.

'Dwi'n dal i boeni amdano, fedra i ddim stopio fy hun. Dwi'n deffro yn ganol nos yn poeni am Alwyn ac Emrys gymaint â'i gilydd. Yna, dwi'n deud wrtha fi'n hun nad oes angen poeni am Alwyn bellach, ond dwi'n poeni fwy yn ei gylch o nag Emrys.'

'Sut mae Emrys?'

'Eisiau dod adre i edrych ar ein holau mae o'n naturiol, ond dwi'n amau gaiff o. Pethau i weld yn ddrwg iawn ar hyn o bryd. A fydda Emrys yn gallu gwneud dim yma . . . Rhyfedd 'te? Mai Alwyn aeth i'r Fyddin, ac Emrys yn aros nes oedd rhaid iddo fo. Fel arall fyddet ti wedi disgwyl i betha fod.'

'Dwi innau'n holi'n aml pam aeth Gwilym.'

'Oedd hi'n wahanol ar y dechrau 'toedd? Gawson nhw eu dal yng nghanol yr holl gynnwrf. Chwarae plant oedd o'r adeg honno. A sbia beth ddigwyddodd . . . Hannah – maen nhw wedi anfon ei gap a'i fathodyn hefyd. Mi ddaeth rheiny yn y Post. Gei di eu gweld . . . ond dydw i ddim eisiau dy ypsetio di.'

'Fasa well gen i beidio, Mrs Roberts.'

'Felly ro'n innau'n meddwl. Wn i ddim be' i neud efo nhw.'

'Ydach chi eisiau eu cadw?'

'Wn i ddim. Tydyn nhw ddim yn bethau dwi'n eu cysylltu efo Alwyn druan. Ddaru mi feddwl eu taflu nhw, ond roedd Arthur yn meddwl fasa hynny'n anlwcus. Gwirion 'te? Mae'r anlwc mwyaf wedi digwydd. Fedar dim byd gwaeth ddigwydd . . . ar wahân i golli Emrys, wrth gwrs. Mi awn i'n wallgof 'tase hynny'n digwydd.'

'Peidiwch â meddwl am y peth.'

'Unwaith mae rhywun wedi colli mab, ddylian nhw roi y llall yn ôl i chi, dwi'n meddwl. Dyna i ti'r dyn hwnnw o Lanberis efo chwe mab yn y Fyddin – does dim sens yn nagoes? Ond os ydi rheiny eisiau mynd, mae'n anodd eu rhwystro. Siŵr fod Emrys am aros yno rŵan, ia, 'tase fo 'mond i neud iawn am Alwyn.'

'Dyna sut mae'r cylch yn parhau. 'Dan ni gyd eisiau gwneud iawn am y rhai gafodd eu lladd.'

'Be' wyt ti'n 'feddwl o faddau, Hannah?'

'Mae hi'n rhy fuan i feddwl am hynny rŵan, Mrs Roberts.'

'Ond fydd rhaid iddo fo ddod yn bydd? Fydd rhaid inni rywbryd faddau i'r Jyrmans am hyn i gyd . . . '

'Wn i ddim be' i feddwl wir.'

'Dim amdana fy hun dwi'n sôn rŵan. Dydw i ddim yn dallt gymaint â hynny am bolitics, ia. Ac os ydi Alwyn wedi mynd, ddaw dim â fo'n ôl. Dyna sut y gwela i bethau. Ond mae Arthur yn wahanol. Mae 'na gynddaredd fawr oddi mewn iddo – yn ei fwyta fo, yn ei gnoi o ddydd a nos. Falle fod o'n wahanol mewn dynion. Mae o'n teimlo y dylai o wneud rhywbeth i'r rhai laddodd Alwyn. Rŵan, mi fydd rhaid i Arthur faddau rhyw ddydd, bydd? Fedar o ddim cario mlaen fel hyn?'

Ni wyddai Hannah beth i'w ddweud. Doedd dim pall ar gwestiynau Sarah Roberts ac roedd hi'n trafod yr union bethau oedd yn ei phryderu hi, Hannah. Roedd hi'n gofyn y cwestiynau nad oedd atebion iddynt. Doedd dim yn y byd y gallai ei ddweud i gysuro'r wraig. Teimlai i'w hymweliad fod yn fethiant.

'Fydd rhaid i mi ei throi hi rŵan, Mrs Roberts,' clywodd ei hun yn dweud. Hen ymadrodd gwirion. Doedd dim rhaid iddi fynd o gwbl, doedd dim yn galw. Wedi blino'r oedd hi, dyna'r gwir. 'Dydw i ddim yn teimlo i mi fod fawr o help.'

'Mae cael siarad yn help, 'mechan i – yn enwedig efo rhywun fatha ti, ia. Mae 'na gwlwm cyffredin rhyngddon ni. Galwa eto. Mae'n dda dy weld.'

'Mi wna i, Mrs Roberts. Cofiwch fi at Arthur.'

'Wyddoch chi beth ydi f'ofn mwya i, 'mechan i?'

'Na wn i.'

'Ofn colli 'mhwyll, wir i ti. Mae gen i fwy o ofn hynny na dim. Y bydd y Rhyfal 'ma yn fy ngyrru i o 'ngho.'

Edrychodd Hannah i fyw y llygaid glas. Yna, trodd ar ei sawdl, a'r llygaid glas yn ei dilyn yr holl ffordd adre.

* * *

Rhedodd y plant yn ôl i'r dosbarth wedi amser cinio, â'u bochau yn goch. Rhoddodd Dafydd ychydig o funudau iddynt setlo yn eu desgiau, ac estyn y gofrestr cyn darllen yr enwau,

'Maggie Jane Davies?'

'*Present*, syr.'

'Mary Evans?'

'*Present*, syr.'

Annie Foulks?'

'*Present*, syr.'

'Ellen Mary Hughes?'

'*Absent!*'

'Jane Jones . . . Sarah Jones . . . Gertie Jones . . . ' rhestrodd Dafydd eu henwau i gyd a chyfri cyfanswm y p'nawn a'i sgwennu'n daclus ar y gwaelod. Roedd y dosbarth yn berffaith dawel a disgwylgar.

'Rydw i am i chi aros yn dawel yn awr a gwrando arna i yn darllen y gerdd yma. "Cwyn y Gwynt" ydi ei henw hi. Falle na wnewch chi ddeall y cyfan ohoni, ond rydw i am i chi feddwl beth oedd yn mynd drwy feddwl y bardd wrth iddo ei hysgrifennu . . .

"Cwsg ni ddaw i'm hamrant heno,
Dagrau ddaw ynghynt.
Wrth fy ffenestr yn gwynfannus
Yr ochneidia'r gwynt.

157

Codi'i lais yn awr, ac wylo,
Beichio wylo mae;
Ar y gwydr yr hyrddia'i ddagrau
Yn ei wylltaf wae . . . "

Roedd y plant yn berffaith lonydd, a gwyddai ei fod wedi taro rhyw dant ynddynt.

'Sut fath o gerdd ydi hi . . . Edwyn?'

'Un ddigalon, syr.'

'A lle'r oedd y bardd pan sgwennodd hi . . . ? Maggie Jane?'

'Yn ei wely, syr?'

'Bosib iawn. John Morris Jones ydi'r bardd. Ydych chi wedi teimlo 'run fath â fo ambell waith?'

Nodiodd sawl pen, ond ni roddodd yr un ohonynt ei law i fyny.

'Beth mae o'n ei ddweud yn y linell gyntaf . . . ? Gertie?'

'Bod o ddim yn gallu cysgu.'

'Profiad cyffredin inni gyd . . . "Amrant" ydi'r croen sydd yn gorchuddio'r llygad. Da iawn, fedr o ddim cysgu. Pa fath o bethau sydd yn ein cadw rhag cysgu?'

'Eisiau bwyd.'

'Poeni am bethau.'

'Rhyfal.'

Yn raddol, daeth yr atebion, ac aethant i drafod cant a mil o bethau. Daethant i'r casgliad fod y disgrifiad o'r gwynt yn 'beichio wylo' yn un grymus. Pan ganodd y gloch i nodi amser chwarae arall, teimlodd Dafydd iddo gael seiat go iawn efo'r plant.

Aeth Dafydd i ystafell y Prifathro, lle'r oedd cryn gynnwrf ymysg yr athrawon.

'Dydi Dafydd ddim wedi clywed y newyddion!'

'Deud llongyfarchiadau wrth Priscie!'

'Unrhyw reswm neilltuol i'ch llongyfarch?' gofynnodd gan wenu. Roedd Priscie wedi cochi hyd at fôn ei chlustiau.

'Mae'n ymddangos eich bod wedi gosod esiampl i'r

merched ifanc hyn, Dafydd,' meddai'r Prifathro. 'Mae Miss Ellis wedi dyweddïo.'

'Llongyfarchiadau, Miss Ellis, gobeithio y byddwch chi'n hapus iawn.'

'Diolch yn fawr.'

'Pryd mae'r briodas?'

'Yn ystod yr Haf.'

Eisteddodd Dafydd gyda'i baned. Doedd dyweddïad neb yn para yn hir iawn y dyddiau hyn. Ceisiai gofio pwy oedd yn canlyn Priscie Ellis. Roedd yn ferch ifanc llawn bywyd ac yn gaffaeliad mawr i'r ysgol. Sywleddolodd yn sydyn y byddai'n rhaid iddi roi'r gorau i'w swydd. Byddai'n rhaid i rywun arall ddod yn ei lle. Roedd Gwen Humphreys wedi cymryd lle Hannah, ac wedi setlo i lawr yn eu mysg yn dda iawn. Ond byddai colled fawr ar ôl Miss Ellis o ran ei dawn gerddorol. Hi oedd meistres y piano.

'Mi wnewch chi ofalu cadw cysylltiad â ni wedi i chi adael, Miss Ellis.'

'Fydda i draw i'ch gweld yn aml, gobeithio,' meddai.

Ond ni ddaeth Miss Ellis yn ei hôl. Symudodd gyda'i gŵr i gyffiniau Llŷn, ac ni chawsant y pleser o'i gweld eto. Hysbysebwyd ei swydd a phenodwyd Thomas Griffiths i gymryd ei lle.

'Hogyn dymunol,' meddai'r Prifathro, 'syth o'r Coleg, a heb fawr o brofiad, ond hogyn galluog iawn. Mi fyddwch yn falch o gael cwmni brawdol i'ch cefnogi yng nghanol yr holl ferched 'ma, Dafydd.'

A chwarddodd y ddau.

Dim ond ar y ffordd adref y gwawriodd y gwir ar Dafydd. Gyda phenodiad Thomas Griffiths, nid ef oedd y gŵr diweddaraf ar staff yr ysgol mwyach! Petai gorchymyn arall yn dod o'r Fyddin am un o athrawon yr ysgol, byddai enw Thomas Griffiths yn dod o flaen ei enw ef fel rhywun nad oedd yn gwbl angenrheidiol. Llanc ifanc di-briod newydd ddod o'r coleg oedd Thomas Griffiths. Yr oedd o, Dafydd Edwards, yn ŵr priod gyda pheth profiad bellach. Prysurodd ei gam i gael torri'r newydd da i Hannah.

PENNOD 13

Yr oedd y Ffiwsilwyr Cymreig yn gorffwys yn eu pebyll pan ddaeth Gwilym heibio a gweld Hen Walia â'i ben yn y papur.

'Rwbath difyr yn hwnna, Hen Walia?'

'Welaist ti'r stori flaen, 'debyg?'

'Naddo – dydw i'm wedi gweld papur ers dyddiau.'

''Drycha.'

Sythodd Hen Walia y papur i ddangos y penawdau bras ar y ddalen flaen. Gwelodd Gwilym y llun o'r wyneb mwyaf cyfarwydd yn y rhyfel, ac oddi tano'r geiriau:

'KITCHENER DROWNED'

'Fo – o bawb,' meddai Hen Walia.

'Sut ddigwyddodd o?'

'Y llong oedd o arni yn cael ei chwythu. Edrych ar y llun yma ohono – chydig o oriau cyn ei farw, efo'r Capten a'r Admiral Jellicoe tu ôl iddo fo . . . '

Er bod y dyn yn tynnu mlaen ac yn pwyso ar ffon, roedd yn dal yn bictiwr o soldiwr ac yn cerdded yn dalsyth.

'Honna oedd y llong gafodd ei tharo?'

'Naci, aeth o oddi ar hon a mynd ar yr HMS Hampshire. Be' oedd y dyddiad? Dyma fo . . . Mehefin y pumed.'

'Dwyt ti ddim yn meddwl am rywun fel Kitchener yn marw, nag wyt?' meddai Gwilym mewn rhyfeddod.

'Y pen bandit ei hun.'

'Iechyd, os ydi o yn ei chael hi, faint o obaith sydd gynnon ni?'

'Yn hollol . . . Roedd hon yn stori ddifyr, yli – ti'n cofio'r dyn

Shackleton hwnnw yn mynd ar daith i gyrraedd Pegwn y De?'

'Mae 'na flwyddyn go dda ers hynny . . . '

'Dwy flynedd – roedd pawb yn meddwl ei fod o ar goll, neu wedi marw.'

'Be' ddigwyddodd iddo fo?'

'Mae o wedi dod i'r fei – yn fyw ac yn iach, yn y Falklands.'

'Ddaru o gyrraedd Pegwn y De?'

'Naddo, gollodd y criw y llong ac maen nhw wedi bod yn trio cyrraedd tir ers misoedd. Mae hi'n andros o stori. Roedd o yn meddwl fod y rhyfel ar ben.'

'Fasa well iddo aros lle mae o na dod adre i'r llanast yma,' meddai Gwilym.

Gorweddodd Hen Walia ar ei gefn.

'Dyna i ti gwestiwn, Gwil. Lle fydda gorau gen ti fod rŵan? Ar y *Western Front*, neu ar goll efo'r pengwins yng nghanol Pegwn y De?'

Gwenodd Gwilym.

'Fasa hi'n oerach ym Mhegwn y De?'

'Rhyw gymaint. Fasat ti'n dioddef o oerfel a fasa gen ti ddim bwyd – ar wahân i be' allet ti hela.'

'Ond fasa 'na neb yn dy hela di?'

'Na fasa.'

'Dim Jyrmans yn trio dy ladd . . . '

'Na.'

'Pegwn y De amdani 'ta,' meddai Gwilym.

'Fasa hi'n dal yn beryg bywyd.'

'Ond mi fydda gen i well siawns o fyw. Mae 'na rywbeth reit ddeniadol yn y syniad o ddim heblaw rhew ac eira am a welat ti. Dim sŵn, dim pobol, dim saethu . . . A 'taswn i eisiau marw, faswn i 'mond yn gorwedd i lawr a rhewi'n gorn, yn dawel bach, bach, heb i neb wybod. Heblaw'r pengwins wrth gwrs.'

'Hmm. Ti bron iawn â'm hargyhoeddi.'

Daeth TreGo i mewn a cherdded at ei wely.

'Pack your bags, chaps – time to go.'

'I le 'dan ni'n mynd?'

'Maen nhw'n ein gyrru ni is i lawr y lein – tu allan i Albert, rywle.'

'Grêt. Jest lle dwi isio mynd pan maen nhw'n paratoi *offensive* mawr.'

'Diwedd y mis yn ôl y sôn.'

'Llai na thair wythnos.'

'TreGo – oeddet ti wedi clywed bod Kitchener wedi boddi?' gofynnodd Gwilym.

'Oeddwn, eitha cast i'r diawl. Gobeithio bod 'na siarc mawr yng ngwaelod y môr wedi ei fyta fo'n fyw. Elli di ddychmygu'r poster efo llun y siarc yn pwyntio ato fo – "*My belly needs you!*"'

'Wel, am gydymdeimlad!'

'Faint o hogia diniwed mae o wedi ei ddenu ar ei ôl? A'r rheiny bellach yn farw gelain? Oedd o'n haeddu gwell?'

'Nag oedd 'debyg. Pryd 'dan ni'n cychwyn?'

'Nos fory.'

'Ydyn nhw wedi crybwyll enw?'

'Mametz.'

'Rioed 'di clywed amdano. Ydan ni'n cael *transport*?'

'Trên i Albert, yn ôl y sôn, ac ar droed wedyn.'

Ond ni chafodd y milwyr drên gan fod difrod wedi ei wneud i'r lein. Buont yn cerdded am ddyddiau, ac roeddent mewn cyflwr truenus wrth gyrraedd pen eu taith. Yr oedd traed pawb wedi chwyddo, ac roeddent wedi eu gwthio i'r eithaf. Erbyn diwedd Mehefin, roedd ysbryd y mwyaf siriol yn eu plith wedi pylu. Roedd y gwersyll lle'r oeddent yn aros ynddo yn dipyn o lanast.

'Sbiwch ar fy modia i, mewn difri calon,' meddai Chwech. 'Welsoch chi olwg mor ddiawledig ar draed neb? Efo swigods mor fawr, mi allwn i gael stondin i mi fy hun ar Maes yn dre 'cw!'

'Stopia gwyno'r diawl,' meddai TreGo. 'Dwyt ti ddim gwaeth na'r gweddill ohonom.'

'Ydi, chwara teg,' meddai Twll. 'Ma' swigods hwn wedi torri ac mae 'na grawn yn dod allan ohonyn nhw.'

'Gawn ni gystadleuaeth,' meddai Hen Walia, 'i weld pwy sy'n dioddef waetha.'

'O'n i'n *A1* cyn dod i'r Armi, ia,' cwynodd Chwech. 'Mae'n gwestiwn 'swn i'n pasio bellach. Mae'r ffernols wedi gwneud llanast llwyr ohona i.'

Roeddent i gyd mewn cyflwr truenus, llawer wedi cael annwyd ac yn teimlo'n llegach a brau. Roedd eu cyflwr gynddrwg fel iddynt orfod gorffwys am wythnos ac o ganlyniad, doeddent ddim yn rhan o'r lladdfa fawr ar Orffennaf y cyntaf. Y pryd hwnnw, roeddent yn gorymdeithio i Lealvillers, heb wybod bod ugain mil o filwyr wedi eu lladd y diwrnod hwnnw a 35,000 wedi eu hanafu. Cymerodd y newyddion ddeuddydd i'w cyrraedd, ond nid oedd ganddynt syniad am y ffigurau.

Ar y pumed o Orffennaf, roedd y Ffiwsilwyr Cymreig i fynd i'r Ffrynt i Fritz Trench a Dantzig Alley gan adael i'r 7th Manchester Pals orffwys. Roeddent hwy wedi dioddef colledion trwm. Y nod oedd ennill Mametz Wood o ddwylo'r Almaenwyr. White Trench a Caterpillar Wood oedd y targed. Y noson gynt, rhoddwyd papur iddynt ysgrifennu llythyrau adref. Roedd yn arferiad i rybuddio anwyliaid os oedd y milwyr yn wynebu amgylchiadau neilltuol o beryglus. Roeddent yn ymwybodol ei bod yn bosibl mai hwnnw fyddai'r llythyr olaf iddynt ei anfon adref.

Rhythodd TreGo ar y papur. Doedd ganddo 'run syniad beth i'w ddweud. Roedd o'n dipyn o arlunydd, ac roedd ganddo awydd llunio cartŵn ohono yn mynd dros y top, ond meddyliodd na fyddai hynny'n ddoniol pe câi ei ladd. Syniad arall a gafodd oedd ffurfio'r gair 'Ffarwel' mewn llythrennau cain, ond doedd hwnnw ddim fel petai y peth iawn i wneud chwaith, yn enwedig pe bai'n dal yn fyw wedi'r ymosodiad. Byddai'n teimlo'n wirion. Yn y diwedd, ysgrifennodd lythyr tair brawddeg yn dweud ei fod yn iawn ac yn meddwl amdanynt. Doedd o ddim mymryn gwahanol i bob llythyr arall a sgrifennodd adre ers cychwyn y rhyfel.

'Go damia, fedra i ddim gwneud hyn,' meddai Chwech yn llawn rhwystredigaeth.

'Helpa fi Gwilym – sgwenna di o.'

'Be' wyt ti isio fi ddeud?'

'Rwbath clên fasa'n plesio'r hen fodan.'

'Pennill?'

'Ia, fasa hynna'n go sbesial basa? Paid â sgwennu dim byd fasa hi ddim yn ei ddeall.'

Ysgrifennodd Gwilym gerdd ddigon hiraethus. Teimlai ei fod yn adnabod gwraig Chwech yn 'o lew bellach, wedi'r holl lythyrau oedd o wedi eu sgwennu ati. Fo hefyd fyddai'n darllen yr atebion i Chwech. Ni wyddai pwy oedd yn sgwennu ar ran Mrs Chwech.

Wedi sgwennu llythyr Chwech, roedd yn rhaid i Gwilym fynd ati i sgwennu llythyr i'w deulu ei hun. Roedd yn gas ganddo feddwl am unrhyw beth sentimental i'w ddweud. Yn y diwedd, fe'u rhybuddiodd fod ymosodiad go beryg o'u blaenau ond ei fod yn hyderus y byddent yn dod drwyddi gan fod ganddynt siawns go lew, honiad cwbl ddi-sail. Ychwanegodd ei fod yn eu caru'n fawr ac yn meddwl amdanynt yn ddyddiol . . . Ail-ddarllenodd y llythyr gan deimlo'n hollol anfodlon ag o.

'Annigonol ydi geiriau weithiau, 'te?' meddai Hen Walia.

'Cytuno. Ond dyna'r unig bethau sgynnon ni i gyfleu teimladau,' atebodd Gwilym.

'Mae o'n swnio yn iawn yn fy mhen i, ond maen nhw wedi oeri erbyn cyrraedd y papur . . . '

'Yn union.'

''Taswn i adre, faswn i'n gafael amdanyn nhw'n dyn, a mi fyddai'r cwbl wedi ei ddeud . . . Dwi bron â lluchio hwn.'

'Paid â'i luchio – mae unrhyw beth yn well na dim llythyr o gwbl.'

'Ydi 'debyg,' meddai Hen Walia yn siomedig a rhoi ei ddarn papur mewn amlen. Doedd wiw iddynt eu selio gan fod sensor eisiau golwg arnynt yn ddiweddarach.

Daeth y Sarjant Major i siarad â hwy ar Orffennaf y chweched. Roedd hi'n fore llwyd, a sŵn bomio di-baid yn y pellter.

'Wythnos yn ôl, cychwynnodd Brwydr fawr y Somme – y frwydr i goncro'r Almaenwyr unwaith ac am byth. Fel y gwyddoch chi, buom yn bomio ffosydd y gelyn yn ffyrnig i'w clirio allan cyn cychwyn ymosod go iawn. Roedd yna golledion enbyd y diwrnod hwnnw. Mae'r Huns wedi bod yn arbennig o ffiaidd yn dial. Gwyddoch am unedau sydd wedi cael eu taro'n greulon, ac mae'n rhaid inni wneud iawn am eu haberth eithaf hwy.

Y cynllun yw bod y Ffiwsilwyr yn ymosod ar y goedwig o'r dwyrain gan daro'r Hammerhead. Byddwn yn dechrau bomio bore fory am ugain munud wedi saith ac yn parhau i fomio am awr, cyn mynd drosodd. Ddylia hynny fod yn ddigon clir i chi gyd.'

Ar y seithfed, roedd sŵn y bomio yn anghredadwy. Sefyll yn y ffosydd yn aros eu tro yr oedd criw Caernarfon. Hen Walia wrthi'n sgrifennu yn brysur yn ei ddyddiadur, Gwilym a Bwgan yn synfyfyrio, Twm 'Raur a TreGo yn smocio ar y slei a Chwech a Twll yn siarad. Yr oeddent i fod i ymosod wedi i'r bomio beidio, ond daeth negesydd i ddweud fod y cynlluniau wedi newid. Roedd y rhai cyntaf i ymosod wedi methu yn eu hymdrech, ac ofer fyddai anfon rhagor allan yn syth. Roedd yr Almaenwyr yn llawer cryfach na'r disgwyl. Roedd y cyfan i'w ohirio tan y p'nawn. Erbyn amser cinio, roedd nerfau'r bechgyn yn frau, a doedd dim cinio i dorri ar ddiflastod yr aros, dim ond bisgedi i'w bwyta.

Yr hyn oedd wedi digwydd mewn gwirionedd oedd anghytundeb rhwng y swyddogion. Roedd cyfarfodydd cyson yn cael eu cynnal ymysg yr uwch-swyddogion, ond roedd anghytuno ynglŷn â'r ffordd orau i fynd ymlaen. Wedi colledion Gorffennaf y cyntaf, yr oedd sawl Capten yn teimlo'n warchodol o'i gatrawd, ac yn ofalus o'r milwyr oedd ganddo yn weddill. Anghytunai'r Cadfridog gan ddadlau mai dim ond trwy gael cynifer o filwyr ar y llawr yr oedd modd ennill tir o wybod mor gryf oedd mintai'r gelyn. Ers y diwrnod cynt, yr oedd y Cadfridog Frigadydd Evans o'r Ffiwsilwyr Cymreig wedi cynnig defnyddio dau fataliwn i ymosod ar Caterpillar Wood, gydag un yn dilyn y llall gan mai cwm eitha cul oedd yn arwain at y rhan honno o'r goedwig. Roedd yr HQ yn Grovetown yn anghytuno, a bu'n rhaid i Evans newid y cynlluniau. Daeth gorchymyn yn y prynhawn i fomio am hanner awr arall cyn ymosod, ond yn anffodus, roedd y llinellau cyfathrebu wedi eu torri a bu'n rhaid dibynnu'n gyfan gwbl ar negeswyr. Yn y cyfamser, roedd y gelyn yn cryfhau eu hamddiffynfeydd wedi colledion y bore. Yn y ffosydd eraill o amgylch Mametz Wood, roedd dryswch efo penderfyniadau a gorchmynion, a'r cyfan y gallai'r Ffiwsilwyr ei wneud oedd defnyddio cymaint o ffrwydron ag oedd yn eu meddiant i fomio'r Almaenwyr. Roedd yn dri o'r gloch ar rai o'r Cymry yn ymosod, ac o'r dau gant a aeth allan, dim ond eu chwarter ddaeth yn ôl. Roedd criw Caernarfon yn dal heb eu galw. Bu'r colledion yn Acid Drop Copse yn echrydus.

Troes glaw ysgafn y prynhawn yn storm go iawn, nes i'r ffosydd fynd yn gors o fwd. Erbyn diwedd y p'nawn, roedd hyd yn oed waliau'r ffosydd yn cwympo, ac afon o laid trwchus o dan draed, yn glynu at bopeth.

'Ddim aros am ordors fyddwn ni'n diwedd,' meddai TreGo, 'ond cael ein gorfodi allan rhag boddi mewn mwd.'

Edrychodd pawb ar ei gilydd. Gwyddent fod boddi mewn mwd yn berygl real yn y ffosydd. Yr oeddent wedi smocio hynny o faco oedd yna, ac yr oedd y cyflenwad bwyd yn isel iawn.

'Mae 'na rai wedi eu hanfon i nôl *supplies* ers ben bore,' meddai Twll, 'ond does dim sôn amdanyn nhw.'

'Ydan ni rywfaint callach be' sy'n digwydd yn y Quadrangle?' gofynnodd Bwgan.

'Nac 'dan,' atebodd TreGo. 'A fedrwn ni ddim dechrau ymosod nes bod fan'na wedi ei ddiogelu.'

'Hyd y gwela i, hogia,' meddai Chwech, 'mae pethau wedi mynd yn flêr gythreulig. Does neb fatha 'tase ganddyn nhw glem be' sy'n digwydd.'

O'r diwedd, daeth gorchymyn i ddweud y byddai criw Caernarfon yn ymosod am hanner awr wedi wyth y noson honno. Roedd Major Angus ei hun yn bresennol er mwyn annog y bechgyn. Roeddent i gyd yn sefyll yn y ffos yn barod i dderbyn y gorchymyn, â'u traed a'u fferrau mewn mwd trwchus. Fe'u rhybuddiwyd y byddai wal o fwg i'w harbed ar yr ochr dde, ac y byddai hynny'n rhoi siawns go lew iddynt cyn i'r Almaenwyr eu gweld.

Mynnodd y Major eu bod yn canu cyn mynd, er mwyn codi'r ysbryd. Canu oedd y peth olaf ar feddwl yr hogia.

'Sing the Ragom song boys, come on! For King and Country!'

A chan nad oedd ganddynt ddewis, a'u bod wedi arfer ufuddhau, canodd y Cymry, ond doedd dim ysbryd yn y canu,

'Rhagom filwyr Iesu
Awn i'r gad yn hy,
Gwelwn groes ein Prynwr –
Hon yw'n cymorth cry;
Crist, Frenhinol Arglwydd,
Yw'n Harweinydd mad;
Chwifio mae ei faner,
Geilw ni i'r gad . . . '

Yn y glaw, â'u traed yn y mwd a'r baw, doedd y geiriau mawreddog ddim yn weddus. Teimlent fel torf druenus, yn fethiant fel cantorion, heb sôn am fel soldiwrs.

Clywsant y chwiban, ac i fyny'r ysgolion â hwy. Roeddent wedi meddwl gymaint o weithiau am wneud hynny yn ystod y ddeuddydd dwytha, roedd yn ryddhad cael mynd. Yr oeddent wedi dychmygu'r cyfan yn digwydd yn sydyn, yn osgeiddig hyd yn oed, ond roedd cymaint o fwd fel mai proses araf a budr ydoedd. Roedd sgidiau'r milwyr o'u blaenau yn lluchio mwd i'w hwynebau wrth iddynt ddringo'r ysgol, ac roedd y mwd dan draed mor drwchus fel y gallent ei deimlo yn ceisio eu sugno nôl i'r ffosydd . . .

'*Charge!*' gwaeddodd y Capten cyn cael ei saethu'n ddiseremoni yn ei goes a disgyn yn swp yn y fan a'r lle.

Y peth cyntaf a sylwodd Gwilym oedd mor olau ac mor glir ydoedd. Doedd dim sôn am y fantell o fwg a addawyd. Roeddent yn darged amlwg i bwy bynnag oedd eisiau eu saethu. Rhedodd yn ei flaen gyda'r gweddill gan weiddi nerth esgyrn ei ben. Ni wyddai beth a lefarai, dim ond rhoi llais i'r geiriau mwyaf cyntefig yn ei fod. O fewn dim, roedd bwledi yn cael eu pledu atynt. O bob tu iddo, roedd milwyr yn syrthio ac ni allai Gwilym rwystro'i hun rhag edrych i weld pwy a drawyd. TreGo oedd y cyntaf i lawr. Gwyddai fod helpu cyfaill yng nghanol ymosodiad yn drosedd. Yn sydyn gwelodd Bwgan yn troi yn ôl at ei ffrind.

'Bwgan! Paid!' gwaeddodd, ond roedd Bwgan wedi penlinio wrth ochr TreGo.

Edrychodd Bwgan yn ddryslyd ar Gwilym.

'Mae o'n dal yn fyw!' gwaeddodd. Rheiny oedd ei eiriau olaf.

Yn sydyn, roedd Bwgan wedi ei daro, ac roedd ei gorff fel petai'n toddi'n raddol dros un TreGo. Trodd TreGo ei ben i edrych i gyfeiriad Gwilym, ac roedd y boen ar ei wyneb yn annioddefol.

Rhuthrodd Gwilym yn ei flaen yn wallgof. O'i gwmpas, yr oedd cyrff yn orweddog, a neidiodd drostynt fel petaent yn ddim amgen na cherrig. Clywai eu griddfan ond ni allai aros, rhaid oedd rhedeg, rhedeg, rhedeg am ei fywyd. Ni wyddai i ble'r oedd yn rhedeg, ond tra cadwai ati i redeg, gwyddai ei fod yn fyw ac yn anadlu. Teimlai'r gwynt a'r glaw yn erbyn ei wyneb ac roedd yn deimlad bendigedig. Yn sydyn, baglodd ar draws corff, a dychryn wrth deimlo hwnnw'n gynnes. Cododd ac ailgychwyn rhedeg. Roedd bwledi'n cael eu tanio o bob cyfeiriad a gwyddai os byddai'n dod i stop y byddai wedi ei daro. Roedd Gwilym eisiau tanio, eisiau gwthio ei fidog i mewn i rywun, eisiau cwffio, eisiau ymosod, eisiau dial a gwneud iawn am Bwgan druan yn triohelpurhywunblawfo'ihunachael eiladdameidrafferth.

Yna, roedd coed o'i amgylch, boncyffion coed yn sefyll yn y mwd yn ei atal rhag rhedeg. Roedd y milwyr wedi arafu, ac roeddent yn dod wyneb yn wyneb â milwyr helmedau crwn. Roeddent wyneb yn wyneb â'r gelyn! Daeth un amdano ac ni chafodd Gwilym gyfle i danio ei wn. Yn hytrach, fel y'i hyfforddwyd ganwaith, pwyntiodd y fidog tuag ato, ac mewn dychryn, daliodd yr Almaenwr ei freichiau yn yr awyr. Nid arafodd Gwilym. Claddodd y fidog yn ei stumog a'i theimlo yn suddo'n ddwfn. I mewn ac i fyny, er mwyn malu esgyrn yr asennau . . . Gwelodd lygaid ofnus y dyn yn rhythu arno, ac yn sydyn dychmygodd mai TreGo oedd yn edrych arno a fferrodd yn y fan a'r lle. Gwaeddodd nerth esgyrn ei ben, pob rheg, pob gair ffiaidd, pob aflendid y gwyddai amdanynt, wrth dynnu ei fidog allan. Sylwodd ar waed yn dod o geg y milwr a gwyddai ei fod wedi lladd.

Roedd dryswch yn y goedwig. Doedd wybod pwy oedd pwy. O'i gwmpas, yr oedd y gymysgedd ryfeddaf o ddynion yn ymrafael â'i gilydd, ac o hirbell, roedd rhywrai yn dal ati, dal ati i saethu. Rhedodd i'r dde, ond gwelodd fod pethau'n fudr iawn yn fanno. Trodd a rhedeg i'r chwith. Yr oedd mwy o'r Ffiwsilwyr yn y rhan honno, ond ni wyddai ai arwydd da ai peidio oedd hynny. Yn gwbl ddirybudd, teimlodd boen dychrynllyd yn ei goes fel petai tân wedi ei larpio ac yn sydyn, doedd o ddim yn rhedeg. Roedd fel rhywun mewn breuddwyd yn dychmygu ei hun yn rhedeg, ond nid oedd ei gorff yn gallu symud. Syrthiodd i'r llawr, ceisio codi, a disgyn eto. Roedd o wedi ei daro. Gwyddai pe bai'n aros yn ei unfan y byddai'n sicr o gael ei ladd, a chyda'i benelin, llwyddodd i godi ei hun ar ei ochr. Wrth ei ymyl, gorweddai un arall o'r Ffiwsilwyr, â'i gefn ato.

'Helpa fi,' meddai Gwilym yn floesg, 'helpa fi.'

Gafaelodd yn ei wisg a'i droi i'w wynebu. Roedd cnawd

hanner yr wyneb wedi ei rwygo i ffwrdd, a chydag un waedd ddirdynnol, gollyngodd Gwilym ei afael a cheisio cilio oddi wrth y ddrychiolaeth.

Gorweddodd ar ei gefn a theimlo'r dagrau cynnes yn llenwi ei lygaid. Cyffyrddodd ei wyneb i deimlo'r croen yn gyfan, y trwyn a'r geg, i gyd yn eu lle. Griddfanodd gan adael i'r holl ofn a'r hiraeth, y gofid a'r difaru oedd wedi cronni ynddo gyhyd lifo allan.

Er bod sŵn y bwledi yn parhau, roedd y milwyr wedi pellhau o'r rhan yna o'r goedwig: yr oedd pawb wedi ei adael. Ni theimlodd mor unig yn ei fywyd.

Gwelodd frigau moel y coed yn dod tuag ato fel nadredd yn cordeddu am ei gilydd, ac yn lapio ei gorff. Roeddent yn gwasgu am ei wddf, a theimlai yn fyr o wynt. Trywanodd un neidr ei phen drwy ei stumog a chladdu ei hun ynddo.

O rywle, clywodd siffrwd adenydd. Synnodd weld plentyn bach yn edrych arno. Yr oedd yr wyneb yn un cyfarwydd. Roedd Ifan bach wedi dod o hyd iddo. Edrychodd Ifan ar wyneb ei frawd mawr, ond ni ddywedodd yr un gair. Yr oedd Gwilym eisiau ei ddilyn adre. Trodd wyneb Ifan yn wyneb pryderus ei fam. Ysgydwodd ei phen mewn anobaith. Gwyddai ei bod yn edliw Evan Roberts iddo. Roedd o am iddi ei gymryd yn ei breichiau fel ers talwm, ond yn gwbl ddirybudd, diflannodd a'i adael ar ei ben ei hun bach.

Daeth ato'i hun a cheisio codi ei gorff drachefn a'i lusgo ymlaen, ond yn ofer.

Mentrodd edrych ar ei goes a gweld bod y llanast mwyaf dychrynllyd arni. Llwyddodd i gael gafael ar y bag a'i gynnwys, a chyda'i ddwylo crynedig a chymorth cyllell, rhwygodd ei drowsus i weld maint yr anaf. Yr oedd y gwaed yn dechrau ceulo, ond doedd y boen ddim mymryn yn llai. Rhoddodd ryw gymaint o eiodin arni, a llwyddodd i gael dracht o ddŵr, ond bu'r cyfan yn ormod o ymdrech. Gorweddodd yn ôl wedi llwyr ymlâdd. Gallai deimlo'r mwd a'r gwlybaniaeth yn dechrau treiddio trwy ei ddillad.

Rhwng gwyll a hirnos, siglodd ymwybyddiaeth Gwilym fel pendil cloc cyn diflannu yn gyfan gwbl unwaith eto. Roedd o'n ôl yng nghanol y criw mewn cantîn cynnes a phawb yn mwynhau cwrw a smôc ac yn chwerthin yn harti. TreGo oedd yn chwerthin fwyaf, ond wrth iddo ysgwyd chwerthin, roedd yn amlwg mai dim ond ei esgyrn oedd dan ei iwnifform. Gwenodd Bwgan yn drugarog arno, ond wrth iddo agor ei geg, doedd dim byd tu mewn, dim ond gwacter mawr. Tu ôl i'w sbectol drwchus, doedd dim llygaid, dim ond tyllau dwfn. Ond roedd pawb yn hapus ac mi ddaeth Alwyn Angal heibio a gwasgu'r ddau yn agos a'u cusanu. Ond er ceisio chwerthin yn harti, ni wyddai Gwilym beth oedd y jôc, a theimlodd eu bod hwy yn gwybod rhywbeth nas rhannwyd ag ef. Daeth Chwech ato a rhoi ei fraich amdano a sibrwd yn ei glust, ond ni ddeallodd beth ddywedodd yntau. Ac yn y diwedd, ni allai oddef eu chwerthin iasol ddim mwy a dihangodd am ei fywyd.

Deffrôdd yn sydyn i sylweddoli ei fod yn gorwedd ar wastad ei gefn yn yr awyr agored yng nghanol cyrff a hithau'n dywyll. Yn y pellter, clywodd sŵn traed a brigau'n torri. Gafaelodd yn ei wn gan fod yn barod i danio. Peidiodd y sŵn traed. Prin y meiddiai Gwilym anadlu. Gwyddai fod y gelyn yn dal o gwmpas ond ni wyddai ym mha gyfeiriad ydoedd. Clywodd sŵn eto. Roedd o'n dod yn nes . . . Y peth gorau fyddai iddo gymryd arno ei fod wedi marw fel y gweddill ohonynt. Gorweddodd yn gwbl llonydd, ond gyda'i law ar y gwn. Roedd rhywun yn sibrwd, roeddent yn ceisio canfod rhywbeth . . .

'Oes Cymry yma? Rywun Cymraeg? *Any British soldiers?* Oes unrhyw un ohonoch chi'n fyw?'

Llais Cymraeg oedd o! Roedd y gelyn yn ceisio ei dwyllo! Na . . . fyddai'r un Jyrman byth yn siarad felly . . . Roedd rhywbeth cyfarwydd yn y llais . . .

'Rywun! Atebwch!' Roedd y llais yn udo crio, 'Atebwch, plîs . . . *Any of you alive?* Neu ydach chi gyd wedi marw?'

'Fi!' meddai Gwilym, gan synnu mor wan oedd ei lais.

'*Answer*, plîs . . . Oes unrhyw un ohonoch . . . ?' ochneidiodd y llais, a chrio eto, a chlywodd Gwilym y traed yn ymbellhau. Rhoddodd waedd a stopiodd y traed.

'Peidiwch â 'ngadael i!'

Rhuthrodd y person ato a goleuo fflachlamp fechan.

'Gwilym! Gwilym!! Ti'n fyw! O, Gwilym bach . . . '

Hen Walia oedd yno, wedi dod trwy'r gwyll i'w geisio. Yng ngolau'r lamp, roedd golwg enbyd yn ei lygaid. Gafaelodd Hen Walia ynddo a chladdu ei ben yn ei fynwes a beichio crio. Ni allai Gwilym ddweud dim, dim ond mwytho ei ben a theimlo ei wallt rhwng ei fysedd.

'Does 'na neb ar ôl, Gwil . . . mae pawb wedi mynd.'

Amneidiodd Gwilym. Roedd rhywbeth yn ei dagu a'i atal rhag siarad.

'Dwi wedi gwneud pethau dychrynllyd . . . wedi gweld pethau dychrynllyd . . . choeliet ti ddim . . . *Nobody alive* . . . ' meddai Hen Walia gan udo yn rhyfedd.

'Finnau hefyd. Wedi lladd . . . wedi sticio bidog mewn dyn . . . wedi gadael Bwgan a ma' TreGo wedi marw . . . '

'Maen nhw i gyd wedi mynd. Pawb wedi marw. Pawb 'di lladd. Dwi'n crwydro ers oria i ffeindio rhywun. Gwilym, Gwilym! Deud 'mod i'n hogyn da, Gwil, deud 'mod i'n dda!' a thorrodd i lawr drachefn.

Wrth glywed ei ochneidiau, sylwodd Gwilym fod Hen Walia mewn cyflwr go ddrwg, ac ni wyddai sut i'w helpu. Roedd pen ei gyfaill yn dal i orwedd ar ei fynwes, ond roedd Hen Walia ymhell i ffwrdd.

'Pawb wedi mynd, a neb ar ôl . . . pawb 'di mynd. 'Mond chdi sgin i Gwilym, a dwi rioed wedi bod gymaint o ofn . . . Gwilym, helpa fi, Gwil bach.'

Yn ddau gorff toredig, ni wyddai Gwilym am ba hyd y buont yn gorwedd yno, ond rywfodd, fe berswadiodd Hen Walia i'w godi a'i gynorthwyo yn ôl i'r ffosydd.

Wedi iddynt gyrraedd, roedd cymaint o fwd yno fel nad oedd modd aros o gwbl. Bu'n rhaid iddynt ymlusgo ymhellach yn ôl nes cyrraedd y Regimental Aid Post. Rhoddwyd Gwilym a Hen Walia ar *stretchers*, a'u cludo i'r Advanced Dressing Station. Cafodd Gwilym beth ryddhad yn y diwedd pan beidiodd wylo Hen Walia wrth iddo syrthio i gysgu, a phan gafodd yr anaf ar ei goes ei drin a'i esmwytho rhyw gymaint.

Bu'r diwrnod hwnnw yn drychineb i'r Cymry, a chymerodd tan Orffennaf yr unfed ar ddeg i gipio Mametz Wood. Erbyn hynny, roedd byddin Gymreig Lloyd George wedi colli 190 o swyddogion a 3,803 o filwyr yn yr ymgais i feddiannu un goedwig.

PENNOD 14

Dim ond wrth gyrraedd safle dros dro y Groes Goch, yr ADS, y cafodd Gwilym ryw amgyffrediad o gost brwydr y Somme.

'Dim rhagor?' meddai'r llanc ifanc, gyda'r Groes Goch ar ei fraich.

'Dim ond dau – cael hyd iddynt yn hwyr ddaru ni,' atebodd dynion y *stretcher*.

'Un wedi ei daro yn ei goes yn 'o ddrwg – llall mewn sioc. Ffiwsilwyr Cymreig eto fyth . . . Oes yna rywle i'w rhoi?'

'Fedrwch chi weld lle? Fydd rhaid eu gadael nhw lle maen nhw. Mae'r lle'n gorlifo.'

'Oes yna enwau?'

'Hughes,' meddai Gwilym, yn wan, 'Private Hughes. 83027601. 113th Brigade, 38th Division.'

'Llall?'

'Private Owen. 83027600. 'Run battalion. Does dim posib cael diod o ddŵr?'

'Bydd yn rhaid i chi aros dipyn bach. Ddo i'n ôl rŵan.'

Diflannodd y llanc ifanc, a throdd Gwilym at Hen Walia. Roedd golwg ryfedd ar ei gyfaill. Rhythai o'i flaen yn gegrwth fel petai'n gweld drychiolaeth. Parablai yn afreolus, ac ni allai Gwilym wneud pen na chynffon o'r hyn a ddywedai.

'Hei, Hen Walia. Ti'n iawn rŵan. 'Dan ni allan o beryg . . . Does dim isio bod ofn . . . '

Ond roedd Hen Walia y tu hwnt i gyrraedd cysur. Heb fod ymhell, clywodd Gwilym y gynnau'n ailddechrau tanio, a gwyddai nad oeddent mor bell â hynny o'r Ffrynt.

Ddwy awr yn ddiweddarach, daeth y llanc ifanc â'r mymryn lleiaf o ddŵr iddo.

'Does yna ddim dŵr yma, mae arna i ofn. Does dim byd yma.'

'Mae'n iawn.'

'Ydi'ch coes chi'n boenus iawn?'

'Ydi.'

'Waeth i mi heb ag edrych arni rŵan. Rydan ni'n trio canfod ffordd o'ch cael chi oddi yma i'r Casualty Clearing Station.'

'Mae'n siŵr fod rhai gwaeth na mi.'

'Oes.'

'Fasa ots gynnoch chi gael golwg sydyn arni? Mae 'na oriau ers digwyddodd o . . . '

Dechreuodd y llanc ddatod ei esgidiau, ond pan gyffyrddodd â'r goes a anafwyd, gwingodd Gwilym. Sylwodd fod y llanc yn ei ddagrau a dychrynodd.

'Ydw i mewn peryg o'i cholli?'

'Nac ydach.'

'Be' sy'n bod?'

'Blinder, dim mwy,' a cherddodd ymaith.

Heb oleuni, ni allai Gwilym ddeall yn iawn ble yr oedd. Y cyfan a glywai oedd ochneidio a griddfan. Roedd pob modfedd o'r llawr wedi ei orchuddio gan gyrff, a doedd dim digon o help i'r rhai sâl. Yn y pellter, cynyddu wnâi'r sŵn saethu, a bob yn hyn a hyn, neidiai Hen Walia gan fytheirio a pharablu. Petai rhywun ddim ond yn gallu golchi eu hwynebau, meddyliodd Gwilym, byddent yn teimlo'n well, ond heb ddŵr, mae'n siŵr fod hynny'n amhosib. Gorweddodd a gweddïo'n ofer am gwsg.

Erbyn iddi oleuo, roedd pethau wedi prysuro, a chan ei fod wedi ei adael wrth y fynedfa, y cwbl allai Gwilym ei wneud oedd gwylio dynion y *stretchers* yn cludo cleifion allan. Dwsinau, ugeiniau ohonynt, dynion wedi eu darnio. Roedd mwd yr ymladdfa yn dal yn dew drostynt, ac roedd eu clwyfau wedi eu rhwymo yn gwbl annigonol. Roedd eu harchollion yn dal i waedu ac roedd clywed eu griddfan yn loes calon i Gwilym . . .

Roedd hi'n brynhawn cyn i Gwilym gael ei symud, ac erbyn

hynny, roedd bron yn anymwybodol o ddiffyg dŵr a bwyd. Gofynnodd a fyddai Hen Walia yn cael aros gydag o; heblaw am Hen Walia, mi fyddai wedi colli'r dydd yn llwyr. Fe'u cludwyd mewn faniau i lety'r Groes Goch ymhellach i ffwrdd o'r Ffrynt. Ochneidiodd Gwilym. O'r diwedd, efallai y byddai modd iddo gael triniaeth.

Bu'n anymwybodol am ddeuddydd, a phan agorodd ei lygaid, gwelodd wyneb merch mewn gwisg lwyd yn edrych arno.

'Gwilîm?' Ffrances ydoedd, a golwg lawn pryder ar ei hwyneb ifanc.

'Ia' atebodd. 'Dŵr?' A sylweddoli. *'De l'eau s'il vous plaît?'*

Roedd ei ddillad uchaf wedi eu tynnu oddi amdano, a'i groen wedi ei olchi, ond roedd y boen yn dal i ddyrnu yn ei goes.

'Où est mon ami, où il se trouve?' holodd Gwilym yn seithug am ei gyfaill. Nid oedd modd iddo ddeall ei hatebion. Roedd ei Ffrangeg yn fwrlwm cyflym pell iawn o'r hyn yr oedd yntau wedi arfer ag ef o'r ychydig a ddysgasai yn yr ysgol. Er mor addfwyn ydoedd, nid oedd ganddo'r syniad lleiaf beth oedd yn ei ddweud. Wrth ymyl ei wely gadawodd bensil a'r cerdyn post ac arno'r tri dewis arferol. Ei fod wedi ei glwyfo'n ddrwg a'i fod am ddychwelyd adref, ei fod yn symol ac yn cael amser i orffwys neu ei fod ar fin cael ei ryddhau.

Gan na wyddai beth oedd yn debyg o ddigwydd iddo, galwyd ar nyrs a allai siarad Saesneg i'w gynorthwyo. Dywedodd hi y byddai'n debyg o gael ei anfon adref i wella, ond ni wyddai pryd. Rhoddodd dic wrth y dewis cyntaf.

'Mae 'na rywbeth pwysig yr ydw i eisiau ei ofyn i chi hefyd,' meddai Gwilym, yn teimlo rhyddhad o allu cyfathrebu'n rhwydd â'r nyrs.

'Cyfaill ddaeth i mewn gyda mi – John Owen, 113th Brigade – wyddoch chi ddim lle mae o?'

'Pa fath o glwyfau oedd ganddo?'

' . . .Wel, doedd o ddim wedi ei glwyfo'n gorfforol. Dwi'n

credu mai sioc oedd o yn fwy na dim, ond roedd o mewn cyflwr go ddrwg . . . Mi achubodd o 'mywyd i.'

'Fydda fo ddim yn dal yma os nad oedd o wedi ei glwyfo'n gorfforol,' atebodd y nyrs. 'Dim ond achosion eitha gwael sydd yma, ac mae'r milwyr sydd angen triniaeth frys wedi eu hanfon ymlaen. Sori na fedra i eich helpu, ond mae 'na ddwy fil yn dod trwy fan hyn bob dydd . . . '

'Dwy fil?'

'Ers Gorffennaf y cyntaf, mi ddywedwn i fod hanner can mil wedi bod drwy'r uned yma yn unig. Mae 'na filoedd wedi eu clwyfo.'

'Diolch.'

Yng nghanol ei bryder am ei ffrind, ddaru Gwilym ddim sylweddoli bod ei anaf yn ddigon drwg iddo gael ei anfon adref. Rhwng cwsg ac effro, rhwng gwyll a gwawr, rhwng poen a rhyddhad, ceisai amgyffred y brofedigaeth enfawr ddaeth i'w ran – Twm 'Raur, Bwgan, Chwech, Twll, TreGo a'r gweddill. Roedd o hyd yn oed wedi colli cysylltiad â Hen Walia bellach, a doedd wybod ym mha gyflwr yr oedd o. Bach iawn o gydymdeimlad oedd i rywun nad oedd wedi ei glwyfo'n gorfforol. Ped anfonid Hen Walia yn ôl i'r Ffrynt, gallai fod yn ddigon amdano. A rhyfeddod o bob rhyfeddod, yr oedd o ei hun wedi dod drwy'r cyfan yn fyw. Dylai fod uwchben ei ddigon, ond doedd dim gorfoledd ar ei gyfyl. Dim ond hen ddiflastod maith ac euogrwydd diflas yn ei blagio fel y ddannodd. Petai Bwgan wedi bod yn fwy hunanol, gallai yntau fod yn fyw heddiw. Ai Bwgan wnaeth y peth iawn? Ond petai wedi troi a mynd yn ôl at Bwgan, falle y byddai yntau yn gelain erbyn hyn. Pam oedd o'n teimlo mor gyfrifol?

Yr unig ryddhad oedd na wyddai neb arall am ei ddiffyg gwroldeb. Dim ond Bwgan oedd wedi ei weld, ac efallai i Twm gael cip arno cyn marw. Roedden nhw wedi mynd â'r fradwriaeth i'w bedd, felly doedd neb byw yn gwybod. Rywfodd, roedd hynny'n gwneud y cyfan yn waeth. Dau o'r meirw oedd yn berchen ar y gyfrinach nad oedd wedi meiddio ei rhannu gyda'r undyn byw. Ond onid oedd Hen Walia wedi gwneud pethau dychrynllyd hefyd, medda fo? Doedd o, Gwilym Hughes, ddim gwell na gwaeth na neb arall . . .

Bu am wythnos yn y CCS yn disgwyl newyddion am long a'i cludai yn ôl i Brydain, ond ar y seithfed dydd daeth metron ato i ddweud na fyddai yn dychwelyd wedi'r cyfan.

"Tydi eich anaf ddim yn ddigon drwg. Mae yna gannoedd wedi eu clwyfo'n fwy difrifol. Byddwch yn aros mewn ysbyty ar arfordir Ffrainc i wella. Mi ddylech fod ar eich traed eto mewn dau, dri mis,' meddai.

Ac yn ddigon iach i fynd yn ôl i gwffio, meddyliodd Gwilym yn chwerw.

Ar y trên y cafodd ei gludo i'r ysbyty, a doedd o fawr o ysbyty wedi'r cwbl, dim ond ystafelloedd wedi eu troi'n ysbyty dros dro. Ond o leiaf yr oedd rhywun wedi cael dianc o sŵn y saethu di-baid. Sylweddolodd Gwilym ar y noson gyntaf ei fod wedi ei amddifadu o dawelwch ers misoedd. Roedd cael bod yn rhywle tawel am gyfnod yn falm ac yn iachâd i'r enaid.

O fewn dyddiau yn unig, roedd wedi ymgyfarwyddo â threfn yr ysbyty. Moethusrwydd llwyr oedd cael cysgu mewn gwely â chynfasau arno. Caent eu deffro ar yr un awr blygeiniol bob dydd. Deuai'r VADs o gwmpas i gymryd eu tymheredd, eu pyls a gwrando ar eu hanadlu, yna byddent yn cael eu golchi a chael rhwymau newydd ar eu clwyfau. Yn yr un ward â Gwilym, yr oedd rhai wedi cael anafiadau dychrynllyd, ac yr oedd nifer o'r Ffiwsilwyr Cymreig, y Manchester Pals a hogiau Sherwood Forest yno, yn ogystal ag un neu ddau o'r Royal Irish Battalion. Roedd gan bawb ei stori ei hun i'w hadrodd, y cyfan yn ganlyniad i frwydrau echrydus y Somme. Roedd y rhan fwyaf wedi colli beth wmbredd o'u ffrindiau. Yn groes i'r hyn a addawodd y swyddogion, doedden nhw ddim wedi cael enillion mawr.

'Llanast llwyr oedd o,' meddai Bill, y milwr yn y gwely agosaf i Gwilym. 'Does dim pwynt smalio ei fod yn unrhyw beth arall.'

'Lle'r oeddet ti felly?'

'Gommecourt – ar y diwrnod cyntaf.'

Gwyddai Gwilym ei fod yn edrych ar rywun prin iawn – milwr oedd wedi goroesi Gommecourt. Roedd saith mil wedi methu â gwneud hynny.

'Deud wrthan ni eu bod wedi bomio'r *Jerries* o'u ffosydd, a'n gorfodi ni i fynd dros y top. Roedd eu ffosydd nhw'n llawn dop o *Jerries* a cwbl oedd raid iddyn nhw ei wneud oedd eistedd yn ôl a phwyntio'r gynnau atom. Doedd ganddon ni ddim gobaith caneri . . . Lle'r oeddet ti?'

'Mametz Wood.'

'Trychineb arall, yn ôl y sôn.'

'Ia, hyd y gwn i. Dwi'n dal i drio canfod rhywun o'm criw i sy'n fyw.'

'Roedd y boi yn y gwely dros ffordd yn yr un bataliwn â mi, ond wnaiff o ddim dod drwyddi. Creadur bach, pedair ar bymtheg ydi o.'

'Lle cafodd o hi?'

'Yn ei frest.'

'Wnawn nhw mo'i anfon adre os ydi o mor sâl â hynny?'

'Fydda fo byth yn gallu gwneud y siwrne.'

'Wyddost ti ddim lle maen nhw'n mynd â hogiau sy'n *shell-shocked*?'

'Nôl i gwffio os ydi eu cyrff nhw'n gyfan. Os oes gen ti ddwy goes a llaw i ddal gwn, rwyt ti'n *A1* bellach. Rwbath fedar gerdded ohono'i hun, maen nhw'n gallu gwneud defnydd ohono.'

'Mae gen i ffrind . . . dwi ddim yn siŵr beth sydd wedi digwydd iddo . . . '

'Gweddïa drosto fo, fydd o angen bob help gaiff o.'

Y noson honno, deffrôdd Gwilym i glywed cynnwrf yn y gwely dros ffordd iddo. Yn y gwyll, gwelodd gorff yn cael ei gludo ymaith ar *stretcher*. Erbyn iddi oleuo y bore wedyn, roedd claf arall yn y gwely.

Ymhen rhai dyddiau, daeth cleifion Delville Wood i mewn

i'r ward, ac yn niffyg gwelâu, fe'u rhoddwyd i orwedd ar y llawr. Y rhai gwaethaf oedd y milwyr oedd wedi dioddef o effeithiau nwyon. Roedd effaith y nwy mwstard ar y rhain yn ddychrynllyd. Swigod oedd i'w gweld lle'r oedd croen yr wyneb wedi llosgi. Yr oeddent wedi colli eu golwg, a chaent drafferth ofnadwy i anadlu. Yr oedd yn boenus i edrych arnynt, heb sôn am eu clywed, a dim ond drwy sibrwd yn uchel y gallent gyfathrebu â'i gilydd.

Un dydd, a hithau'n ganol Awst, roedd yr haul yn tywynnu a dywedodd un o'r nyrsys y byddai'n mentro mynd â rhai o'r cleifion allan ar y feranda iddynt gael rhywfaint o awyr iach. Ychydig o gadeiriau olwyn oedd ar gael, felly roedd rhaid i bawb aros ei dro, ond gofynnodd Gwilym a gâi roi cynnig ar wthio'r gadair ei hunan. Er ei fod yn straen ar ei freichiau, gyda dyfalbarhad, gallai symud o gwmpas. Yr oedd gallu symud ei gorff ei hun yn brofiad gwefreiddiol i Gwilym. Roedd eisiau symud, eisiau mynd, eisiau canfod man lle gallai fod ar ei ben ei hun . . . Gwthiodd ei hun i lawr coridor gwag, a stopiodd yn sydyn. Drwy'r drws o'i flaen, daeth nifer o gleifion. Gwisgent ddillad ysbyty, rhai llac di-liw, a thros lygaid pob un yr oedd cadach. Roedd nyrs yn arwain y cyntaf, ac roedd braich yr un y tu ôl yn gorffwys ar ysgwydd y sawl oedd o'i flaen. Syllodd Gwilym arnynt, yn methu â chredu'r olygfa, ac arhosodd nes y daethant i gyd allan, fel rhyw neidr gantroed anferth. Reit ar ddiwedd y neidr, sylwodd ar un gŵr oedd yn llai na'r gweddill, fawr mwy na phlentyn. Yr oedd rhywbeth cyfarwydd ynglŷn ag o, ynglŷn â'i osgo, ei gerddediad, ei ffurf. Prin y gallai gredu ei lygaid. Ie – fo, roedd yn sicr – fo oedd o.

Gwaeddodd nerth esgyrn ei ben,

'CHWECH!'

Stopiodd y neidr gantroed yn ei hunfan, a throdd un pen, un pen dall i'w gyfeiriad. Roedd Chwech wedi ei glywed. Gyda'i holl egni, gwthiodd olwynion y gadair, ond cymerai oes iddo gyrraedd atynt. Ni allai ddeall pam na fyddai un ohonynt yn dod ato i'w gynorthwyo, yna sylweddolodd nad oedd 'run copa walltog yn gallu ei weld.

Rhuthrodd nyrs i weld beth oedd yr holl gynnwrf.

'CHWECH!' Gwaeddodd Gwilym eto.

'Brensiach mawr, beth sy'n bod arnoch chi, ddyn?' meddai'r nyrs yn flin. Does gynnoch chi ddim hawl bod yma.'

Ni allai Gwilym anadlu'n ddigon cyflym i siarad.

'Ffrind i mi – dwi'n nabod o – dwi'n nabod y dyn bychan yna! Gadwch i mi siarad ag o.'

Roedd Chwech wedi torri'n rhydd o'r gadwyn, ond yn methu â chael y plwc i gerdded ymlaen.

'Hwnna! – efo hwnna dwi isio siarad!'

Yn araf, dechreuodd Chwech gerdded i'w gyfeiriad. Symudai yn araf iawn iawn, ac yn bwyllog. Gyda'r dillad llac a'r gorchudd dros ei lygaid, edrychai Chwech fel Lasarus yn codi o farw'n fyw.

Gwthiodd Gwilym ei hun tuag ato a'i gyffwrdd.

'Chwech – ti sydd 'na?'

'Gwil?' mentrodd Chwech a cheisio canfod wyneb ei ffrind gyda'i ddwylo trwsgwl. 'Gwilym myn uffar i, a finnau'n meddwl bod ti wedi marw, co!' Meddai wrth y nyrs,

'Nurse, this is my big big friend from the town I come from, yes? I thought he was totally dead. Diawl, Gwil, sut ddaru ti ffeindio fi?'

Gofynnodd Gwilym i'r nyrs a gaent gyfle i sgwrsio gyda'i gilydd a chydsyniodd hithau. Tywysodd un nyrs Chwech tuag at fainc y tu allan, a daeth nyrs arall i wthio Gwilym. Cafodd Gwilym gyfle i ofyn yn sydyn iddi.

'Ydi o'n gwbl ddall, neu oes gobaith iddo wella?'

'Dim gobaith o gwbl mae arna i ofn. Cafodd ei saethu yn ei wyneb.'

Gwasgodd Gwilym ei ddyrnau. Roedd fel petai wedi gweld cyfaill yn dod allan o drobwll mawr, dim ond i'w weld yn suddo yn ôl iddo eto.

'Fedran nhw wneud dim?' gofynnodd, yn cael trafferth i gredu ei glustiau.

'Mae'ch ffrind chi yn un o'r rhai lwcus,' meddai'r nyrs. 'Ond mi ddyweda i hyn – o'r cannoedd sydd wedi pasio drwy'r ysbyty hwn, welais i 'run creadur mor siriol. Mae o'n ddyn arbennig iawn.'

Wrth iddi agor y drws, teimlodd Gwilym wres yr haul ar ei wyneb, a dyna lle'r oedd Chwech yn eistedd yn aflonydd ar y gadair a'i ben yn troi i bob man fel petai'n rhydd.

'Gwilym?'

'Dwi'n dod gynta medra i.'

'Be' di'r sŵn gwichian 'na?'

'Mewn cadair olwyn ydw i.'

'Dwyt ti rioed wedi colli dy goesau?'

'Iechyd, naddo – wedi cael clwyf ar waelod y goes dde. Dwi bron â gwella.'

'Diawl lwcus. Dwi'n ddall bost.'

'Felly dwi'n gweld . . . ' meddai Gwilym, cyn brathu ei dafod, ond gwelodd Chwech ochr ddigri'r sefyllfa.

'Paid â brolio, o leia mae gin i ddwy goes a dwi'n cerdded. Iesgob, dwi'n dal i fethu dallt sut wyt ti wedi fy ffeindio i. Wir i ti, ro'n i'n meddwl dy fod ti'n farw gela'n. Dwi wedi meddwl am dy gynhebrwng di sawl tro, ia. Dyna 'aru mi, smalio 'mod i yn eich cynhebrwns chi gyd, un d'wrnod i bawb, a neusa fi feddwl yn ddwys amdanoch chi. Ffordd bach fi o ddeud ta ta.'

'Wel roeddet ti'n gwastraffu dy amser yn fy nghladdu i.'

'Pawb arall yn gelain . . . pawb o'r criw.'

'Ydi – nac ydi! Mae Hen Walia yn fyw!'

'Diawch, dyna ti un arall gafodd gnebrwn ddigon o ryfeddod gen i.'

'Fo achubodd fy mywyd,' ac adroddodd Gwilym yr hanes. 'Ond dwi'n poeni'n ddychrynllyd amdano. Wn i ddim be' ddigwyddith iddo. Pawb yn dweud mai cael ei yrru yn ei ôl gaiff o – ond dydio ddim ffit.'

'Na, yn ei ôl fydd raid iddo fynd. Mae 'na filoedd 'di marw a neb i gymryd eu lle nhw. 'Dan ni'n dau yn lwcus uffernol.'

Cynigiodd Gwilym sigarét i Chwech, a sylweddoli y byddai'n rhaid iddo ei thanio ar ei ran.

'Dwi wedi trio tanio nhw'n hun, co, ond dwi'n llosgi 'mysedd, a dwi'n cael cythraul o row gan y nyrsys. Maen nhw'n deud fydda i 'di llosgi'r lle 'ma lawr cyn y Jyrmans . . . Methu gwneud dim drosta i'n hun ydw i, dyna'r felltith.'

Bu'r ddau yn dawel am dipyn.

'Bai fi ydi hyn, 'sti, neb arall,' meddai Chwech yn dawel, fel petai'n gwneud rhyw gyfaddefiad mawr.

'Be' wyt ti'n feddwl?'

'O'n i isio cael fy mrifo, ia. Noson cynt, neusa fi weddïo a gofyn 'swn i'n cael fy lladd neu fy nghlwyfo yn go sydyn. Dwi'n gwbod 'mod i'n geg fawr, ond llwfrgi ydw i yn y bôn. Gen i ofn poen ti'n gweld . . . Felly pan aethon ni dros y top, 'aru mi ddim trio cwffio – jest rhedeg fel diawl a gobeithio fasa rwbath yn fy nharo i'n sydyn. A mi 'nath rwbath do, reit yn fy ngwep i. Eitha cast i mi'r mwnci dwl.'

'Paid â beio dy hun, Chwech.'

'Bai pwy arall ydi o? Dyna ddeudith y fodan adra, "Pam na 'sat ti'n edrych lle'r oeddat ti'n mynd, crinc?"'

'Roeddan ni gyd 'run fath.'

'O leia 'nest ti ladd Jyrman. Sgen i ddim byd i ddangos.' Ochneidiodd. 'Mae nhw'n fy ngyrru i adre, 'sti.'

'Ydyn nhw?'

'Soldiwr dall yn da i neb nac ydi?'

'O leiaf fyddi di allan ohoni, Chwech.'

'Dydw i ddim eisiau bod. Eisiau bod efo chi i gyd oeddwn i, ia – jest bod 'na neb ar ôl bellach, felly mae'r hwyl 'di mynd. Ond fi – Jenyral Chwech – o'n i'n mynd i neud rwbath mawr ohoni. Go iawn ia. O'n i isio mynd i'r Fyddin a gwneud rhywbeth gwerth chweil o 'mywyd – jest am unwaith.'

Roedd Gwilym allan o'i ddyfnder yn llwyr.

'Rwyt ti wedi, Chwech. Ti wedi cwffio yn un o'r rhyfeloedd mwya. Fyddan nhw'n diolch i bobl fel ni mhen blynyddoedd.'

'Wyt ti'n meddwl?'

'Ydw. Fyddan nhw'n cofio'r miloedd fydd wedi marw, a fyddan nhw'n codi cofgolofnau ar hyd a lled y wlad.'

'I'r rhai fydd wedi marw?'

'Ia.'

'Felly fydd enw chdi a fi ddim arni?'

'Wel, falla ddeudan nhw rwbath bach amdanan ninnau.'

'Neu roi medal inni. Ond ti'm yn cael medal am golli dy olwg nagwyt? Faswn i'n lecio medal neu fy enw i ar gogolofn. Fydda musus yn lecio hefyd . . . Does 'na neb o teulu ni rioed wedi cael dim byd felly. Pawb yn edrych i lawr ar Deulu Pedwar a Chwech, ia . . . '

'Fydd dy wraig yn falch o dy weld di.'

'Fel hyn? Dwi'n da i fawr o ddim nac ydw? Wn i ddim lle ga i waith. 'Na i byth weld eto, wysti, Gwil – maen nhw wedi deud hynna wrtha i reit blaen.'

'Pan ddo i adre, mi wna i helpu ti i gael gwaith.'

'Hei – falle ga i joban Twm Crïwr, co. Hen bryd iddo fo riteirio . . . Dydi 'm ots na fedr o weld, nac ydi?'

Bu'n rhaid i Gwilym chwerthin, ond difrifolodd Chwech yn syth ac ysgwyd ei ben, 'Wn i ddim beth ddaw ohono i . . . Dydw i'm isio byw yn y gorffennol am byth. Ond wela i ddim fod gen i fawr o ddewis. Hei Gwil, be' fydd yn digwydd i chdi, crinc?'

'Wn i ddim. Nôl i gwffio 'debyg. Ond mi fydd yn anodd cychwyn efo criw hollol newydd. Mae gen i hiraeth ofnadwy am yr hogia.'

'Finna hefyd.'

Daeth y sgwrs i ben pan ddaeth y nyrsys i'w nôl. Dywedodd Chwech ffarwél yn ei ddull diffuant ei hun.

'Diolch i ti am sgwennu'r holl lythyrau 'na i mi hefyd, roedd o'n help garw i gadw'r fodan yn hapus.'

'Wnei di alw yn Eirianfa i ddeud yr hanes? Fasan nhw wrth eu bodd yn dy weld.'

'Iawn, co – Hwyl i ti. Ga'i beint drosta chdi yn y *Castle* – does dim byd yn bod ar fy llwnc i diolch byth!'

A dyna'r olwg olaf gafodd Gwilym ar un o'r cyfeillion mwya triw a gafodd.

Ni lwyddodd i gael gafael ar Hen Walia, er gwaethaf chwilio dyfal. Cyndyn iawn oedd y Fyddin i roi unrhyw wybodaeth. Erbyn y Nadolig, roedd anaf Gwilym wedi gwella'n llwyr, ac roedd wedi ail-ddechrau cerdded. Ni chafodd ei gadw yn yr ysbyty yn hwy nag oedd raid. O fewn dim, yr oedd y Fyddin wedi penderfynu ei dynged. Roedd am gael ei anfon o Ffrainc i'r Dwyrain Canol. Ei uned newydd fyddai'r 7th Battalion o'r Royal Welsh Fusiliers, 53rd Welsh Division. Byddai'n hwylio i Alexandria ddechrau 1917.

PENNOD 15

I Hannah, roedd y Calan wastad yn arwydd gobaith. Fel cael llyfr ysgrifennu glân yn yr ysgol, teimlai fod yr amser hwn o'r flwyddyn fel dechrau newydd a bod camgymeriadau'r gorffennol i gyd yn cael eu dileu. Ac yr oedd eleni yn addo bod yn flwyddyn fwy cynhyrfus na'r cyffredin. Wedi'r cyfan, ni allai'r un flwyddyn fod yn waeth na 1916.

Bu'n Nadolig digon llwm yng Nghaernarfon. Doedd fawr o hogiau i ddod adre wedi llanast y Somme, ac roedd y rhai ifanc ddaeth yn eu holau yn ddim ond atgof creulon o'r bechgyn a gollwyd. Gwnaeth Hannah ymdrech arbennig i ymweld â theuluoedd hen ffrindiau Gwilym yn eu galar, ond bu bron i'r cyfan fynd yn drech na hi.

Pan ymwelodd â theulu Hen Walia, roeddent yn cofio'r trydydd Dolig heb Dewi. Doedd y newyddion am ei frawd fawr gwell. Wedi iddo gael ei anfon yn ôl i'r Ffrynt, cafodd Hen Walia *breakdown* llwyr ac fe'i rhoddwyd mewn ysbyty meddwl yn ne-ddwyrain Lloegr. Ar ôl chwe mis heb argoel ohono'n gwella, doedd fawr i ddathlu y Nadolig hwnnw. Y peth gwaethaf, fel y dywedodd ei rieni, oedd ei fod mor bell, a'u bod yn methu ag ymweld ag o.

O'r cartrefi y bu yn ymweld â hwy, y mwyaf truenus ohonynt oedd cartref Chwech. Byddai ymweld â'r byw yn galetach weithiau na chydymdeimlo â theuluoedd y meirw.

Tŷ bychan ym mhen draw Lôn Crwyn oedd ei gartref, ac nid oedd gan Hannah lai nag ofn wrth guro ar y drws. Beti, ei wraig, ddaeth i'w ateb, a thu ôl iddi, edrychai plentyn bach yn ofnus ar Hannah.

'Dowch i mewn, da chi. Wili! Chwaer Gwil wedi dod i dy weld!'

'Sut mae o?' sibrydodd Hannah.

'Fawr o hwylia. Dolig 'debyg wedi deud arno. Fedra i ddelio ag unrhyw beth cyn belled â bod Wili ddim yn cael y felan, ond go isel ydi o dyddia hyn.'

Cafodd Hannah ei thywys i'r gegin gefn lle'r eisteddai Chwech mewn cadair wrth y tân.

'Ymwelydd cynta'r flwyddyn,' meddai Chwech. 'Eistedd Hannah, diolch am ddod'.

'Does 'na fawr o le i'r ledi eistedd efo'r fath 'nialwch o gwmpas y lle. Deio, – dos â'r gath o'ma, cyn i rywun ei fflatio.'

Ni symudodd y bachgen, dim ond edrych yn swil ar Hannah. Ni symudodd y gath chwaith.

'Gad y giaman lle mae hi – dyna'r unig gwmni sydd gen i,' meddai Chwech.

Diflannodd Beti i'r cefn, a gwasgodd Hannah ei hun ar y setl.

'Go lew ydach chi, Wiliam?'

'Hi oedd yn cario straeon, ia? Duwadd, dwi'n iawn, wyddost ti. Ydw'n Tad . . . '

Estynnodd am ei faco a thanio sigarét.

'Wedi clywed rhywbeth gan Gwil?'

'Ddim ers wythnos dwytha.'

Daeth Beti â phaned o de iddi hi a Chwech. Gwyliodd Hannah ei fysedd yn chwilota am glust y gwpan.

'Y sôn ydi ei fod yn mynd i'r Aifft.'

'Biti drosto fo 'te, y co ar ei ben ei hun bach. Dda gen i 'taswn i'n gallu bod yn gwmni iddo fo.'

'Fasach chi'n codi ei galon o.'

'Ddim fel hyn, wyddost ti. 'Rhen galon wedi cael clec, ia.'

'Roeddech chi'n griw da o ffrindiau, 'toeddech?'

'Neb tebyg i'r North Wales Pals . . . rhyw newydd o Hen Walia?'

'Dal yn yr ysbyty.'

'Dyna chdi wastraff o go da. Fo o bawb – roedd o'n hogyn mor gryf, rywsut.'

Cododd y gath a mynd i eistedd ar lin Chwech. Mentrodd Deio yn nes, ac eistedd o flaen ei dad.

'Mi fûm i'n gweld ei deulu echdoe,' meddai Hannah. 'Roeddan nhw'n meddwl fasa gwell gobaith iddo wella 'tase fo'n nes adre.'

'Fedrith o'm mendio yng nghanol pobl ddiarth siŵr iawn. Adre ddylai o fod. Fatha fi, ia – nid 'mod i'n da i neb yn fan hyn, chwaith.'

'Peidiwch â deud hynna, da chi.'

'Pam?'

Edrychodd Hannah ar Chwech a dweud yr hyn oedd ar ei meddwl.

'Am mai chi ydach chi. Am mai chi ydi'r unig un o'r hogiau sydd wedi dod yn ôl. Fedrwch chi ddim dychmygu gymaint o gysur ydi o i mi fod un o ffrindiau gorau Gwilym wedi cael dod adre yn fyw – yr unig un. Mae o'n holi cymaint amdanoch chi. Ac mae o'n fendith i Beti a Deio eich bod chi adre.'

'Dyna roi fi yn fy lle,' meddai Chwech efo gwên.

'Mae'n ddrwg gen i.'

'Yli hogan, dwi'n falch fod rhywun yn patro fel 'na efo mi. Mae pawb yn camu o nghwmpas i fel 'taswn i'n ryw ddarn o tsieina wedi torri, ia. Pawb bechod drosta i, ac yn ddiawchedig o barchus. Dyna sy'n brifo fwya!'

'Does gen i mo'r syniad lleiaf be' ydach chi'n byw drwyddo,' cyfaddefodd Hannah.

''Toes 'na neb yn tynnu 'nghoes i bellach ar wahân i'r co bach 'ma – a Beti ydi'r unig un sy'n fy niawlio i. Feddyliais i rioed y byddai caredigrwydd pobl yn gallu brifo cymaint.'

'Fyddwch chi'n mynd allan dipyn?'

'Mi fydda i'n mentro ar Maes, ia, ond dwi'n dal i deimlo yn nefrus – fatha gwylan ifanc heb ganfod ei thraed. Mae 'na un neu ddau aiff efo mi i Pen Deitsh . . . '

Roedd gwrando ar lais Chwech yn codi hiraeth ar Hannah.

'Diawch, Hannah, ti sy'n iawn. Ddyliwn i sylweddoli mor lwcus ydw i, a gweddill y giang bron i gyd yn eu bedda, ia. Cre'dur braidd yn anniolchgar ydw i, a dyna fo.'

'Fuo hi ddim yn flwyddyn i fod yn ddiolchgar,' meddai Hannah, gan synnu at y chwerwder yn ei llais.

'Cythraul o flwyddyn os ti isio 'marn i – cythgam o flwyddyn i bawb ond Lloyd George, ia.'

'Dydw i ddim isio clywed ei enw.'

'Preim Minister myn coblyn i, be' ddyliet ti?'

'Dyna ei wobr am hudo cymaint i'r Fyddin.'

'Fydda' Gwilym yn sôn wysti ei fod o isio mynd i mewn i bolitics ar ôl y rhyfel, ia.'

'Mi wnaethai wleidydd da,' meddai Hannah.

'Mi fydda fo'n well Prif Weinidog na Lloyd George yn sicr i ti. Neusa fi roid fy fôt iddo.'

'A finnau 'tase gen i un.'

Ymhen tipyn, cododd Hannah i adael. Galwodd Chwech ar Beti a daeth hithau drwodd.

'Diolch i chdi am ddod, del. Mae sgwrs yn bwysicach na dim i Wili ni. Biti na fyddai mwy yn galw.'

'Beti!' meddai Chwech. 'Dangos y llun i Hannah.'

Estynnodd Beti y llun oddi ar y silff ben tân. Ffotograff ydoedd o griw o filwyr yn gwenu. Roedd hi'n nabod pob un ohonynt. Yn eu canol, roedd Gwilym, a Chwech nesa ato.

'Un da ydi o, ia?' meddai Chwech. 'Er na fedra i mo'i weld, dwi'n ei gofio fo'n iawn. Pawb yn hapus ynddo fo, a gwên fel jimpansi. Fawr o feddwl be' oedd o'n blaenau . . . Ffyliad gwirion . . .'

'Paid â dechrau rhefru eto, neu fyddi di wedi rhoi'r felan i'r gweddill ohonon ni.'

'Mi alwa i eto, William!'

'Thenciw – a well i mi ddeud Blwyddyn Newydd Dda, ia. Fedar hi ddim bod yn un waeth na llynedd.'

'Blwyddyn Newydd Dda, William. Diolch yn fawr, Beti.'

Caeodd y drws tu ôl iddi, ac anadlodd Hannah yr awyr iach.

Y fath ryddhad oedd dianc o dai gofidiau!

Roedd hi wedi ymweld â phob cartref bellach, ac wedi gwneud ei dyletswydd, petai ond er mwyn Gwilym. Â Dafydd yn ôl yn yr ysgol, nid oedd ganddi galon dychwelyd i dŷ gwag, felly cerddodd i gyfeiriad Eirianfa. Yr oedd yn bryd iddi dorri'r newydd oedd ganddi. Cyrhaeddodd ddrws y tŷ a gweiddi.

Daeth ei thad i'r golwg a'i chyfarch â chusan.

'Tyrd drwodd, rwyt ti bron â rhynnu, 'mechan i.'

'Wedi bod yn nhŷ Chwech ydw i – doedd hi ddim yn gynnes iawn yno.'

'Sut oeddan nhw?'

'Fawr o hwyliau. Mae 'nghalon i'n gwaedu drostyn nhw.'

'Mae Morfudd yn y gegin. Morfudd! Hannah wedi cyrraedd! Mi ddo i drwodd atoch chi rŵan, wedi i mi nôl coed tân.'

Roedd Morfudd wrth fwrdd y gegin a phentwr o addurniadau papur blith draphlith o'i blaen.

'O-ho – pwy sydd ar ei hôl hi 'leni?' gofynnodd Hannah.

'Ddaru ni ddim brysio i'w tynnu lawr tro 'ma,' meddai Morfudd. 'Dydw i ddim yn credu mewn anlwc bellach.'

'Ddaru Tada ddim mynd i ben yr ysgol?'

'Naddo, Nela a fi tynnodd nhw. Tyrd, gan dy fod yma, gei di wneud dy ran i'w didoli. Paned?'

'Diolch. Newydd fod yn gweld Chwech ydw i. O leiaf fedra i ddweud wrth Gwilym 'mod i wedi galw . . . '

'Fydd o'n ddiolchgar i ti. Ambell waith, mi fydda i'n ei weld o ar y Maes, a golwg ar goll arno. Roedd o'n arfer bod yn gymaint o gymeriad. Welais ti rywun arall?'

'Naddo. Ond mae gen i newyddion i ti hefyd . . . '

Gwelodd lygaid ei chwaer yn disgleirio, a diolchodd Morfudd nad newydd drwg ydoedd.

'Ydw i fod i ddyfalu?'

'Wnei di byth.'

'Dwed wrtho i 'ta!'

'Rydw i'n mynd i gael babi.'

'Hannah!!' Cofleidiodd Morfudd ei chwaer a'i gwasgu'n dyn, 'O, dwi'n falch drosot ti, yn wirioneddol falch,' ac fe'i cusanodd. 'Pryd?'

'Mis Gorffennaf.'

Edrychodd Morfudd arni. Er yn flinedig, roedd Hannah yn bictiwr o hapusrwydd, ac yn edrych mor dlws. Roedd ei bochau yn writgoch wedi bod allan, ac roedd ei llygaid yn dawnsio.

'Ti ydi'r cyntaf i wybod.'

'Fedra i ddim credu. 'Tydi'n fendigedig cael newyddion da? O, mi fyddai Mam wedi gwironi drosot ti.'

'Byddai. Ar adegau fel hyn dwi'n gweld ei cholli fwyaf.'

'Tyrd inni gael dweud wrth Tada,' meddai Morfudd wedi cynhyrfu, ac allan â hwy i'r cefn.

Roedd William Hughes yntau uwchben ei ddigon, ac yn ei weld yn arwydd da ar gyfer y flwyddyn newydd.

'Gobeithio i'r nefoedd y bydd y rhyfel ar ben erbyn i'r babi gyrraedd,' meddai.

'Ie, achos rydw i wedi dechrau pryderu am Dafydd erbyn hyn. Mae'r naw mis gafodd o gan y Tribiwnlys wedi dod i ben.'

'Falle na fydd rhaid iddo fynd wedi'r cyfan,' meddai Morfudd yn llawn cysur.

'Dim ond i Gwilym gyrraedd adre'n saff cyn diwedd y flwyddyn,' meddai Hannah. 'Mi fyddwn i wedi cael popeth rydw i'n ei ddymuno wedyn. Os mai bachgen fydd y babi, mi galwa i o'n Gwilym Rhys.'

'Welodd Hannah y llythyr?' gofynnodd ei thad yn sydyn.

'Pa lythyr?'

'Anghofiais i yng nghanol yr holl gynnwrf,' meddai Morfudd ac estyn llythyr oddi ar y silff ben tân. 'Llythyr gan Gwilym wedi cyrraedd bore 'ma.'

'Beth sydd ganddo i'w ddweud? Sut mae ei goes o bellach?'

'Mae ei goes o'n iawn,' meddai ei thad, gan bwyso a mesur pob gair yn ofalus. 'Mae o'n ddigon iach i fynd yn ôl i ymladd.'

Edrychodd Hannah ar Morfudd. Roedd golwg bryderus ar ei hwyneb.

'Dydyn nhw rioed yn ei anfon yn ôl i'r Ffrynt?' gofynnodd Hannah. 'Fedrwn i ddim goddef mynd drwy hynny eto.'

'Mae o'n cael ei anfon i Balestina.'

'Palestina? Mae fanno ymhellach na'r Aifft. Ydi o'n ddigon da i fynd yno?'

'Yn ôl bob tebyg.'

'Felly, does dim gobaith iddo ddod adre gyntaf?'

'Nagoes. Honna ydi'r siom fwyaf,' meddai Morfudd. 'Mi fyddwn i llawer tawelach fy meddwl petawn i'n cael ei weld.'

'Wel, fedr hi ddim bod yn waeth yno nag yn Ffrainc, na fedr Tada?'

'Dyna ydi gobaith Gwilym. Mae o'n hwylio i Alexandria o fewn wythnos.'

Eisteddodd Hannah wrth y bwrdd a dechrau rhoi trefn ar yr addurniadau Nadolig. Rywfodd, roedd yn help iddi gael canolbwyntio ar wneud rhywbeth â'i dwylo. Roedd angen bod yn ofalus iawn efo papur mor frau, a gallai ymgolli yn y pleser o orffen cadwyn a'i gwasgu ynghyd i'w chadw ar gyfer y flwyddyn nesaf. Erbyn y Nadolig nesaf, byddai'n fam . . .

Darllenodd Hannah lythyr ei brawd gan fwynhau gweld y sgrifen gyfarwydd a theimlo'n agos ato unwaith eto. Bob tro yr oedd llythyr yn dod, roedd fel petai Gwilym wedi galw heibio a sibrwd yn ei chlust fod popeth am fod yn iawn. Yna, cyn gynted ag y byddai wedi gorffen ei lythyr, byddai'r pryder amdano'n ail-gychwyn ac yn cynyddu tan ddyfodiad y llythyr nesaf.

'Bydd yn rhaid i chi roi pin bach arall ar fap y byd, Tada,' meddai Hannah.

'Wn i ddim wir, dwi'n dechrau colli 'mynedd yn ceisio deall cynllun y Fyddin bellach. Does dim synnwyr na phatrwm i'w symudiadau.'

Syllodd Hannah ar y rhes o binnau ar hyd y Western Front. Doedd rheiny ddim wedi symud fawr ers dwy flynedd.

'Yn erbyn pwy fydd o'n cwffio ym Mhalestina, Tada?' gofynnodd Morfudd.

'Y Twrciaid.'

'Rhyfedd meddwl am Gwilym yng Ngwlad Iesu Grist, 'tydi? Be' feddyli di, Hannah?'

Cofiodd Hannah fel yr oedd yn cenfigennu wrth ei brawd ddechrau'r rhyfel ei fod yn cael teithio dramor a bod yn rhan o ddigwyddiadau mawr y byd.

'Mi fyddwn i'n teimlo'n rhwystredig iawn. Mae'n siŵr ei fod yn cael ei gyfyngu gan y Fyddin, ac eto meddylia cynifer o lefydd sydd i ymweld â hwy.'

'Dwi isio deall Tada,' meddai Morfudd mewn penbleth. 'Pam bod Gwilym yn mynd i gwffio Twrciaid ym Mhalestina?'

'Mae o'n hanes hir,' meddai ei thad yn flinedig. 'Roedd un o'r brwydrau cyntaf ar gychwyn y rhyfel ym 1915 i ddal prifddinas y Twrciaid, Caer Gystennin. Mi gofiwn ni frwydr Gallipoli am byth . . . '

Roedd crybwyll yr enw bellach yn dwyn atgof o golledion dirifedi.

'Wn i ddim faint o fywydau gollwyd yn fanno, wedyn cafwyd brwydr Anzac Cove, oedd fawr gwell. Mae Prydain ar hyn o bryd yn cwffio yn Kutt al Amara, yn trio gwthio'r Twrciaid yn ôl i Baghdad.'

'Dwi'n dal ddim yn deall sut mae hyn yn helpu Jyrmans,' meddai Morfudd.

'Twrci sydd wedi ochri efo'r Almaen,' eglurodd Hannah.

Ochneidiodd Morfudd, 'Ond be' mae pawb eisiau yn y pen draw? Dyna sy'n fy nrysu i. Nes gwyddan ni be' mae'r ddwy ochr eisiau, fydd 'na ddim diwedd i'r cyfan 'na fydd?'

'Grym mae pob ochr ei eisiau, Morfudd fach. Dyna'r cwbl sydd raid i ti gofio,' meddai ei thad. 'Pwy bynnag sydd efo'r grym sy'n cael ei ffordd ei hun. Rŵan i gael grym, mae rhaid i ti fod yn berchen tir – nid unrhyw dir, ond y tir allweddol mewn gwahanol rannau o'r byd. Un o'r llefydd mwyaf allweddol ydi Camlas Suez.'

'Sydd yn fan'na,' meddai Hannah, gan bwyntio at y map. 'Rhwng y Môr Coch a Môr y Canoldir. Dwi'n eich cofio chi'n dysgu pwysigrwydd fanno i mi ar ddechrau'r rhyfel.'

'Dyna pam mae gan Brydain beth wmbredd o filwyr yn yr Aifft, ac i fanno mae Gwilym yn mynd. Mae'n ymddangos yn awr fod Prydain eisiau concro Palestina ac ymladd eu ffordd i Jeriwsalem.'

'I be'?'

'Wel does dim symud ar y Western Front, nagoes? Mae fanno ar stop ers dros flwyddyn. Hyd y gwela i, falle fod Lloyd George yn meddwl fod buddugoliaeth yn mynd i fod yn llai costus yn y Dwyrain Canol . . . '

'Dydw i ddim yn cytuno ag o,' meddai Morfudd.

Gwenodd Hannah. Fel rheol, ni fyddai Morfudd yn cyfrannu at y trafodaethau hyn. Roedd ei chlywed yn anghytuno mor groyw efo'r Gweinidog Rhyfel yn swnio'n hy.

'Pam, Morfudd?' gofynnodd, gan herio ei chwaer.

'Dydi pethau'r Dwyrain 'na rioed wedi'n lecio ni,' meddai Morfudd.

'Ti'n meddwl?'

'Ydw. Rwbath od wedi bod ynglŷn â nhw erioed.'

Rhyfeddai Hannah at yr amheuaeth ddofn yma yn ei chwaer. Hyd y gwyddai hi, doedd Morfudd rioed wedi gweld Dwyreiniwr heb sôn am dorri gair ag un.

'Mae'n siŵr ein bod yn amheus ohonynt am nad ydyn nhw o'r un grefydd â ni,' meddai William Hughes.

'Rydan ni'n addoli'r un duw â'r Almaenwyr, a ddaru hynny ddim dod â ni'n nes at ein gilydd,' atebodd Hannah.

'Digon gwir. Dyna un peth wna i byth ddeall, sut ein bod ni a'r Almaenwyr yn galw ar yr un duw, a'r ddwy ochr yn honni mai ar eu hochr hwy y mae O.'

Canodd cloch y drws ffrynt, ac aeth Morfudd i agor y drws i Nela.

'Dydach chi byth wedi gorffen y rhain?' meddai Nela wrth edrych ar y llanast ar fwrdd y gegin.

'Bron iawn, Nela, fyddwn ni fawr o dro,' atebodd Morfudd. 'Wedi bod yn trio rhoi trefn ar y rhyfel ydan ni.'

'Morfudd fach . . . '

'Ac mi ddaethon ni i'r casgliad ei fod o'n eitha tebyg i drio rhoi trefn ar addurniadau Dolig. Un cawdal mawr heb na phen na chynffon iddo.'

Rhoddodd Nela ei brat amdani a chafodd Hannah gyfle i rannu ei newyddion. Roedd Nela wrth ei bodd a dechreuodd grio. Roedd hynny mor nodweddiadol ohoni.

'Finna'n gweld Dafydd yn Dre rŵan a soniodd o 'run gair. Mae o'n deud ei fod am alw yma cyn mynd adre.'

'I weld os dwi'n dal yma 'debyg.'

'Pam nad arhoswch i de, inni gael cyfle i ddathlu?'

'Mi fyddwn wrth fy modd, Nela.'

Erbyn i Dafydd gyrraedd Eirianfa, roedd y bwrdd wedi ei glirio a the wedi ei osod. Doedd o ddim yn de eithriadol o grand, ond roedd o'n bryd cofiadwy achos roedd o'n gyfle prin i ddathlu newyddion da a'r addewid o fywyd newydd yn hytrach na galaru am fywydau a gollwyd.

PENNOD 16

Y peth cyntaf a drawodd Gwilym am y Dwyrain oedd y gwres. Ar y daith faith ar long y *Suez Pride*, roedd y gwres wedi bod yn araf godi, ond o leiaf roedd awel y môr wedi gwneud bywyd yn oddefadwy. Pan angorodd y llong yn Alexandria, yr oedd y tywydd fel canol haf, er ei bod yn ddiwedd Ionawr. Synnodd y bechgyn o weld coed palmwydd yn tyfu ym mhob man. Ar wahân i Ffrainc, doedd ganddynt ddim profiad o unrhyw wlad tu hwnt i Gymru. Wrth iddynt anadlu, roedd yr awyr ei hun yn sych, ond roedd y sychder yn fendith wedi mwd dieflig Ffrainc. Fe'u cludwyd i lawr Suez i wersyll anferth yng nghanol yr anialwch, ac yno buont am rai wythnosau, yn dygymod â'r tywydd a'r amgylchiadau newydd. Roedd cannoedd ohonynt yn byw mewn pebyll.

Ar y fordaith, cafodd Gwilym gyfle i ddod i adnabod milwyr y seithfed Bataliwn. Hogiau o Sir Feirionnydd a Sir Drefaldwyn oeddent, a'r mwyafrif wedi ymuno â'r rhyfel wedi Ionawr 1916 – bechgyn y wlad, bron bob un ohonynt. Daeth yn ffrindiau agos gyda hanner dwsin ohonynt, ac ni bu'n anodd toddi i mewn i'r criw. Wedi colledion trwm y Somme, rhoddwyd y gorau i'r syniad o Pals' Battalions, a chafwyd gwell croesdoriad o wahanol ardaloedd. Ei ffrindiau pennaf oedd Tryweryn o gyffiniau'r Bala a Mathrafal o Ddyffryn Meifod, yna roedd Jac 'Refail o Benrhyndeudraeth, tenor bendigedig, Twm Tatws Oer o rywle ger Rhydymain, a dau ffrind o Ddyffryn Banw, Bob Banw a Twrch. Yr oeddent wedi croesawu Gwilym, neu 'Cofi' fel y'i bedyddiwyd, â breichiau agored, ac roedd yn braf cael ffrindiau yn gylch cynnes o'i amgylch unwaith eto.

Gyda'r nos, byddai'n oeri yn ddigon sydyn, ond byddent yn cynhesu wrth ymgynnull yn y brif babell o amgylch tân croesawgar. Ar y noson olaf yn y gwersyll, daethant ynghyd yn ôl eu harfer.

'Fydd hi'n chwith inni ar ôl yr *holiday camp* yma,' meddai Tryweryn. Yr oedd yn fachgen tal gosgeiddig dros ei chwe throedfedd.

'Dwi'n edrych ymlaen at weld Alexandria fory,' meddai Gwilym.

'Pa mor bell ydi o?' gofynnodd Twm Tatws.

'Dim syniad mwnci,' atebodd Tryweryn. 'Tyrd 'laen, wa, rwyt ti wedi hen arfer cael dy lusgo o gwmpas gwledydd y byd. Pa mor bell ydi unrhyw le? Rydan ni'n cael ein gosod ar drên fel defed, ac yn dod oddi arno pan mae'r sarjant yn deud. Deuddydd neu wythnos – does ganddon ni ddim syniad.'

'Fedra i ddim credu mor wahanol ydi fan hyn i Ffrainc,' meddai Jac 'Refail. ''Taswn i'n gwybod ei bod hi fel hyn yma, mi fyddwn wedi gofyn am *transfer* flwyddyn yn ôl.'

'Lle'r oeddet ti flwyddyn yn ôl, Cofi?' gofynnodd Tryweryn.

Roedd rhaid i Gwilym feddwl dipyn cyn ateb.

'Ionawr 1916? Diawch, dyna ti'n gofyn rywbeth . . . Lle'r oeddet ti?'

'Adre, fel pob diawl call. Ddaru nhw ddim dechrau dod ar ein hole ni tan Fis Mawrth. Dydd Gŵyl Ddewi oedd y dydd olaf cyn iddyn nhw allu dy orfodi di i listio.'

'Newydd gyrraedd Ffrainc oedden ni, 'debyg,' meddai Gwilym, 'Ie, croesi cyn Dolig 1915. Yng nghyffiniau Béthune neu rywle felly oedden ni am wn i. Wedyn cyn Pasg gawson ni *leave* – dwi'n cofio hynny, ac mi ddaethón ni'n ôl i glywed fod y Gwyddelod wedi codi mewn gwrthryfel.'

'I Frongoch y daethon nhw,' meddai Tryweryn, 'daflaid carreg o'm cartref i.'

'Pwy?'

'Y Gwyddelod – yr *Irish Republican Brotherhood*.'

'Dod yno i guddio?'

'Naci, siŵr – fel carcharorion. Ddaru nhw ddal dwy fil ohonyn nhw, yn ein pentra ni.'

'Roedd gen i ffrind, Twm 'Raur oedd ei enw fo, yn gefnogwr brwd i achos y Gweriniaethwyr.'

'Roeddan ni i gyd yn gefnogol iddyn nhw, roedd yna gydymdeimlad mawr efo dynion oedd eisiau trechu'r Sais.'

'Ond pam dewis Bala o bob man?'

'Nid bachgan o Bala ydi Tryweryn,' meddai Twm Tatws. 'Mae'n gwylltio'n gandryll pan wyt ti'n ei gyhuddo o hynny.'

'O Gwm Celyn ydw i – mae yna wahaniaeth pwysig. Glywaist ti am Michael Collins erioed?'

'Naddo.'

'Iechyd, 'dach chi'n bobol dwp tua Caernarfon! Michael Collins ddaru arwain y gwrthryfel. Roedd ynte yn Frongoch.'

'Wyddwn i ddim fod yna garchar ffordd yna,' cyfaddefodd Gwilym.

'Doedd 'na ddim, siŵr iawn. Hen waith wisgi oedd o, a wedyn dyma nhw'n codi cytie pren i gadw'r Gwyddelod. Doedd amodau yno ddim yn dda iawn.'

'Ddylech chi fod wedi helpu nhw i ddianc.'

'O, roedd ganddon ni gynlluniau mawr, rai ohonom ni. Ond ddaeth dim byd ohonyn nhw.'

'Mae gen i edmygedd garw o'r Gweriniaethwyr,' meddai Gwilym.

'Cana gân Wyddelig inni, Tryweryn,' meddai rhywun, a chanodd Tryweryn alaw hyfryd ddaru swyno pawb am y ferch o Tralee.

'Jac, dy dro di rŵan,' meddai Tryweryn, a wedyn gawn ni Longau C'narfon gan Cofi.'

Chwarddodd pawb. Un gân oedd gan Gwilym, a Llongau C'narfon oedd honno.

Roedd gweddill y criw wedi synnu at ei ddiffyg gwybodaeth o ganeuon.

'Mathrafal, tynna dy ben o'r llyfr 'na. Be' mae o'n ddarllen, Twrch?'

Edrychodd Twrch ar lyfr ei gyfaill.

'*Chinese* ydi o.'

'Mathrafal! Pam ydach chi'n darllen Chinese, a chitha'n cael cystal cyngerdd?' gofynnodd Tryweryn mewn llais prifathro.

'Arabeg ydi o, syr.'

'G-g-gormod o frêns sgin y c-cradur 'ne,' meddai Bob Banw.

'Fydd o'n ddigon handi fory pan fyddwn ni yn trio canfod ein ffordd o amgylch Alexandria.'

'Eitha pwynt, Mathrafal. *Special dispensation* i ti gario mlaen i stydio. Gweddill ohonoch chi, 'dan ni am wneud côr. 'Be' ganwn ni? Rhywun i ddewis emyn . . . '

'O Iesu mawr.'

'Gawson ni honno neithiwr.'

'I bob un sy'n ffyddlon.'

'Reit, Jac – wnei di ei tharo hi?'

Tra oeddent yn canu, sleifiodd Gwilym allan i'r awyr iach. Roedd o eisiau mwynhau tawelwch yr anialwch. Cerddodd ymysg y pebyll, â'r canu'n dal o fewn clyw. Wrth edrych ar y sêr, ac amlinell y pebyll yng ngolau'r lleuad, roedd cysur dychrynllyd i'w gael o'r geiriau cyfarwydd:

'Awn i gwrdd â'r gelyn, bawb ag arfau glân;
Uffern sydd i'n herbyn â'i phicellau tân
Gwasgwn yn y rhengoedd, ac edrychwn fry;
Concrwr byd ac angau acw sydd o'n tu!
I bob un sy'n ffyddlon,
Dan ei faner Ef,
Mae gan Iesu goron gry
Yn nheyrnas nef!'

A oedd Duw yn clywed tybed, a hwythau mor bell â hyn o Gymru? Neu a oeddent bellach allan o glyw Duw ac ym mhresenoldeb duw dieithr o'r enw Allah? Doedd wybod, ond teimlai Gwilym ryw ddieithrwch rhyfedd yno.

Ar y dydd Sadwrn, cawsant amser i fynd i grwydro dinas Alexandria ei hun. Mathrafal oedd yn arwain y ffordd, ac er iddo stydio mor galed, y syndod oedd bod cymaint o Saesneg i'w chlywed o gwmpas.

'Maen nhw wedi eu concro gan Bryden ers bron i ddeugain mlynedd, felly ddylai e ddim bod yn syndod,' meddai Mathrafal. 'Mi fomiwyd y lle yma'n ddidrugaredd.'

'A faint o drysorau gollwyd bryd hynny, tybed?' holodd Jac 'Refail.

'Dydw i erioed wedi bod mewn lle mor hen,' dywedodd Twm Tatws.

Cynigiodd Mathrafal eu bod yn cael paned o goffi ar y brif stryd, yr al-Hurriyah Avenue, a thipyn o syndod oedd gweld y gweinydd yn dod â chwpanau bach bach iddynt yn cynnwys coffi cryf.

'Faint dalet ti am hwn, Math? Does na ddim llond llyged neidr ynddo.'

'Rwyt ti'n cael cwpan o ddŵr efo fo hefyd.'

Mentrodd Twrch ei yfed.

'Roedd gwell blas ar asiffeta Mam ers talwm,' meddai gan besychu.

'Tania sigarét i mi, falle yr aiff o i lawr yn well.'

'Mae mwy o flas arno na the'r Fyddin.'

Cododd Tryweryn a mentro at y cownter.

'Dwi'n credu mai'r syniad ydi eich bod chi'n byta teisen fach efo fo, mae hynne yn ei wneud o'n llai chwerw.'

'Teisen i bawb!' gwaeddodd Mathrafal, ac wedi i'r danteithion eu cyrraedd, cythrodd pawb amdanynt. Teisennau melys iawn oeddent, yn llawn siwgr a mêl ac yn dipyn o newid i fechgyn oedd wedi cael eu hamddifadu o bethau melys ers cyhyd.

Eisteddodd Gwilym yn ôl a rhyfeddu at yr olygfa. Roedd y gymysgedd hynotaf o bobl yn gweu drwy'i gilydd blith draphlith. Llawer yng ngwisgoedd llaes yr Eifftwyr, a chapiau fel bocsys ar eu pennau, eraill mewn siwtiau gorllewinol, crys a thei. Edrychai'r merched yn eithriadol o hardd gyda'u llygaid tywyll a'u hwynebau dirgel, ond nid oedd modd dal llygad yr un ohonynt.

'Edmygu'r merched wyt ti Cofi?' gofynnodd Tryweryn.

''Tydyn nhw'n dlws?'

'Gwylia dy gam. Oes gen ti gariad adre?'

'Nagoes, wir. Dwi'n ddyn rhydd.'

'Cer o'na. Hogyn smart fel ti!'

'Nagoes, wir yr! Beth amdanat ti?'

'Dwi'n canlyn Leusa ers dros flwyddyn. Y ferch glenia'n fyw.'

'Ydi hi'n sgwennu?'

'Ydi, llythyrau diawchedig o ddigalon, y gre'dures. Wn i ddim pam mae hi'n meddwl 'mod i eisiau clywed pethe mor ddigalon. Newyddion o'r cwm ydw i eisiau.'

'Beth am y lleill? Oes ganddyn nhw gariadon?'

'Dim ond Jac a Math. Mae'r tri arall yn chwilota'n brysur.' Chwarddodd Tryweryn.

'Edrych ar Twrch mewn difrif calon. Sut cafodd o'i dderbyn i'r Fyddin, wn i ddim.'

'Llonydd ydi'r unig beth mae o eisiau. Fedri di ddychmygu fo yn cael Eifftes yn wraig ac yn mynd â hi'n ôl efo fo i Ddyffryn Banw?'

'Fydde haws gen i feddwl am Bob yn bachu un!'

'Pâr a hanner ydyn nhw.'

'Beth ydi'u gwaith nhw adre?'

'Gweision ffermydd. Problem Twrch ydi ei fod o'n ddiog. Wnaiff o ddim byd oni bai dy fod efo chwip uwch ei ben. Be' ddeudaist ti oedd dy waith di?'

'Gweithio i'r papur newydd lleol. Tithau?'

'Mi fydda i'n helpu 'nhad ar y fferm ac yn gweithio dipyn yn y siop leol – cario stwff a ballu . . . a thrin ceffylau. Dyna 'nileit i.'

'Fues ti efo'r ceffylau yn Ffrainc?'

'Do – tan dorrodd o 'nghalon i. Doedd o ddim yn lle ffit i ddod ag anifeiliaid nag oedd?'

'Doedd o ddim yn lle ffit i neb. Dwi'n dal i gael hunllefau amdano,' cyfaddefodd Gwilym.

'Ac edrych arnan ni rŵan – mewn caffi yn un o borthladdoedd hynaf y byd. Hei – ydyn ni'n barod i symud ymlaen?'

Roedd gweddill yr hogiau wedi cael gafael ar gêm o ddraffts, ac wedi iddynt orffen, roeddent yn barod i ail-gychwyn ar eu taith.

'Ydach chi ffansi gweld yr hen ran o'r ddinas?' gofynnodd Mathrafal, ac yn wir, bu'n dywysydd gwych drwy'r bore. Yn y rhan Dwrceg o'r ddinas, cawsant ryfeddu at fosgiau a slymiau, yna dod allan yn y sgwâr i weld cymysgedd o fanciau, siopau, gweithfeydd cotwm a *bazaars*. Y *bazaars* oedd y gorau. Yma, roedd modd gweld bywyd yn ei gyfanrwydd a chytunai pawb ei fod yn rhagori ar Ffair y Bala hyd yn oed. Yr oedd amrywiaeth o nwyddau o bob math ar y stondinau, yn gadwyni aur ac arian, yn waith gwnio, yn ddillad, tebotiau copr, defnyddiau cain, persawr, sbeis lliwgar mewn soseri anferth, nwyddau lledr a charpedi na welsant eu tebyg.

'Wyt ti'n cael dy demtio, Bob?' gofynnodd Gwilym.

'Mae'r lle 'ma bron â d-d-drysu d-d-dyn, 'tydi?'

'Wn i ddim, 'tase gen i ddigon o bres, mi gawn fy nhemtio i brynu tipyn o bopeth.'

Wrth iddo ddweud hyn, gwelodd Mathrafal yn dadlau'n groch efo perchennog stondin a phrysurodd yn ei flaen i gael bod yn dyst i'r hwyl.

'Math sydd eisie slipers,' eglurodd Twm Tatws, 'gobeithio ei fod o'n gwybod be' mae o'n neud – fydd rhein wedi ei flingo fo.'

Ond daeth Mathrafal o'r stondin efo pâr o sliperi lledr meddal gyda'u blaenau'n troi, yn union fel yn storïau Ali Baba ers talwm.

Y lle mwyaf tangnefeddus iddynt ymweld ag o oedd Gerddi Shallalat, ym mhen pellaf y ddinas, gerddi tu ôl i furiau anferth, lle'r oedd modd anghofio eu bod yng nghanol tref brysur. Yr oedd coed palmwydd tal a chasgliad amheuthun o ddail a blodau yno. Roedd yno hyd yn oed adar a ieir bach yr haf.

'Gawn ni ddod i fan hyn eto?' gofynnodd Jac 'Refail, 'mae hi fel nefoedd yma.'

'C-c-codi hiraeth am adre.'

'Dos one, Bob, lle gwelaist ti le fel hwn yn Nyffryn Banw rioed?' meddai Tryweryn gan dynnu ei goes.

Roedd y criw yn barnu bod manteision pendant i fyw yn y Dwyrain o'i gymharu â gaeafau gerwin Gogledd Cymru.

Cyn troi'n ôl am y gwersyll, aethant i weld prysurdeb y porthladd, oedd yn newid llwyr i'r gerddi. Yr oedd pob math o wahanol genhedloedd i'w gweld yno, yn bobl dduon, Twrciaid, Eidalwyr, Indiaid, a phobl o Asia. Yr oedd pawb ar frys gwyllt, naill ai yn cyrraedd neu yn ymadael, a gormod o baciau ganddynt. Syllodd Bob a Twrch am hydoedd ar ddyn bach efo mwnci ar ei ysgwydd oedd yn ceisio gwerthu cadwyni. Munud roedd o wedi cael gafael ar gadwyn, roedd y mwnci yn cythru amdani a dianc nes roedd y dyn bach yn gwylltio'n gandryll. Roedd llongau yn cael eu llwytho a morwyr yn plygu yn eu hanner dan bwysau sachau grawn. Doedd hi ddim yn olygfa mor wahanol â hynny i Gei Llechi meddyliodd Gwilym. Dychmygodd fod un o'r llongau hyn yn mynd i G'narfon, ac mor hawdd fyddai iddo guddio ar ei bwrdd a gwneud y daith hir yn ôl adre . . .

'Rwyt ti mhell i ffwrdd, Cofi,' meddai Mathrafal.

'Chwarae efo'r syniad o ddal un o'r llongau 'ma adre oeddwn i.'

'Finnau'n ceisio gorffen englyn . . . Mae gynnon ni amser i gerdded ar hyd y Corniche cyn mynd yn ôl.'

'Beth ydi hwnnw?'

''Run fath â traeth efo caffis a chychod eto.'

'Mathrafal – wyt ti'n siŵr nad wyt ti wedi bod yma o'r blaen?' a chwarddodd y ddau yn gynnes.

Wedi'r fath fore, roedd pawb yn teimlo iddynt gael seibiant go iawn, ac yn dilyn y dril amser cinio, roeddent eisiau cyfle i sgwennu llythyr i ddweud yr hanes wrthynt adref. Erbyn te, roedd gan y Sarjant newyddion iddynt. Byddent yn symud drannoeth i Balestina.

Gyda chalon drom y ffarweliodd y criw ag Alexandria, gan wybod na fyddai'r un ohonynt yn debygol o gael y cyfle i ymweld â hi eto. Yn hwyr y prynhawn, yr oeddent yn ôl yn y porthladd prysur ac yn dal llong i Gaza, un o'r trefi cyntaf ar ôl croesi'r ffin o Anialwch Sinai. Wedi iddynt gyrraedd, treuliwyd diwrnod cyfan yn ailosod y pebyll ac yn rhoi trefn ar y gwersyll. Lle bynnag yr âent, yr un drefn oedd yn cael ei chadw, boed yn Ffrainc, yr Aifft neu Balestina. Codi'r un awr, parêd, brecwast, dril, ymarfer, glanhau offer, parêd, cinio, dril, gorffwys yn y prynhawn oherwydd y gwres, a dril eto cyn swper.

Yr oedd y tymheredd yn boethach y tu allan i Gaza, a hwythau ymhellach o'r môr, ac yr oedd stormydd tywod yn bethau go gyffredin. Daeth y milwyr i'r casgliad nad iwnifform oedd y wisg fwyaf addas, a hawdd oedd deall gwisg yr Arabiaid â'u clogyn am eu pennau. Dyna'r union beth oedd ei angen pan fyddai storm dywod yn digwydd.

'Mi allen ni ofyn i'r sarjant am dipyn o gynfasau i wneud y penwisgoedd, 'debyg,' meddai Mathrafal.

'A meiddio gadael i filwyr Prydeinig edrych fel pobl leol – dydw i ddim yn credu rywsut,' meddai Gwilym. 'Dyna un peth rydw i wedi ei ddysgu yn y Fyddin. Gwisgo iwnifform smart â botymau yn sgleinio ydi'r peth pwysicaf mewn bywyd.'

Yn y cantîn yr oeddent, yn gorffen pryd o gig a reis.

'Hiraethu am datws, Twm?' gofynnodd Tryweryn.

'Mi fase'n newid braf, 'base?' meddai Twm. 'Dwi wedi alaru ar reis bob pryd.'

'Maen nhw'n rhoi rhyw sbeisus digon blasus ynddo,' meddai Twrch.

'Ydi, dwi wedi cymryd at y bwyd poeth yma – digon o flas arno.'

''Mond bod nhw'n m-m-mynnu rhoi c-c-cyraints ym mhob

diawch o bob dim.'

Roedd hyn yn destun jôc gan weddill y criw. Digon hawdd gweld p'run oedd plât Banw ar ddiwedd pob pryd. Roedd cylch o gyraints neu syltanas yn addurno'r ochr, ac yntau wedi mynd i drafferth i boeri pob un allan fesul un.

'Wyt ti'n cael syltanas mewn pwdin reis gan dy fam adre?' meddai Tryweryn.

'Randros nac ydw. Fasa hi ddim yn b-b-b-breuddwydio gwneud y fath b-b-beth. Mewn t-t-t-torth frith yn unig ddylai c-c-c-cyraints fod, a dwi'n c-c-cadw'n glir o'r rheiny hyd yn oed. Dydyn nhw ddim yn d-d-d-dygymod â mi.'

Daeth Jac i mewn.

'Lle'r wyt ti wedi bod Jac?' gofynnodd Twm.

'Dwi wedi cael trysor – edrychwch be' roddodd Major Davies i mi.'

'Beth ydyn nhw?'

'Deg copi! Fydd 'na ddim stop arnon ni rŵan!' meddai Jac gan roi'r pentwr ar y bwrdd.

Cododd Twm un ohonynt a darllen y clawr, 'Llawlyfr Cymanfa Ganu Eisteddfodol, dowch – lle cefaist ti'r rhain?'

'Maen nhw'n gwerthu nhw mewn ffeiriau sborion yn Gaza,' meddai Tryweryn yn goeglyd, 'wyddet ti ddim? Mynd garw arnyn nhw tua'r adeg yma o'r flwyddyn.'

'Fi oedd wedi gofyn fydda modd cael tipyn o gopïau o emynau Cymraeg, ac mae'r hen gr'adur wedi gwneud ei orau. Pryd gawn ni bractis? Heno?'

'Does gen i ddim arall wedi ei drefnu yn fy nyddiadur,' meddai Gwilym, a chytunodd pawb y byddai'r Ysgol Gân yn dechrau'r noson honno.

Bob yn ail noson wedyn, daeth yr Ysgol Gân yn hynod boblogaidd, ac yr oedd pawb eisiau ymuno. Yr unig amod oedd bod yn fodlon canu yn Gymraeg, a byddai'r rhai nad oedd yn berchen llais canu wrth eu boddau yn gwrando. Jac 'Refail oedd yr arweinydd, ac roedd ganddo ddisgyblaeth lem. Wnâi unrhyw ganu mo'r tro, yr oedd yn mynnu dim llai na pherffeithrwydd. Gwnaeth ei orau i ddod o hyd i biano, ond pan glywodd sôn am fargen, rhoddodd y sarjant ei droed i lawr, roedd ganddynt ddigon o bethau i'w cludo o gwmpas, heb ddechrau llusgo piano ar draws yr anialwch.

Uchafbwynt pob cyngerdd oedd solo gan Jac 'Refail, a'r un oedd cais yr hogiau bob tro.

'Cana'r gân dlws 'na, Jac.'

'Mae pob cân dwi'n ei chanu'n un dlws.'

'Yr un am syched yn yr anialwch.'

'Ar dôn Catharine!'

'Emyn pump yn y detholiad i bwy bynnag sydd am ganu efo mi – "Ymgeledd mewn Tir Sychedig" ydi'r geiriau uwch ei ben. Addas iawn a ninnau yma . . . '

Ond ni fyddai neb yn meiddio canu gyda Jac, dim ond cau eu llygaid a theimlo angerdd Williams Pantycelyn,

'Y mae syched ar fy nghalon
Heddiw am gael gwir fwynhau
Dyfroedd hyfryd ffynnon Bethlem –
Dyfroedd gloyw sy'n parhau;
Pe cawn hynny,
'Mlaen mi gerddwn ar fy nhaith.

Y mae gwres y dydd mor danbaid,
Grym fy nwydau fel y tân,
A gwrthrychau gwag o'm cwmpas
Am fy rhwystro i fynd ymla'n;
Rho im gysgod,
Addfwyn Iesu, ganol dydd.'

PENNOD 17

Roedd si ar led fod ymosodiad am fod ar luoedd y Twrciaid tua diwedd Mawrth, 1917. Erbyn hynny, roedd y Ffiwsilwyr wedi eu symud i wersyll ger Dier-El-Belah, neu 'Dear Old Bella' fel y'i gelwid gan bawb, heb fod ymhell o Gaza. Cynyddodd yr oriau ymarfer, a dechreuodd hud y dwyrain bylu wrth i bawb sylweddoli mai'r un oedd eu diben yno ag yn ffosydd Ffrainc. Tua chanol Chwefror, daeth y newyddion fod Prydain wedi llwyddo i roi'r farwol i'r gelyn yn al Kut, a'u bod ar y ffordd i Baghdad. Yn nhiroedd Palestina, dan arweiniad Syr Archibald Murray, roedd lluoedd Prydain i gychwyn y gwthio mawr tuag at Jeriwsalem.

Er gwaethaf yr holl ymarfer, roedd y bechgyn yn dal i gael cyfle i barhau â'r Ysgol Gân. Byddai Arthur Williams, y caplan Cymraeg, yn barod iawn ei gymorth ac yn ffyddlon ym mhob ymarferiad. Roedd yn rhyddhad iddo gael cyrraedd y cantîn ar ddiwedd diwrnod caled ac eistedd i lawr i wrando ar Gôr Meibion Gwlad yr Addewid, fel y'u bedyddiwyd hwy, yn canu ei hochr hi. Doedd dim golygfa well na gweld y criw i gyd, eu llyfrau yn eu llaw, yn llewys eu crys a'r rheiny wedi eu troi i fyny, trowsusau cwta, gwres yr hwyr yn dal yn boeth, a chwys diferol dros eu hwynebau, ond pob un yn canu fel eos. Yr oedd angerdd arbennig yn perthyn i'w cân, a sŵn hiraeth dybryd yn yr hen dônau. Roedd modd crynhoi mewn emyn yr hyn a olygai Cymru i'r caplan, a gallai'r hogiau â'r lleisiau hyn, oedd yn trin arfau rhyfel yn ystod y dydd, gael eu trawsffurfio gyda'r nos yn lleng o angylion.

'Pwy ydyw'r rhai a ehedant
I demel Jeriwsalem wiw?
Fel gwyn golomennod dychwelant
I harddu ffenestri fy Nuw;
Cenhedloedd o Aifft eu caethiwed
Sy'n dyfod i weled y wawr;
Brenhinoedd offrymant eu teyrnged
Wrth orsedd Emmaniwel mawr.'

Wrth wrando ar y geiriau, rhyfeddodd Arthur Williams fod yr emynau hyn yn cael mynegiant yng Ngwlad yr Addewid. Wrth eu cyfansoddi, ddaru'r Hen Bant ac emynwyr eraill ddychmygu y câi eu geiriau eu canu gan gôr o filwyr yng Nghanaan ei hun? Yr oedd cynifer o gyfeiriadau at yr Iorddonen, Bethlehem, y daith trwy'r anialwch a chyrraedd y Ddinas Sanctaidd yn rhoi min ychwanegol i'r emynau. Roedd yna eironi rhyfedd mai amodau rhyfel oedd wedi gwneud y côr hwn yn bleser mewn adfyd.

Un o'r gwahaniaethau mwyaf rhwng Ffrainc a Phalestina oedd bod y Fyddin yn defnyddio camelod yn hytrach na cheffylau i gario llwythau. Ar y dechrau, roedd hon wedi bod yn jôc fawr rhwng yr hogiau, ond yn raddol, daethant i barchu yr anifeiliaid rhyfedd a adwaenid fel llongau'r anialwch. Roedd rhyw dawelwch ac urddas yn perthyn iddynt, a doedd dim byd tebyg i weld llynges o gamelod yn cerdded yn un rhes osgeiddig bwyllog ar draws y tywod ar doriad gwawr. Daeth Tryweryn yn arbennig o hoff ohonynt, ac ef yn aml iawn fyddai'n gyfrifol am eu bwydo. Un bore daeth Gwilym ar ei draws yn mwytho camel wrth i hwnnw gael ei frecwast.

'Dyna hi, Myfanwy, yn fodlon wedi cael ei phryd boreol,' meddai.

'Fedri di ddim galw camal yn Myfanwy, chwarae teg.'

'Pam lai?'

'Enw Arabaidd ddylai fod arni. Dydi rioed wedi clywed am Gymru.'

'Am be' wyt ti'n feddwl 'dan ni'n sgwrsio bob bore – Myfanwy a fi?'

'Does gen i 'run syniad, Tryweryn.'

'Dwi'n rhestru pob fferm sydd adre gan ddechrau efo Tŷ'n Bychan a'i thywys i lawr y cwm. Mae hi wrth ei bodd. Gwranda rŵan – Hafod Fadog, Garnedd Lwyd, Gelli Uchaf, Gwerndelwau, Hafodwen, Tŷ Nant, Craigyronw, Weirglodd Ddu, Maesydail, Bochyrhonwy, Bryn Ifan, Gwerngenau a Tyncerrig!'

Roedd y camel yn ymateb i lafarganu Tryweryn ac yn nodio ei phen fel petai'n deall y cyfan. Aeth Tryweryn yn ei flaen.

'Hogyn o Sir Gaernarfon ydi hwn, Myfanwy, a does ganddo fo mo'r syniad lleiaf am be' 'dan ni'n sôn. Dydw i ddim yn credu ei fod o wedi bod yn agos at Gwm Celyn, felly maddau ei anwybodaeth.'

Nodiodd Myfanwy yn ddoeth.

'Mae'n ddrwg gen i dy amau di. Ac am be' mae Myfanwy yn siarad efo ti?'

'O, mae gan Myfanwy stôr o straeon. Amser swper mae hi'n rhannu rheiny efo fi, ac mae'n adrodd chwedlau'r anialwch i mi, ac yn dweud ei hanesion yn crwydro llethrau'r hen wlad yma.'

'Oes gen ti enwau i'r lleill?'

'Wel, fues i'n ddiog braidd, a'u henwi ar ôl buches Ciltalgarth, ond maen nhw'n berffaith hapus. Dim ond bod Myfanwy dipyn bach yn sbesiyl.'

'Well i ti frysio rŵan, mae'n tynnu at amser dril. Wyt ti'n mynd i'r Ysgol Gân heno 'ma?'

'Falla. Dwi wedi cael llond fy mol ar ganu emynau braidd. Y byd a ddaw a ballu.'

'Be' arall wnei di mewn anialwch, a thithau'n Gymro?' gofynnodd Gwilym yn syn.

'Mae Twm Tatws a fi wedi cael syniad.'

'Ia . . . a be' ydi hwnnw?'

'Gwneud drama fach. Mae Twm yn perthyn i gwmni drama

yn Rhydymain, ac roedd ganddo ffansi gwneud rhywbeth ar gyfer Gŵyl Ddewi – rhyw gonsart bach. Mi fydda Lleisiau'r Addewid yn cael gwneud y rhan ddifrifol, a mi fydda'r ddrama yn ysgafnhau'r achlysur.'

'Hynna'n swnio'n hwyl.'

'Wyt ti'n fodlon cymryd rhan?'

'Dydw i rioed wedi actio yn fy mywyd.'

'Flwyddyn yn ôl, doeddwn i rioed wedi saethu gwn. Mae rhai pethau sy'n rhaid i ti eu dysgu yn sydyn iawn.'

'Falle byddwn i'n well tu ôl i'r llwyfan . . . '

'Does ganddo ni ddim llwyfan ar hyn o bryd, heb sôn am gefn llwyfan, ond hitia befo. Mi brynodd Twm focs o *greasepaints* a phaent yn Alexandria, a 'dan ni'n chwilio am wisgoedd gwahanol. Falla bydde Math yn fodlon sgwennu sgets inni.'

Tyfodd y syniad yn sydyn ac roedd yr hogiau wrth eu bodd. Cwmni Bella oedd enw'r criw actorion, a rhwng pawb, cafwyd digon o syniadau ar gyfer dwy sgets. Ffantasi lwyr ydoedd, am werthwr sliperi o Gairo oedd â phâr hud a gafodd ei dwyn. Roedd al-Miglwr yn lleidr cyfrwys, ond roedd MoamHud yn swynwr mwy cyfrwys, a thrwy ddirgel ffyrdd yn dod o hyd i'r sliperi ac yn eu dychwelyd i'r gwerthwr hapus. Roedd y sgets arall yn un wirion bost am griw o gantoresau Arabaidd a'r brif gantores, Sheba o Beersheba yn syrthio mewn cariad gyda Twrch ac eisiau dychwelyd efo fo i Gymru. Mathrafal wnaeth y caneuon, ac roeddent yn fendigedig. A dweud y gwir, profodd yr ymarferion canu yn fwy o sbort na'r Ysgol Gân, fel bod yn rhaid cystadlu am nosweithiau i'w cynnal. Ond gyda brwdfrydedd heintus Twm Tatws a Thryweryn, doedd dim teimladau cas.

Un noson, yr oeddent yn mynd drwy eu pethau ac yn cael y sbort ryfeddaf. Ar flaen y llwyfan, yr oedd Tryweryn wedi ei wisgo mewn gwn liwgar a'i wyneb wedi ei gannu gyda blawd. Roedd dwy ael berffaith uwch ei lygaid a thrwch o lipstic ar ei wefusau. Gorchuddiwyd ei ben gyda lliain sgarlad â pheth wmbredd o gadwyni aur yn hongian ohono. Ysgwydai ei ben ôl yn ddireidus a chanai'n angerddol:

> 'Sheba o Beersheba ydi f'enw i
> Yn hogan benderfynol iawn, coeliwch fi,
> Dawnsio'n llon hyd yr orie mân
> Rownd a rownd i alaw'r gân
> Dim ond un dymuniad bach sydd gennyf i
> Sef ennill serch hen Dwrch o Gymru.'

Wrth iddo ganu hon a wincio'n smala ar y gynulleidfa, roedd Twrch yn cerdded tu ôl iddo yn ei wn nos yn gwbl ddi-glem. Ar ochr y llwyfan, roedd Gwilym yn gwneud ei orau i gyfleu cerddoriaeth ddwyreiniol gyda thipyn o ffyrc a sosban. Yn gwbl ddirybudd, cododd gorchudd y babell a safodd y Caplan Arthur Williams yno'n geg-agored. Stopiodd pawb yn stond.

'Na, peidiwch â gadael i mi eich styrbio chi, hogiau . . . eisiau eich atgoffa am oedfa nos fory oeddwn i. Be' sydd yn mynd ymlaen – pantomein?'

Edrychodd y criw ar ei gilydd.

'Practis ydi o,' meddai Jac.

'Ar gyfer consart Gŵyl Ddewi.'

'Syrpreis oedd o i fod.'

Ac yn gwbl annisgwyl, dechreuodd Arthur Williams chwerthin yn harti.

'Welais i rioed y fath olwg ar neb. Pwy ydi honna ar y llwyfan?'

'Dydych chi ddim yn nabod Tryweryn?'

'Fasa'n anodd nabod unrhyw un dan y fath baent.'

Ac yn wir, doedd y Caplan ddim dicach, a bu'n gymorth mawr gyda'r cwmni drama, ar yr amod na fyddai neb yn cario straeon nôl i Gymru.

Rai nosweithiau yn ddiweddarach, roedd Mathrafal a Gwilym ar ddyletswydd nos rhyw filltir o'r gwersyll. Roedd yna ryw ffurf ar ffosydd yn y tywod, ond doedd dim rhaid cysgu ynddynt oni bai bod rhywun ar wyliadwraeth.

Prin iawn oedd y sŵn o gyfeiriaid y Twrciaid. Byddai saethu achlysurol, ond dim byd difrifol. Er bod amodau yn filgwaith gwell yn y Dwyrain nag oeddent ar y Western Front, roedd cerdded am amser maith ar y tywod yn gallu bod yn hynod flinedig. Y noson honno, roedd y ddau gyfaill yn wynebu'r gogledd ar y darn tir a elwid yn Samson's Ridge a Delilah's Neck. Yng ngolau'r lleuad, hawdd oedd dychmygu ffurfiau'r tywod fel darnau o gorff dynol.

'Rydan ni'n ymladd hen, hen frwydr, wyddost ti,' meddai Mathrafal yn ddwys.

'Ydan ni?'

'Lawr yn y dref lle'r oedden ni ddoe – Kham Yuris, roedd 'na furddun hen dŵr.'

'Do mi welais i o. Beth oedd o?'

'Un o'r hen geiri o gyfnod y Croesgadau. Dyna i ti ba mor hen ydi'r frwydr.'

'Dydi hynny ddim mor hen i hogyn fagwyd yng nghysgod Castall C'narfon,' atebodd Gwilym gyda gwên.

'Wyt ti wedi 'studio mapiau'r ardal yma?' gofynnodd Mathrafal.

'Do, rhyw gymaint,' atebodd Gwilym.

'Wyt ti'n sylweddoli lle sydd o'n blaenau – rhyngom ni a Jeriwsalem?'

'Fedra i ddim dweud 'mod i mor gyfarwydd â hynny â'r trefi.'

'Maen nhw'n enwau cyfarwydd iawn – Bethlehem, Hebron ac Engedi.'

'Rhyfedd 'te?'

'Ie, a beth ydi enwau'r capeli yn y dref agosaf i mi? Jerusalem, Hebron ac Engedi.'

'Tu allan i G'narfon, mae gennym ni bentrefi – Bethel, Nasareth a Nebo. Ac mae capel Engedi yn G'narfon hefyd.'

'Faint o'r trefi hyn gaiff eu difrodi cyn inni gyrraedd Jeriwsalem?'

'Dibynnu pa mor rymus fydd gwrthwynebiad y Twrciaid.'

'Mae ganddyn nhw fwy o hawl dros y lle na ni, 'debyg.'

'Os wyt ti'n fodlon ildio Jeriwsalem i baganiaid . . . '

'Gwilym bach, dydyn nhw ddim mwy o baganiaid na ni. Mae ganddyn nhw eu duw eu hunain, ac maen nhw'n ei gymryd o gymaint o ddifri â ni, hyd yn oed os nad ydyn nhw'n canu emynau.'

'Ond os wyt ti'n credu mai un gwir Dduw sydd 'na . . . dwyt ti ddim yn credu ein bod ni'n gwneud y peth iawn yn rhyddhau Jeriwsalem?'

'Nac ydw, ond dydw i ddim am ddechrau trafod diwinyddiaeth efo ti rŵan. Cwbl ddeuda i, mae a wnelo'r rhyfel yma fwy efo'r Anglo Persian Oil Company nag â'r Hollalluog.'

'Pam wyt ti'n cwffio 'ta, Math?'

'Am 'mod i wedi cael fy ngorfodi. Adre ym Meifod faswn i 'tase gen i unrhyw ddewis yn y mater.'

Buont yn dawel am amser maith wedyn. Teimlodd Gwilym fod yn rhaid iddo gredu bod diben i'w presenoldeb yno. Roedd o eisiau credu ei fod yn gwneud rhywbeth iawn ac anrhydeddus, fod rhyw urddas yn perthyn i'r frwydr i gyd. Roedd dadlau ffyrnig wedi bod ymysg criw y Cofis yn aml, ond roeddent i gyd wedi gwirfoddoli i ymladd am ryw reswm neu'i gilydd. Roedd meddylfryd y conscripts yn wahanol, a byddai wastad yn anghofio hynny.

Roedd yn ddiflas efo neb i siarad ag o.

'Mathrafal?'

'Ia?'

'Am be' wyt ti'n ei feddwl?'

'Am gerdd ddarllenais i heddiw.'

'Cerdd am beth oedd hi?'

'Am y rhyfel, gan fardd ifanc o'r enw Wilfred Owen. Wyt ti eisiau ei chlywed? Mi 'dysgais hi ar fy nghof.'

Roedd rhywbeth rhamnatus iawn ynglŷn â Mathrafal, am ei fod yn fardd, 'debyg. Teimlai Gwilym yn eiddigeddus ohono yn gallu dysgu darnau o farddoniaeth ar ei gof, a fyddai'n gysur iddo ar adegau fel hyn.

'Dwi'n glustiau i gyd. Dwi fawr o ben efo barddoniaeth, ond dwi'n lecio sŵn geiriau. Mae 'na gymaint o gysur i'w gael ohonynt.'

'Wn i ddim faint o gysur gei di o hon,

"I am the enemy you killed, my friend.
I knew you in this dark: for so you frowned
Yesterday through me as you jabbed and killed.
I parried but my hands were loath and cold.
Let us sleep now . . . " '

Ni chlywodd Gwilym gerdd fwy arswydus yn ei fyw. Wrth i lais pwerus Mathrafal adrodd y geriau, edrychodd i'r nos, a daeth delweddau erchyll i'w gof. Roedd y gerdd yn siarad yn bersonol ag o, ac yn fyw o flaen ei lygaid drachefn fe ddaeth yr wyneb hwnnw yr oedd wedi ceisio ei gladdu gyhyd. Gwelodd y llygaid yn syllu arno gan erfyn, ac yna'r siom ddaeth iddynt wrth sylweddoli nad oedd o am gael ei arbed. Beth ddaeth drosto i ymosod ar filwr oedd wedi ildio? Teimlodd y fidog yn suddo i mewn i'r corff ac roedd y llais yn dal i draethu cyhuddiadau yn y tywyllwch a Gwilym yn teimlo'i waed yn fferru. Ochneidiodd.

'Gwilym?'

Roedd y llais wedi peidio, ond roedd o'n dal i weld y corff yn un swp ar lawr, ac yntau yn rhedeg i ffwrdd. Llifodd y dagrau a theimlodd ryddhad o gael wylo.

'Gwilym!'

Claddodd ei ben yn y sachau tywod a chofio'r mwd ar ei wyneb a holl erchylltra'r noson honno, y glaw, y coed, y baw, y boen. O rywle, daeth Mathrafal ato a gafael yn ei fraich.

'Mae'n ddrwg gen i Gwilym, ddaru mi ddim meddwl . . . '
Rhoddodd Mathrafal ei freichiau mawr amdano a llefodd Gwilym fel plentyn.

'Os ydi o rywfaint o gysur i ti Gwil bach, dyna oedd fy ymateb innau hefyd.'

Daeth Gwilym ato ei hun.

'Ddaru ti·ladd, Math?'

'Do, beth wmbredd 'debyg. Pwy a ŵyr faint o fywydau gollwyd oherwydd ein saethu ni?'

'Na, dim hynny dwi'n feddwl. Wyt ti wedi bod yn rhan o sgarmes gorfforol ac wedi sticio dy fidog yng nghorff dyn?'

'Naddo Gwilym, dydw i ddim wedi gwneud hynny.'

'A gwneud hynny pan oedd y dyn o dy flaen di yn dal ei freichiau yn yr awyr?'

'Naddo.'

'A sylweddoli wedi gwneud hynny na fyddet ti byth byth yn anghofio wyneb y dyn a leddaist ac y bydd o gyda thi tra byddi di fyw?'

'Lle digwyddodd hyn?'

'Mametz.'

Rhoddodd Mathrafal ochenaid ddofn a chladdu ei wyneb yng ngwallt Gwilym, a'i wasgu'n dyn.

'Ddyliwn i ddim fod wedi adrodd y gerdd i ti. Wyddwn i ddim . . . wir i ti.'

'Does neb yn gwybod. 'Mond hen ffrind i mi sydd wedi colli ei bwyll. Mae o'n rhyddhad cael deud.'

'Beth sydd o'n blaenau, wn i ddim,' meddai Math gan ryddhau ei afael. 'Roedd Tryweryn yn poeni y dydd o'r blaen . . .'

'Dydi o ddim i weld yn poeni gymaint â hynny.'

'Cadw'r cyfan iddo'i hun mae Tryweryn. Poeni am Gwmni Bella oedd o. Pan ddeudais i y basan ni'n gallu cychwyn cynhyrchiad arall wedi mis Mawrth, dyma fo'n deud na wyddai faint ohono ni fydde'n goroesi'r ymosodiad.'

'Dyna mae pawb yn ei feddwl yn ddistaw bach.'

'Ia. Jac yn ceisio dal fod i bawb ei dynged. Os ydi dy enw di ar fwled, yna mae dy rawd yn dod i ben.'

'Wyt ti'n credu hynny, Math?'

'Wn i ddim.'

'Dwi methu deall pam mai fi oedd yr unig un o'r criw

ddaeth yn holliach o'r Somme. Dydi'r peth ddim yn gwneud synnwyr . . . '

'Os ydw i am farw,' meddai Math, 'o leiaf rydw i wedi cyflawni un peth.'

'A be' 'di hwnnw?'

'Trio am gadair Birkenhead.'

'Randros, Math – rwyt ti efo'r cewri!'

'Nac ydw i, does gen i ddim gobaith. Ond o leiaf mi lwyddais i i sgwennu'r gerdd a chystadlu.'

'Cerdd am beth oedd hi?'

' "Yr Arwr" oedd y testun, ac mi ddewisais i sgwennu am Almaenwr, ac mor debyg oedd ei deimladau o i deimladau pob un ohonom ni . . . Dyna pam ddaru cerdd Wilfred Owen wneud cymaint o argraff arna i.'

'Oes gen ti gopi o dy awdl?'

'Oes – mi gei ei gweld os wyt ti eisiau.'

'Diolch Mathrafal – a sonia i yr un gair wrth neb.'

'Cymer di ofal!'

'Glywi di rywbeth?' gofynnodd Mathrafal ymhen dipyn.

'Clywaf . . . maen nhw'n saethu'n 'o drwm.'

'Wyt ti'n meddwl eu bod nhw'n gwybod fod pethau'n poethi?'

'Falle eu bod wedi penderfynu achub y blaen arnom ni.'

'Y niwl môr sy'n gwneud pethau'n anodd i'w gweld yma,' meddai Gwilym.

'Mi all y Twrciaid gymryd mantais o hynny. Maen nhw'n chwarae'r gêm ar eu tomen eu hunain 'tydan?'

'Wyddost ti beth ydi enw'r bryncyn o'n blaenau?'

'Na wn i.'

'Druid's Hill – rhyfedd 'te? Mae hynna'n haeddu englyn.'

'Dwi'n ei gweld hi'n braf arnat yn gallu barddoni.'

'Teir awr arall a bydd yn gwawrio.'

'Tybed beth ddaw yn sgil yfory?'

Drannoeth, ar y 26ain o Fawrth, 1917, ymladdwyd Brwydr Gyntaf Gaza.

EPILOG

The Holy Land,
25th March, 1917

Dear Father and family,

Yours of the 15th ult. to hand. Its opening chorus is the same old refrain, 'another week gone and no letter.' It is most mysterious – the submarine might be responsible for the non appearance of one or two of my letters but it can't be for the whole lot. I could understand your letters not reaching me because I've been moving about a great deal lately, but – I give up.

You must excuse phrases like 'opening chorus', 'refrain' etc occuring in the preceeding paragraph. They are due to the fact that I have spent a lot of time recently with 'Cwmni Bella', the divisional pierrot troupe. I think I did mention it in my last letter. Tryweryn and Twm had bought most of the grease paints and make up in Alexandria, I don't know where they got the costumes from. I'm a sort of assistant director and suggestor in chief. Suggestor – not jester I said! Anyway, you ask Parch. Arthur Williams when you see him next. The audience, with talent like you've never seen shining before them, were carried away at each performance (Heavens! What have I said!)

I hope Hannah is taking good care of herself. If I won't be home before he is born, I'll make sure I'll be back for the christening and think that Gwilym Rhys is an enw gwych if he's a boy. Da iawn! I hope she and Morfudd had a good day's shopping in Llandudno. Noses glued to 'Great Bargains' windows I expect – blowed if they aint always craving after amusement.

We're off again tomorrow on our Holy Crusade against the

*Terrible Turks. We're in no hurry – we'll get there in the sweet bye and bye. In the meantime we eat, drink and are merry. The Lleisiau'r Addewid are a most professional lot by now, and I expect we'll be touring Wales after we come back. (Our **proper** title is Côr Meibion Gwlad yr Addewid – that is what will appear on posters – a dim chwerthin!)*

I hope very much that you will be able to have a jolly good holiday soon – (rywbryd tua'r Pasg, falla?) It's a pity you can't join the Army and come out here – it's undoubtedly the finest holiday going at present.

Give my love to all in C'narfon. Tell Mrs Williams that I saw Mr Williams two days ago in the pink. Write you a much longer letter in a day or two.

Yours very much,
Gwilym.

Hwn oedd y llythyr olaf. Edrychais am rai diweddarach, ond doedd na 'run. Yr oedd un mewn llawysgrif wahanol, gan fam Charlotte Harrington yn cydymdeimlo â'r teulu am golli mab mor arbennig, ond doedd yna'r un yn llawysgrifen Gwilym wedi hwn. Roedd llythyr Gwilym yn dal yn yr amlen, wedi ei gyfeirio at William Hughes, Esq., Eirianfa, Ffordd Llanbeblig, Caernarfon, N. Wales, a'r stamp yn glir arno – *Field Post Office, 26 MR 17.* Roedd Taid wedi ei gadw yn ofalus yn ei waled ar hyd y blynyddoedd. Ro'n i wedi disgwyl i'r llythyr olaf fod yn llawer mwy syber, yn llawn gwae am y frwydr i ddod, yn llawn o gariad mab at ei dad, yn llawn ffarwél mawreddog. Doeddwn i ddim wedi disgwyl dim byd mor hapus, mor llawn bywyd! Doedd ganddo ddim syniad mai hwn fyddai'r llythyr olaf. Roedd fel cau'r llyfr ar ganol stori.

Adroddodd Mam beth o'r stori, ond rown i'n awchu am fwy. Roedd y llythyrau fel pe baent yn cuddio mwy na'r hyn a ddatgelwyd ganddynt a llythyrau'r Somme gymaint yn fwy digalon na rhai Palestina. Ro'n i eisiau'r manylion o lygaid y ffynnon, eisiau gwybod sut oedd pethau go iawn. Ar awgrym Mam yr euthum i weld Chwech. Tra'n dal ar *leave*, euthum i fyny i un o'r tai cyngor yn Ysgubor Goch a chael p'nawn yng nghwmni hen ffrind i Yncl Gwilym. Roedd hi'n rhyfedd ei weld yn y cnawd achos roedd o fel cymeriad mewn stori i mi.

Eisteddai Chwech o flaen y tân yn y stafell ffrynt, pan ddaeth ei wraig drwodd.

'Pwy ydi o, ddeudaist ti?' gofynnodd Chwech. Rhaid ei fod dros ei drigain bellach.

'Hogyn Hannah – chwaer Gwil.'

'Dydw i rioed wedi ei gyfarfod o'r blaen,' meddai Chwech.

'Naddo – wedi dod draw i dy weld i gael storis Rhyfal mae o.' Trodd ataf. 'Mae o wrth ei fodd sôn am Rhyfal.'

'Be' ydi dy enw di?'

'Gwilym Rhys.'

Gadawyd y ddau ohonom yn eistedd gyferbyn â'n gilydd. Astudiais wyneb creithiog Chwech.

'Criw gwych o hogiau oeddan nhw, bob un, yn cynnwys dy Yncl Gwil. Does gen ti ddim cof ohono, 'debyg?'

'Fuo fo farw saith mlynedd cyn fy ngeni i,' atebais. 'Collodd mam ei phlentyn cyntaf. Bu'r newyddion am ei brawd yn drech na hi.'

'Dwi'n falch i mi gael nabod dy ewythr,' meddai, a heb ragor o anogaeth, llithrodd yn ôl rhyw ddeng mlynedd ar hugain ac adrodd y stori yn gyflawn.

'Welais i mo dy Yncl Gwilym wedi i mi ddod adra. Mi gafodd o ei anfon yn ôl i gwffio.'

'Do, i Balestina.'

'Bechod iddo orfod mynd, a fynta wedi dod drwyddi gystal. Cael ei saethu yn ei ben gafodd o, yn ôl y sôn – *First Battle of Gaza*. *Turks* yn ei ladd o. *Turks* yn betha peryg â'r diawl.'

Gafaelodd mewn pecyn o Wdbeins a synnais mor rhwydd y gallai danio sigarét.

'Mae ei enw fo ar y pilar hwnna ar Maes. Ddeudodd Gwil y basa 'na rwbath i gofio'r Hogiau, a diawch, roedd o'n iawn, co.

Nid pawb gafodd eu henwau arni chwaith, jest y rhai oedd wedi marw. Mae criw Cofis i gyd arni ar wahân i Hen Walia a fi, a mae Hen Walia wedi mynd yn dw-lal ers stalwm. Hen dro, ia?'

Cynigiodd un o'i Wdbeins i mi.

'Tithau yn y Fyddin rŵan?'

'Ydw.'

'Sobor o beth. Ddaru nhw addo i ni 'tasen ni'n mynd i gwffio na fydde 'na 'run genhedlaeth ar ein holau ni byth yn gorfod mynd i'r Fyddin eto. Dwi'n cofio Lloyd George yn deud hynny, ia. Ac yli rhyw ugain mlynedd wedyn, dyma'r diawlad Jyrmans yn dechrau eto.'

Tynnodd Chwech yn fyfyrgar ar ei sigarét.

'Beth bynnag, pam wyt ti'n dal yn y Fyddin os ydi'r Rhyfal ar ben?'

'Efo'r CMS ydw i – y Central Mediterranean Forces – yn cadw llygad ar betha. Yn Groeg oeddan ni.'

'Lle nesa co?'

'Palestina.'

'Wel, myn uffar i – sôn am lwc mwnci!'

'Ia, dyna feddyliais i . . . a dyna pam ddaru mi ddechrau mynd i chwilota am hanes Yncl Gwilym.'

'Mi wyddost mai fanno claddwyd o?'

'Felly ro'n i'n deall – yn Beersheba.'

'Dos i weld ei fedd o.'

'Os bydda i o fewn cyrraedd.'

'Ei di â rywbeth yno i mi?'

'Beth felly?'

Cododd ei law ac ymbalfalu ymysg y 'nialwch oedd ar y silff ben tân. Estynnodd ffrâm a'i rhoi i mi. Ffotograff ydoedd, llun o Chwech yn ifanc yn y Fyddin, efo'r North Wales Pals i gyd, ac Yncl Gwilym yn eu canol. Wyddwn i ddim o'r blaen fod Yncl Gwilym yn gallu gwenu.

'Llun da,' meddwn i.

'Leciwn i roi hwnna ar fedd dy Yncl Gwil. Fasa fo'n lecio

hwnna, yn fwy na blodau ia. 'Neusat ti hynna i fi? Mi fydda fo'n golygu lot.'

'Os do'i o hyd i'r bedd, mi wna i,' meddwn, gan godi.

'A Rhys! Dwi isio deud rwbath wrthat ti cyn mynd.'

Plygais i glywed ei neges.

'Gwna'n siŵr dy fod ti'n dod adra'n fyw, ia – neu mi lladda i ti!' Ac ar hynny, dyma fo'n dechrau ysgwyd chwerthin. Mi fyddwn wedi lecio bod yn ffrind yr un oed ag o.

* * *

O fewn dyddiau i siarad â Chwech, ro'n i wedi dal y llong i'r Dwyrain. Arhosom beth amser yn yr Aifft cyn dal y trên o Suez i Balestina. Roedd ein gwersyll ni ryw ugain milltir o Gaza. Rywsut, roedd o'n gysur rhyfedd fod Yncl Gwilym wedi bod yma o'r blaen. Nid y fi oedd y cyntaf i orfod mentro.

Roedd pethau'n dal yn smonach ers ei gyfnod o. Trio cadw'r ddysgl yn wastad rhwng yr Iddewon a'r Arabiaid oedd ein joban ni, a chefnogi pwy bynnag oedd o fantais inni ar y pryd – gêm beryg.

Y peth saffaf oedd teithio cyn lleied â phosib, ac aros yn y gwersyll, ond roedd hynny'n golygu y fath ddiflastod yn y fath wres, fel mai ychydig iawn o filwyr fyddai'n dewis y carchar arbennig hwnnw. Y bore yr oeddem am symud y gwersyll i Ramala, yr oedd un peth yn gwasgu ar fy meddwl. Yng ngwaelod fy mag, ers i mi adael Caernarfon, roedd y llun a roddodd Chwech i mi. Roeddwn i'n ddigon agos i Beersheba i wneud y siwrnai, ond doedd gen i 'run modd o gyrraedd yno. Yn nodweddiadol ohonof, gadewais bethau yn rhy hwyr. Yr unig beth oedd yn fy rhwystro oedd llwfrdra.

Y munud olaf, penderfynais 'mod i'n mynd i gyrraedd Beersheba, doed a ddelo. Roedd cyflawni'r bererindod yn golygu benthyg un o lorïau'r Fyddin, ond gyda'r holl fynd a dod y bore hwnnw, roedd siawns na fyddai neb yn sylwi. Gwyddwn 'mod i'n mentro, ond doedd gen i 'run dewis arall.

Bu Mickey, aelod arall o'r Signals, yn ddigon dewr i fentro gyda mi ar yr amod y byddem yn ôl mewn pryd i ddal trên Ramala. O'i cholli, fe gaem ein cosbi a gorfod aros yn y gwersyll tan y trên olaf mewn chwe wythnos. Hen foi iawn oedd Mickey, Scowsar o'r iawn ryw, ac i ffwrdd â ni ben bore. *'Beersheba and back,'* meddai, a gafael yn dyn yn y llyw.

Ar gyrion Beersheba, roedd y fynwent i'w gweld yn glir. Cannoedd ar gannoedd o gerrig beddau gwynion, yn union yr un fath. Stopiodd Mickey y lori ac edrych arnynt yn syn.

'Holy Moses – look at that,' meddai, 'that's a hell of a lot of dead soldiers.'

Nid dyna'r geiriau ddaeth i mi, ond roedd yn cyfleu'r teimlad.

'Who's this bloke you're looking for then mate?' gofynnodd.

'Just an uncle of mine. My Mam's brother. I just want to place this photo of him and his mates on the grave . . . it's a kind of gesture.'

'Blimey, there must be thousands of them – how are you goin' to find it?'

'Don't worry, I've got the number.'

Wrth i mi adael y lori, gwaeddodd drwy ffenest y gyrrwr,

'Be back before Christmas, Taffy – the lorry is out in my name!'

A chan addo i Mickey na fyddwn yn hir, i ffwrdd â mi. Un fynwent fawr yr oeddwn i wedi ei disgwyl, ond cyfres o fynwentydd bach oedd yno. H66 oedd safle'r bedd, ac ni chymerodd fawr o amser i mi i ganfod sut oedd y drefn yn gweithio. Yn y Fyddin, roedd trefn yn cael ei gosod ar y meirw hyd yn oed. Dyma ddod o hyd i safle 'H', ac wedi cyfri'r rhesi, roedd modd dod at fedd 66. Carreg wen osodwyd ar y bedd hwn, yn union yr un fath â phob un arall, ac ar y garreg enw *Private G. Hughes, 83027601. 1st/7th RWF. Died 26 March, 1917.*

Brwydr Gyntaf Gaza oedd honno. Pharodd hi ddim yn hwy na deuddydd. 'Tase Major Archibald ond yn gwybod, roedd y Twrciaid bron â thynnu nôl y mis Mawrth hwnnw. Ond cafodd Archibald draed oer a thynnodd ei filwyr yn ôl, ac wrth gwrs rhoddodd hynny gyfle i'r Twrciaid ail-ffurfio eu rhengoedd. O ganlyniad, bu farw llawer mwy, a hynny'n gwbl ofer.

Wedi canfod y bedd, wyddwn i ddim yn iawn beth i'w wneud. Yma y digwyddodd o felly – marwolaeth Yncl Gwilym. Edrychais o'm cwmpas ar y bryniau a cheisio dychmygu sut oedd hi – y mis Mawrth hwnnw, ddeng mlynedd ar hugain yn ôl. Roedd hi mor dawel, heb 'run enaid byw o gwmpas, a neb i'w weld o fewn milltiroedd. Ddaeth yna'r un angel gwarcheidiol i lawr at y bedd na dim byd felly. Dim byd ond distawrwydd. Estynnais ffrâm Chwech o 'mhoced a'i gosod ar y bedd. Roedd yn cymryd ei lle yn iawn ac yn gwneud y bedd yn llawer mwy byw. Mi feddyliais am ei chladdu, i'w harbed rhag y tywydd, ond ofer fyddai hynny. Ar y bedd yr oedd y llun i fod. Gyda nghamera, tynnais lun o'r bedd gyda'r ffrâm arno. Oedd, roedd yn ddiweddglo addas i'r stori. Gyda 'nyletswydd wedi ei chyflawni, gadewais fedd Yncl Gwilym a throi'n ôl am y gwersyll. Yn anffodus, mi nogiodd y lori ar y ffordd yn ôl, a buom wrthi am dros ddwy awr yn trio cael yr injan i ail-danio. Gwyddem i sicrwydd bron ein bod wedi colli'r trên, a doedd yna fawr i'w ddweud ar y ffordd adref.

'Six weeks wait, Taffy – you bet – all because of your flaming uncle,' oedd yr unig sylw wnaeth Mickey.

Ro'n innau yn fflamio Yncl Gwil hefyd, ynghyd â gweddill y ddynoliaeth.

* * *

Hyd y byddaf byw, wna i byth anghofio'r awyrgylch wrth gyrraedd yn ôl i'r gwersyll y diwrnod hwnnw. Y tawelwch llethol sydd yn aros yn y cof. Diffoddodd Mickey injan y lori, ac eisteddodd y ddau ohonom yn edrych o'n cwmpas. Y syniad cyntaf ddaeth inni oedd bod y lle wedi ei adael yn gyfan gwbl, a'r oll oedd yn weddill o'n presenoldeb oedd y pebyll, a chwa dyner o wynt yn chwythu'r ganfas.

Heb yngan yr un gair, gadawsom y lori a cherdded tuag at y cantîn. Roedd lle a oedd fel rheol yn ferw gwyllt o soldiwrs yn dawel fel y bedd. Ro'n i'n hanner disgwyl gweld cyrff oddi mewn. Wedi mentro drwy'r drws, dyna lle'r oedden nhw – llond y lle ohonynt yn llonydd fel delwau. Rhewodd Mickey wrth fy ochr a fedrwn innau ddim symud gewyn. Dim ond swnian y pryfaid oedd i'w glywed.

'Pwy sydd wedi ei chael hi?' gofynnais, yn troi at y bwrdd agosaf.

Ni chododd Dai Rogers ei ben, dim ond tynnu ar ei sigarét.

'Y trên cyntaf i Ramala – wedi ei chwythu'n ufflon.'

'Nid ein trên ni?'

Nodiodd Rogers.

'Efo'r criw i gyd arni?'

'Ie – naw cant.'

'*Holy Moses*,' meddai Mickey a gwasgu 'mraich, '*How many dead?*'

'Wyddon ni ddim . . . mae sôn fod cymaint â chwe chant.'

'Y Stern Gang?'

'Beryg . . . Hei, roeddech chi'ch dau i fod arni, 'toeddach?'

Y peth cyntaf ddaeth i'm meddwl oedd na fyddem yn cael cerydd am gyrraedd yn ôl yn hwyr a dwyn y lori. Llithrodd baich mawr oddi ar f'ysgwyddau, a dim ond wedyn y gwawriodd arnaf fod bywydau y ddau ohonom wedi eu harbed.

Eisteddom ar fainc y cantîn, yn cofleidio ein gilydd ac yn mynd drwy enwau a wynebau y criw ffyddlonaf o ffrindiau fuo ar yr hen ddaear yma. 'Cadw'r heddwch' fu ein job ni, a dim ond am inni gael ein cenhedlu ychydig flynyddoedd yn hwyrach na'n brodyr, cawsom osgoi un o'r glanastrau mwyaf mewn hanes. Buom mor ffodus gyhyd, ac i be'? Dim ond i gael ein chwythu i ebargofiant gan haid o derfysgwyr wedi i'r rhyfel ddod i ben.

Wedi'r ddamwain trên y dechreuais amgyffred y golled y gorfu i Yncl Gwilym a Chwech ei ddioddef yn y Somme. Ceisiais ganwaith wneud synnwyr o'r hyn a ddigwyddodd i mi a Mickey. Dim ond un frawddeg oedd ganddo:

'We were saved – and all because of that flaming uncle of yours, Taffy.'

Meddwl am Chwech oeddwn i.

Gyda llaw . . .

Ym Mangor yn gwrando ar ŵr yn annerch ar Balestina yr oeddwn rhyw brynhawn diflas. Roedd yn ddarlith faith a throm a chofiaf syllu drwy'r ffenest yn dyfalu pam oeddem ni yn y fan honno yn trafod gwlad ym mhen arall y byd. Onid oedd gennym ddigon o broblemau ein hunain? Beth oedd a wnelo Cymru â gwledydd y Dwyrain Canol?

Fawr o ddim, nes i mi feddwl am fy nhad. I'w gartref ef ym Mangor y byddai ei lythyrau'n cyrraedd – o Balestina. Er iddo fod yn rhy ifanc i ymladd ar ddechrau'r rhyfel, ym 1946 fe'i hanfonwyd i wasanaethu'r Central Mediterrenean Forces. Bu'n ffodus i ddod oddi yno yn fyw. Er mai er mwyn 'cadw'r heddwch' y'i hanfonwyd yno, roedd y milwyr dan lach yr Israeliaid a'r Palestiniaid. Wedi iddo ef a'i gyfaill adael yn gynnar, cafodd trên eu catrawd hwy, y Royal Signals, ei chwythu yn ufflon gan derfysgwyr. Defnyddiais y digwyddiad hwnnw yn yr epilog.

Seiliwyd crynswth y nofel ar hanes bywyd brawd fy nain, William Henry Williams o Gaernarfon, ac yna Bethesda. Roedd fy nain yn un o bedwar o blant. Cafodd chwaer fy Nain gyffwrdd godre côt Evan Roberts yng nghanol gwres y Diwygiad. Cafodd William ei fedal gyntaf am achub bywyd merch fach fu bron â boddi yn y cei yng Nghaernarfon, o'r enw Charlotte Harrington. Bu farw brawd William o diptheria yn deirblwydd oed a bu farw ei fam yn weddol ifanc cyn iddi ddiodde'r gwewyr o weld ei mab yn mynd i ryfel.

Fe fu William mor anffodus â chael ei eni ym 1894 ac felly roedd yn ugain oed ym 1914. Dewis ymuno â'r Fyddin wnaeth ef, gyda chriw o Gaernarfon, ac wedi cyfnod o hyfforddiant yn Llandudno, fe'i gyrrwyd i Ffrainc. Cafodd osgoi lladdfa fawr Gorffennaf y cyntaf yn y Somme gan iddo gael ei wneud yn swyddog, a dychwelodd i Brydain am hyfforddiant pellach. Oddi yno, fe'i hanfonwyd i Balestina. Ar gyfartaledd, chwe wythnos fyddai swyddogion yn y Rhyfel Byd Cyntaf yn para cyn iddynt gael eu lladd.

Mae llythyr olaf Gwilym yn tanlinellu'r ffaith honno, gan ei fod mor llawn asbri llanc ifanc tair ar hugain oed. Deuthum o hyd i'w lythyr olaf yn waled fy hen daid, wedi ei gadw ar hyd y blynyddoedd. Wrth ddarllen y llythyr brau hwnnw a ysgrifennwyd â phensil, ac a fodiwyd filgwaith gan dad William, y syndod a gefais oedd ei fod yn llythyr mor hapus. Doedd fawr o sôn am fywyd milwr ynddo. Yn hytrach roedd yn darlunio gydag afiaith y cwmni drama a sefydlwyd ganddynt. Y frawddeg a'm trawodd oedd yr un am yr *'Holy Crusade against the Terrible Turks'*. A ddywedodd hynny yn eironig? Os gwir hynny, neu os ydoedd o ddifrif, clywais ynddo adlais o'r *'War on Terrorism and the Axis of Evil'* y dwthwn hwn.

Cymerais hanes yr Ysgol Gân yn Gaza yn llythrennol o deyrnged y gweinidog i William yn *Yr Eurgrawn Wesleaidd*. Bu farw dan arweiniad Allenby (olynydd Archibald Murray) yn Ail Frwydr Gaza, ym 1917 wrth iddynt drefnu cyrch ar Jeriwsalem. Fe'i claddwyd ym Mersheeba. Mae ei enw ar gofeb y Rhyfel Mawr ym Methesda.

Nid dyma'r tro cyntaf i William gael ei bortreadu mewn nofel gennyf. Mae cyfeiriad ato yn y nofel am ei chwaer – Bigw, yn *Si Hei Lwli*.

Angharad Tomos, Medi 2004

517.

1488611 Sigmn. THOMAS, A.M.
ROYAL SIGNALS.
Att'd 15/19th KING'S ROYAL HUSSARS.
BRITISH FORCES IN PALESTINE.
15ed Gorff. 1947.

Nos Sadwrn.

Annwyl Ifan a Thomas,

Ond fy hanes neithiwr sydd genyf i
ddweud wrthych y tro yma gan fy mod wedi danfon
at Dad neithiwr, ond ni atebais dy dri lythyr di, Ifan,
pan 'scwennais atoch ola, a felly dyna lee fydd cymyys
y llythyr yma ran fwyaf.

Yr gyntaf cewch glywed am y trwbl yr oedd
yma neithiwr. Ais i'r gwelu am ddeg ac yr oeddwn
newydd syrthio i gysgu pan ifais fy nuffro gan
dhynnun yr dweud wrthyf am baratoi i fynd ar
guard!! Yr oedd fy hanes i lawr ar ordors i fod
ar gard heno (ia, mor fuan ar ôl dod yn ôl) felly
nid oeddwn yn gallu dweud o gwbl beth oedd ar le.
Pan ais i'r gard-room yrhydig wedi 11-0 cefais
wybod bod y Regiment i gyd yn mynd allan.
Mae'n siwr eich bod wedi clywed am y ddau
fachgen sydd wedi cael eu dal gan y "terrorists"